LUCA MARIA
Bällende Hunde
ROMAN
hansanord

LUCA MARIA

Bällende Hunde

ROMAN

Viel Spaß af
diesem
literarischen
Roadtrip!

Luca Maria

hansanord

IMPRESSUM

1. Auflage 2024

ISBN Print 978-3-947145-86-7
ISBN E-Book 978-3-947145-87-4

Cover | Umschlag: Tobias Prießner
Autorenfoto Umschlag: Martin Müller
Satz: Christiane Schuster | www.kapazunder.de
Lektorat: Ursula Schötzig

Für Fragen und Anregungen:
info@hansanord-verlag.de

Fordern Sie unser Verlagsprogramm an:
vp@hansanord-verlag.de

hansanord

hansanord Verlag
Johann-Biersack-Str. 9
D 82340 Feldafing
Tel. +49 (0) 8157 9266 280
FAX +49 (0) 8157 9266 282
info@hansanord-verlag.de
www.hansanord-verlag.de

0

»Deggah!« Jacob schlug die Hände zusammen, als würde er wieder beten. Aber anders als vor Fahrtbeginn tat er es dieses Mal nicht. »Jetzt gib Gas, Theo, ich mach mir gleich in die Buxe!«

Montag, der 1. August. Legen wir ruhig mit ein paar Spoilern los, das ist schon okay. Ich tuckerte also in Onkel Herbert – Vater Trabbi, Mutter Ente – über diese Landstraße und der Christ, der rechts neben mir saß und dem ich heute zum ersten Mal begegnet war, wand sich in seinem Sitz hin und her wie ein Fisch an Land.

»Wenn's so dringend ist, fahre ich rechts ran.«

»Nein!« Er schüttelte wild den Kopf. Dabei verrutschte sein Cap von schräg zu schräger und das Kreuz an seiner Kette schlug hin und her. »Das geeeht nicht!«

»Aber waruuum nicht?«

»Weil ich …« Er drehte die Hände, als würde ein Ball dazwischenliegen. »Weil ich mehr als nur pinkeln muss.«

»Na und?« Ich deutete über das Feld zu unserer Rechten. »Nimm halt Taschentücher. Wie wär's mit den Bäumen da hinten?«

»Neiiin!« Diese Option schien ihm so abwegig, dass er kurzzeitig sein Gehampel einstellte. »So was macht man nicht!«

»Dann musst du eben warten.«

»Theo, ich kann nicht mehr!«

Also drückte ich fester aufs Gaspedal. Obwohl seine Fürze mich langsam zum Würgen brachten, bezweifelte ich, dass er es wirklich nicht mehr zurückhalten konnte. Was ich aber nicht bezweifelte, war weiteres Gezeter. Was hatte mein Bruder an diesem

Typen, den er seinen besten Freund genannt und mit dem er sogar ein Grundstück gekauft hatte, nur finden können?

»Da vorn!« Er deutete auf ein Ortsschild, das sich leuchtend gelb von der grauen Landstraße abhob, aber da rauschten wir schon daran vorbei.

»Vielleicht gibt es ein Geschäft oder ein –«

Doch Jacob musste etwas gesehen haben, was mir entgangen war. »Links!«, schrie er und ich riss das Lenkrad herum, ohne zu wissen, wohin er wollte. Doch nach einer kleinen Kurve sah ich, was er zum Ziel seiner Notdurft auserkoren hatte.

»Nicht dein Ernst, Jacob, dass du hier –«

Aber da sprang Jacob schon aus dem rollenden Wagen und sprintete zur Feuerwache. Seine Schritte flogen die zehn Stufen in fünf Sprüngen hoch, wobei er sich zurücklehnte und sich beide Hände unter den Arsch presste. Er riss die Tür zur Feuerwache so weit auf, dass sie sich an der Wand verkeilte und offen stehen blieb.

Ich bremste kurz hinter der Treppe. Eigentlich hätte ich hier nicht halten dürfen, aber da mein genialer Beifahrer die Autotür hinter sich nicht geschlossen hatte, kam ein Wenden nicht infrage. Onkel Herbert, ein pissgelber Greis und genauso eigensinnig, war so zerbrechlich, dass eine bei der Fahrt geöffnete Tür sicher allein durch den Luftwiderstand abgerissen wäre.

Aus dem Gebäude schallte eine Stimme, mechanisch verzerrt und vermutlich durch eine Glaswand getragen, nach draußen. »Wie kann ich Ihnen helfen, junger Mann?«

»Es ist ein Notfall, es brennt sozusagen lichterloh!«

»Was ist passiert? Wo ist es passiert? Sind Personen involviert und wenn ja, wie viele?«, bekam er die W-Fragen in alarmierendem Tonfall entgegengeschleudert.

»Es brennt in meiner ... Ich kann das nicht ... Es sind ungefähr ...«, schrie Jacob, wobei seine Stimme zum Ende jedes unvollendeten Satzes in die Höhe schoss.

Ich ließ den Kopf aufs Lenkrad sinken. Er, sechsundzwanzig, und nicht in der Lage, es auszusprechen.

»Involviert ist quasi nur eine Person, die ...«

»Was ist los?«, schrie die Feuerwehrfrau, und bevor Jacob etwas erwidern konnte, brüllte ich durch die geöffnete Wagentür: »Kacken, der Mann muss kacken!«

Einen Moment lang war es still. Ich meinte, seinen Darm arbeiten zu hören.

»Wirklich?«, fragte die Feuerwehrfrau. »Das ist Ihr Notfall?«

»Ja.« Jacob klang peinlich berührt.

»Da lang.«

»Danke, danke schön, vielen lieben Dank!«

»Nun gehen Sie schon!«

Schnelle Schritte, quietschende Turnschuhe, ein Türknallen, dann wieder Stille.

Ich lehnte mich zurück. Nicht einmal eine Stunde war seit unserem Kennenlernen vergangen, und schon versetzte Jacob eine Dorffeuerwehr in helle Aufregung. Wie sollte das nur eine ganze Woche lang gut gehen – was zum Teufel tat ich hier? Um auch das direkt zu spoilern: Diese Fragen stellte ich mir nicht zum ersten und bei Weitem nicht zum letzten Mal. Was für eine absurde Idee. Und das alles für die paar Kröten von meinem Bruder ...

In der Hitze – die Nadel des Thermometers lag weit im roten Bereich und zeigte etwa 37 Grad – bohrten sich diese Gedanken durch meinen Kopf und pressten sich von innen gegen meine Stirn, so wie sich die Federn des Sitzpolsters mir in Rücken und

Po drückten. Jacobs Fürze schwirrten immer noch umher, verloren aber immerhin etwas von ihrem beißenden Aroma. Er und ich ... der Roadtrip ...

»Gott segne Sie, liebe Frau!«

Ich schreckte auf.

»Jaja«, kam es blechern zurück.

Drei Sekunden später stapfte Jacob die Stufen herunter und kam auf den Wagen zu. Zwei Schritte davor blieb er stehen, breitete die braun gebrannten Arme aus und sah nach oben. Schau in den Himmel und sag mir, was du siehst. »Herr, ich danke dir!«

Er richtete sein Cap von völlig verrutscht zu gewollt schief und kletterte zurück in Onkel Herbert.

»Besser?«

»Theo!« Sein schleppender Blick. Sein langsames Schweigen. Instinktiv wusste ich, dass damit noch viel Zeit ins Land gehen würde. »Ich bin befreit von dieser Last!«

»Na prima.« Ich seufzte. Ein weiterer Zeitkiller der nächsten Tage. »Können wir dann?«

»Ein Gebet vorm Losfahren, das habe ich dir doch erklärt.«

»Aber es ist noch dieselbe Fahrt«, sagte ich und klopfte aufs bebende Armaturenbrett. Dass der Motor noch lief, war kein Zufall. Ich wollte es unbedingt vermeiden, wieder so spektakulär abzuwürgen wie vorhin. »Es war ja nur ein Zwischenstopp, das zählt nicht.«

Jacob schaute drein wie jemand, dem man nach jahrelangem Spielen endlich die Regeln erklärt hatte und für den nun endlich alles einen Sinn ergab. »Buddy. Du hast vollkommen recht!«

»Sehr gut«, sagte ich. »Sollen wir dann?«

Er legte die Hände vor dem Mund zusammen und rief im Tonfall eines Jahrmarktbudenbetreibers: »Alle Altlasten sind nun von

Bord, einsteigen, alles einsteigen bitte, die nächste Runde geht rückwärts!«

»Juchhu«, flüsterte ich und wir fuhren weiter, während Jacob einmal mehr drauflos quasselte.

Zu dem Zeitpunkt hatte ich ja noch keine Ahnung von dem, was vor mir lag. Und dabei rede ich gar nicht von der Kotzorgie am zweiten, Magda und den Rockern am dritten oder dem Unfall mit der Taube am fünften Tag. Ich rede nicht mal von den ganzen Verletzungen an meinem Körper und auch nicht von Jacobs großer Lüge. Ich rede von dem Zeug unter der Oberfläche, das Zeug, das am Ende wirklich zählt: von den Bällenden Hunden.

Aber das spoiler ich jetzt nicht! Fangen wir von vorne an. Eigentlich ging alles mit der Beerdigung von Luis los. Mit der Beerdigung meines Bruders, die ... Ach, Shit. Ich komme wohl nicht drum herum. Was das angeht, muss ich ein Geständnis ablegen.

1

Ich ging nicht zur Beerdigung meines Bruders.

Jemand schlug gegen meine Tür. Ich zuckte zusammen. »Theo? Theo, sind Sie da?«

Die Stimme meines Vermieters drang hindurch wie das Bellen eines Hundes. Einer bissigen Bulldogge mit bedrohlich gebleckten Gebiss, um genau zu sein. Schnell stellte ich den Ton meines Handys auf stumm. In der Ecke ratterte der Ventilator auf höchster Stufe.

»Theo? Verdammt noch mal …«

Ein Kratzen auf dem Boden, dann war es still. Doch mittlerweile kannte ich das Spiel gut genug. Ich wartete. Durch das geöffnete Fenster drangen Verkehrslärm und Abgase herein.

Etwa eine Minute später stampfte mein Vermieter die Treppen empor. »Nie wieder Studenten!«, rief er dabei. »Seit Jahr und Tag nur Ärger mit diesem Bengel!«

Kurz darauf knallte es ein Stockwerk über mir. Durch einen Parcours aus Versandboxen, Wäschebergen und Geschirrstapeln schlich ich zur Tür und bückte mich nach dem Umschlag. Darauf stand in dicken, roten Buchstaben »MAHNUNG«. Ich riss ihn auf, las mit »Wenn nicht bis spätestens Ende August …« die ersten Worte und warf das Schreiben zu seinen Vorgängern.

Mein Blick fiel auf das Bilderregal. Dort standen zwei Rahmen, links und rechts. Dazwischen klaffte eine Lücke.

Ich schob die Schuldgefühle beiseite und setze mich. Der Wind aus der Steckdose blies den Krampf von meinen Schläfen seitlich bis zum Hinterkopf. Das war immerhin etwas.

Um nicht nichts zu tun, griff ich nach der neuesten Ausgabe von U. Müller. Ein Bestseller, wie jeder Band aus seiner Reihe. Wahllos schlug ihn es auf. »Eigen- und Fremdgruppe: Die Gleichmachung des Unbekannten.« Die Überschrift des Kapitels sprang mir entgegen. Mehrmals überflog ich die einleitenden Sätze, doch nichts davon blieb hängen. Nach ein paar Versuchen gab ich es auf. Stattdessen ließ ich die Seiten von hinten nach vorne über den Daumen gleiten. Der Geruch von frisch bedrucktem Papier beruhigte mich. Schließlich fand ich auf der Innenseite des Einbands doch noch Worte, mit denen ich etwas anfangen konnte. Es war die Rückgabefrist. Und die war abgelaufen.

Trotz Widerstands schweiften meine Gedanken zur Beerdigung ab. Beerdigung, was war das eigentlich für ein furchtbares Wort. Das klang so verdammt … endgültig. Man gräbt ein Loch in die Erde. Versenkt darin den Sarg. Und schüttet alles wieder zu. Als wäre nichts gewesen, als wäre alles wie immer. Doch so war es nicht. Denn von nun an fehlte einer, der vorher noch da gewesen war.

Das Gedankenkarussell begann sich zu drehen. Ich erhob mich, etwas zu schnell. Mein Kreislauf rebellierte und ließ das Apartment schwanken. Nase ein, Mund aus, sagte ich mir. Schon jetzt trieb mir die Wärme mit glühenden Nadeln ein Stechen in den Schädel. Dabei rollte laut Wetter-App die eigentliche Hitzewelle erst an, um sich dann in einem Gewitter zu entladen. Doch ich bezweifelte, dass es noch regnen würde.

An der Spüle trank ich in kräftigen Zügen ein Glas Leitungswasser. Auch meine Pilea bekam einen Schluck. Sie war zwar eine Kämpferin und die bisher einzige Pflanze, die mir noch nicht vertrocknet war. Aber vor allem war sie eines der wenigen Versprechen an Marie, die ich noch nicht gebrochen hatte.

Marie. Ich stellte sie mir vor, auf einer hölzernen Bank in einer Kirche, neben meiner Mutter. Wie sie verstohlen umherspähte in der Hoffnung, ich würde doch noch kommen. Aber das tat ich nicht. Dafür war zu viel zwischen mir und meinem Bruder Luis passiert.

Ich ging die Kette der Ereignisse rückblickend durch. Bis vor drei Jahren war alles gut gewesen. Zugegeben, der Kontakt hatte nachgelassen. Hier und da eine kleine Meinungsverschiedenheit. Nichts, was es vorher gegeben hatte, aber auch nichts, was eine Erwähnung wert wäre. Es war also alles in Ordnung gewesen, mehr oder weniger. Bis Luis sich vor drei Jahren und aus heiterem Himmel einer Gemeinde angeschlossen hatte. »Gemeinde«, so hatte er es genannt. Ich hatte immer ein anderes Wort verwendet: »Sekte.« Und als dann vor etwa einem Monat die Diagnose kam ...

Ich konnte nicht zur Beerdigung gehen. Weder Marie noch meine Mutter verstanden meine Entscheidung. Vor allem Marie war nicht müde geworden, mir die Tragweite meines Wegbleibens zu erklären. Ihre Hinweise darauf, dass ich gar nicht wissen könne, wer und wie diese Leute aus der Sekte waren und ob es sich überhaupt um eine Sekte handelte, ließen mich kalt. Ich brauchte nicht zu bestätigen, was ich schon wusste. Selbst als sie merkte, dass ihre Versuche meinen Entschluss nur noch fester in Beton gossen, hatte sie es weiter probiert. Bis sie gestern schließlich losgefahren war. Ohne mich.

Mit verschränkten Armen stellte ich mich vor das Regal. Das Holz war in der Mitte ein bisschen dunkler, ein bisschen weniger durch die Sonne geblichen. Kaum sichtbar für das Auge eines Ahnungslosen, und doch war da so etwas wie ein Fleck. Es war der Platz, an dem das Bild gestanden hatte, unser Bild. Das Bild von Luis und mir. Vor einem Jahr hatte ich es von dort entfernt. Direkt nach unserem großen Streit. Nach unserer letzten Begegnung.

Mein Bruder und ich waren darauf zu sehen gewesen. Er vier, ich gerade eingeschult. Wir lagen auf einer Wiese und grinsten unsere Milchzähne in die Kamera. Mutter hatte uns von oben fotografiert, bei einer Runde unseres unendlichen Wolkenspiels: Schau in den Himmel und sag mir, was du siehst.

Die Erinnerung schob das Stechen in meinem Kopf wieder Richtung Schläfen. Mit dem Handrücken wischte ich mir den Schweiß von der Stirn. Auf dem Foto links der Lücke war Marie, die Barney umarmte. Auf der rechten Aufnahme saß ich als Kind auf dem Schoß meiner noch jungen Mutter. Sie lächelten auf diesen Bildern, ihre Augen glänzten dabei. Doch auch das taten sie nur in meinen Gedanken. Mittlerweile lag eine undurchdringbare, matte Staubschicht auf dem Glas.

Was jetzt wohl auf der Beerdigung geschah? Sicher würden sie beten, aber wofür? Einen Toten interessierte es herzlich wenig, was die Lebenden noch zu sagen hatten, was sie taten und wie sie fühlten. Ein großer Plan, ein besserer Ort. Alles nur Worte, die im Nichts verpufften.

Vielleicht lag es nicht daran, dass Marie und Mutter meine Entscheidung nicht verstehen konnten. Vielleicht … wollten sie es gar nicht. Manchmal hatte ich das Gefühl, sie zu enttäuschen. Offenbar verhielt ich mich falsch. Ich hatte nicht ein Mal geweint. Doch sie begriffen anscheinend nicht, dass ich es einfach nicht konnte. Fast alles, was in mir vorging, stieß bei ihnen auf Unverständnis. Ganz egal, was ich sagte.

Meine Wangen begannen zu glühen, doch mit der Wärme hatte das nichts zu tun. Kurzentschlossen klappte ich die zwei verbliebenen Bilder um.

Ich wandte mich ab und stolperte mit dem ersten Schritt über einen Haufen Bücher. Mit einem lauten Rums knallte ich aufs Laminat. Fluchend rappelte ich mich auf die Seite. Hinter mir lagen die Bücher, angespült wie Muscheln an den Strand. Ich griff nach dem dicksten Wälzer. Es war die Bibel. Ein Exemplar, das mir von Luis vor Jahren in die Hand gedrückt worden war und das ich dann achtlos in eine Ecke geschmissen hatte. Nur einmal hatte ich die Ausgabe benutzt. Um das Bild von uns beim Wolkenspiel darin verschwinden zu lassen.

Ich sah auf die Seiten zwischen der Bindung. Sah den Riss in der Mitte, der die gestapelten Blätter voneinander trennte, wie ein Keil, der einen Holzstamm spaltet. Für einen Moment überlegte ich, es herauszuholen. Meine Hand zitterte. Nase ein, Mund aus.

Da schlug es wieder gegen meine Tür. »Theo? Ich habe Sie gehört! Machen Sie auf, verdammt noch mal, ich will mein Geld!«

Schau in den Himmel und sag mir, was du siehst. Ich lag auf dem Boden und schleuderte die Bibel samt Foto Richtung Tür. Die Hitze presste auf meinen Kopf ein. In meinen Schläfen hämmerte es mehrmals pro Sekunde, im gleichen Rhythmus wie mein Vermieter. Auf meiner Zunge lag ein Pilzbelag aus Abgasen. All das, gemischt mit der Hitze und dem Lärm der Straße, wurde zu einem gewaltigen Dröhnen.

Doch ich öffnete nicht. Stattdessen ballte ich die Hände zu Fäusten. Luis hatte geglaubt und am Ende dran glauben müssen. Er war zwar tot, doch genommen hatten sie ihn mir schon vor langer Zeit. Sie, diese Sekte, dieser rückwärtsgewandte Haufen. Wahre

Freunde, die er sich da angelacht hatte. Niemals würde ich mit diesen Leuten gemeinsam am Grab meines Bruders stehen.

Sollte sich mir die Chance bieten, musste ich Marie und Mutter beweisen, was ich wusste: dass sich mein Bruder einer Gruppe von Fundamentalisten angeschlossen hatte.

2

»9. Sinner-Gebot: Du sollst begehren deines Nächsten Match :-P«

Der Slogan knallte mir von einer vorbeifahrenden Straßenbahn entgegen. Er stand in einer Sprechblase, geformt von einem Mund mit verführerisch roten Lippen. Ich blieb fast nicht rechtzeitig stehen. Ein Motorrad schnitt unseren Weg und meine Hand rutschte halb vom Lenker.

»Barney, stopp!«

Zum Glück gehorchte der Rüde aufs Wort. Ich tätschelte ihn. Sabber lief aus seiner Schnauze und tropfte auf den Bordstein.

»Hast du gut gemacht.«

Barney legte den Kopf zur Seite. Heute war er ziemlich gut drauf.

»Na komm, auf geht's.«

Wir überquerten die Straße. Ich schob mein Rad mit links, während ich rechts die Leine hielt. Für ein paar Meter zerrte der Hund, dann beruhigte er sich wieder.

»Der muss einen Maulkorb tragen, solche dürfen nicht einfach so ohne!«, schrie mich ein Rentner an.

»Das kann ich nur zurückgeben!«

Der Alte begriff nicht und zeterte noch, während wir weitergingen. Ich gab mir keine Mühe, mein Grinsen zu verbergen.

Ab und zu wichen uns Passanten aus. Normalerweise gingen wir mit dem Hund nicht in die Stadt. Durch seine kantige Statur konnte Barney zwar bedrohlich wirken. Doch mit seinem wahren Wesen hatte das nichts zu tun. Er war ein Mix verschiedener Rassen, wobei nur Dogge und Ridgeback mit Sicherheit bestimmt werden konnten. Wahrscheinlich lag aber niemand daneben, der auf einen Schäferhund als Großonkel setzte. Herausgekommen war ein Kraftpaket mit schwarz-weiß gemustertem Fell. Barney interessierte das alles nicht. Er watschelte hechelnd über den Asphalt.

Der Betonklotz, den sie neben dem Bahnhof aus dem Boden gestampft hatten, erschlug mich beinahe. Ich betrachtete den Schriftzug aus blinkenden Neonschildern: »Shopping in Paradise.« Darunter stand: »Himmlische Angebote, jeden Tag!« Ich schnaufte. Ein Blick auf die Übersicht der Läden genügte, um zu wissen, dass der richtige Name eher »Shopping in Plasticland« hätte sein müssen.

»Kannst du mir sagen, wer zum Teufel noch so eine blöde Mall braucht?«

Als Antwort kackte Barney einen Haufen auf den Bürgersteig. Mir schlug ein so heftiger Gestank entgegen, dass ich würgen musste. Ich griff in meine Tasche, doch die Tüten hatte ich mal wieder vergessen. Kurz spähte ich umher. Dann scheuchte ich ihn weiter und ließ die Scheiße liegen.

Auf dem Vorplatz lehnte ich mein Rennrad gegen eine Laterne. Legte das Bügelschloss an. Dann das Rahmenschloss. Und zu guter Letzt die Kette. Mit Spucke am kleinen Finger wischte ich noch einen Fleck von der Felge.

Im Bahnhof tummelte sich gefühlt die halbe Stadt. Wir kämpften uns durch die Halle, wobei Barney eine Schneise durch die Leute zog. Sie wichen uns aus, mal schüchtern, mal staunend, mal böse schauend. Am Gleis angekommen, suchte ich uns einen Schattenplatz abseits des Getümmels. Der Hund tapste vor und zurück.

»Ist alles gut, Junge.«

Barney setzte sich. Seine Nase arbeitete und sein Kopf drehte sich von einem Geräusch zum nächsten. Er hechelte schnell und unregelmäßig. Ich hockte mich neben ihn und streckte ihm eine Hand entgegen. Sofort legte er seine Pfote hinein.

»Sehr gut, gut machst du das.«

Seine Atmung wurde langsam ruhiger und schließlich legte er sich hin. Ich sah zu einer Bahnhofsuhr. Wir waren ein bisschen zu früh. Auf dem Bahnsteig gegenüber rief die Ansage einen Zugausfall aus, mit der Bitte um Verständnis. Die Wartenden fluchten alle gleichzeitig drauf los. Ich musste lachen.

Kurz darauf fuhr an unserem Gleis der Zug ein. Aus allen Türen stiegen Reisende aus. Ich stellte mich auf die Zehenspitzen, um besser sehen zu können. Angesteckt von meiner Unruhe stand Barney auf und schnupperte mit angelegten Ohren in die Luft. Er witterte Marie, bevor ich sie sah. Alle Anspannung fiel von ihm ab und er wedelte aufgeregt mit dem Schwanz.

»Da ist ja mein Liebling!« Sie streichelte den Hund ausgiebig, bevor sie sich mir zuwandte. »Theo, du hast es auch geschafft?«

»Sieht wohl so aus.« Ich lächelte. Marie zog mich an sich und gab mir einen Kuss auf die Wange. Barney winselte vor Freude.

»Alles gut bei dir?«

»Na klar!« Sie gähnte und rieb sich die Schläfen. »Auf ins Café?«

»Mit dem Hund?«, fragte ich.

Marie grinste. Ihre dunklen Locken wehten im Wind eines vorbeirauschenden Güterzugs. »Sicher, du Blödmann. Tische gibt's auch draußen.«

Und während Barney ungeduldig an der Leine zog, nahm Marie meine Hand und drückte sie fest.

3

»Bei euch das Übliche? Oder heute mal was anderes?«

Marie sah mich von der Seite her an. Ich fragte mich, ob sie spürte, wie attraktiv ich die Kellnerin fand, jetzt, im Sommer. Normalerweise wusste sie, was los war, wohingegen ich bei ihr meist daneben lag.

»Ich wie immer. Und du?«

»Ich auch.« Marie nickte.

»Also eine Apfelschorle und ein Kaffee mit Hafermilch, kommt sofort.« Sie kritzelte die Bestellung auf ihren Block.

Unter dem Tisch grummelte Barney.

»Ja, oh wei! Wen haben wir denn da? Was darf es für dich sein, mein kleiner süßer Spatzi-Spatz?« Die Bedienung verfiel in einen Singsang, der den Hund ganz verrückt machte. Anders als die Gäste um uns herum, die alle ein Stück wegrückten, schien sie Barney direkt ins Herz geschlossen zu haben.

»Ein Wasser für ihn wäre sehr nett«, sagte ich, um das Theater schnell zu beenden, doch ohne Erfolg.

»Ein Wasser für dich Süßi, kriegst du gleich ein kleines feines Napfi-Napfilein!«

Während Barney zu ihrer Stimme tänzelte, strafte Marie mich mit einem ihrer missbilligenden Blicke. Darin war sie unerreicht. Kurz überlegte ich, sie daran zu erinnern, dass es nicht meine Idee gewesen war, mit dem Hund herzukommen, ließ es aber bleiben.

Stattdessen wollte ich meine Bitte nach einem Wasser wiederholen und damit auch weiteres Gesäusel unterbinden, da kippte Barney plötzlich zur Seite und blieb reglos liegen.

»Oh mein Gott!«, schrie die Kellnerin. »Ist er tot? Ist er tot?«

Ich sah zu Barney. Er wirkte wie ausgestopft. Seine Beine standen in schiefen Winkeln ab und die Zungenspitze hing ihm aus der Schnauze.

»Dem geht's gut.« In all den Jahren hatte ich Marie selten so genervt gehört. »Der hat Narkolepsie, weiter nichts.«

»Oh, ach so.« Die Kellnerin legte sich eine Hand auf die Brust. »Passiert das häufiger?«

»Nur manchmal, wenn er aufgeregt ist«, antwortete ich schnell. »Aber nicht immer. Lässt sich nicht vorhersagen.«

Die Kellnerin nickte. Wahrscheinlich wäre sie vor Schreck noch länger bei uns stehen geblieben, doch eine Frau zwei Tische weiter winkte sie zu sich herüber.

Ich lächelte Marie zu, doch sie erwiderte es nicht.

»Willst du denn gar nicht wissen, wie es war?« In ihrer Stimme schwang Erschöpfung mit.

Ich wich ihrem Blick weitläufig aus. »Ich weiß nicht. Keine Ahnung.«

»Ich soll dich von deiner Mutter grüßen. Es geht ihr ziemlich schlecht.«

Schweigend beobachtete ich Barney, der langsam aus seiner Trance erwachte. Ich hielt ihm eine Hand hin. Mühevoll gab er mir die Pfote.

»Theo?«

»Hm?«

»Kannst du mich bitte angucken?«

Ich sah Marie in die Augen und verlor mich einmal mehr in ihrem tiefen Dunkel. Die Lachfältchen, für die ich immer seltener verantwortlich war, lagen tiefer als sonst.

»Hast du gehört, was ich gesagt habe?«

»Ja.«

Marie schüttelte den Kopf. »Sie hat zwar geweint, wirkte aber gefasst. Ich glaube, sie realisiert das alles noch gar nicht. Wie auch, wenn man überlegt, dass die Diagnose gerade einmal einen Monat her ist …«

In mir zog sich etwas zusammen.

»Wir haben gestern Abend noch über Luis geredet. Über die Zeit im Krankenhaus. Aber es war das, was sie nicht gesagt hat, was mir am meisten Sorge bereitet.«

»Was hat sie denn nicht gesagt?«

Marie seufzte. »Sie hat nicht gesagt, dass sie überrascht ist, dass du nicht da bist. Auch über euren Vater hat sie nicht gesprochen. Aber was kann es Schlimmeres geben, als das eigene Kind zu begraben, alleine, ohne den Vater und den anderen Sohn, das muss so –«

»Was soll das heißen?« Ich fuhr sie heftiger an, als ich es wollte, doch einmal auf dem Level, blieb ich dabei. Barney, wieder voll bei Bewusstsein, sprang wie elektrisch geschockt auf. »Was willst du damit sagen? Dass ich wie er bin? Dass ich meine Familie im Stich lasse? Was willst du von mir, Marie?«

»Nichts, Theo, ich will gar nichts.« Sie klammerte sich an ihrem Stuhl fest. Und obwohl es mir leidtat, entschuldigte ich mich nicht.

»Also, wenn du mir nichts zu sagen hast, dann lass es auch. Du hast keine Ahnung, wie das ist in einer Familie. Du kennst das nicht.«

»Nein.« Sie senkte den Kopf. »Ich kenne das nicht.«

»So war das nicht gemeint, ich –«

»Schon gut«, schnitt sie mich ab.

Der Hund ließ sich hechelnd zu Boden plumpsen. Umständlich rückte ich den Stuhl so zurecht, dass auch sein Kopf im Schatten lag.

Maries Blick wirkte glasig. Ohne zu blinzeln starrte sie vor sich hin. Um die Wogen zu glätten, versuchte ich es mit einem Themenwechsel.

»Wann kannst du dein Auto wieder aus der Werkstatt holen?«

»Voraussichtlich Mittwoch.«

»Mittwoch, okay. Und wann musst du arbeiten?«

»In drei Tagen. Am Dienstag, wie immer.«

»Klar, wie immer.«

Sie sah mich an. »Weißt du, was wir tun sollten? Wir sollten ans Meer fahren.«

»Ans Meer?« Ich hasste es, wenn Marie andauernd mit einer neuen Idee ankam und ich der Spielverderber sein musste, der sie ablehnte.

»Klar! Wir nehmen Barney mit und machen uns eine schöne Zeit.«

Ich schüttelte den Kopf.

»Direkt nach deinen Klausuren. Dann können wir mal so richtig ausspannen.«

Bei diesen Worten wurde mir schlecht. Ich wollte ihr nicht gestehen, dass ich es vergessen hatte, mich für die Prüfungen anzumelden. Nicht, nachdem sie schon im letzten Semester so einen Aufstand deswegen veranstaltet hatte.

»Geht nicht.«

»Komm schon, Theo. Es muss ja nicht lange sein. Nur drei oder vier Tage. Es würde dir guttun. Gerade im Moment.«

Da war es, ihr Totschlagargument: »Es wird dir guttun.« Ich presste die Zähne zusammen. Immer wusste sie, was mir »guttun« würde. Und warum gerade jetzt? Ich schluckte meine Wut hinunter. Doch die Momente, in denen es mir zu viel wurde, häuften sich in letzter Zeit.

»Nein. Wir können ihn nicht so lange mitnehmen.«

»Und wenn wir endlich zusammenziehen und ihn adoptieren?«

Barney fiepte von unten.

»Jetzt fang nicht wieder damit an, Marie. Wir haben kein Geld für seine Medikamente.«

Wir bekamen unsere Getränke, die wir wortlos zu uns nahmen. Gierig schleckte Barney Wasser aus einer Plastikschale. Trotz des Lärms von Bussen und Bahnen und dem Treiben aus und in alle Richtungen war es still zwischen uns. Wir saßen an unserem Tisch wie Gestrandete auf einer einsamen Insel. Die Sonne brannte auf den Asphalt und von dort aus sprang die Hitze in meinen Kopf und machte ihn schwer.

»Ich glaube, es wäre wirklich gut, wenn wir noch mal über die Beerdigung reden«, durchbrach Marie das Schweigen. »Nicht jetzt, das habe ich verstanden. Aber irgendwann mal.«

»Irgendwann mal.«

Mein Handy vibrierte. Ich las die Mail und verdrehte die Augen.

»Was ist denn?«

»Mein Boss.« Ich zeigte ihr das Display. »Der geht mir so auf den Sack, das glaubst du gar nicht.«

»Ich hab's dir schon hundertmal gesagt, kündige endlich!« Marie stellte ihre Tasse krachend auf den Tisch. »Bei dem Typen darfst du dich nicht wundern, wenn er dich ausnutzt. Was kommt als Nächstes, dass du ihm Schnittchen servierst?«

»Ach, das ist doch Quatsch!« Ich winkte ab.

»Ich verstehe nicht, warum du so was immer aussitzt.«

Ich steckte das Handy weg. »Meine Entscheidung.«

»Dann kannst du dich auch nicht beschweren.« Sie legte die Hände über das Gesicht. »Lass uns bitte gehen, ja?«

»Aber wir sind doch eben erst gekommen«, sagte ich und beobachtete aus den Augenwinkeln die Kellnerin.

»Schon, aber ich will einfach nur in mein Bett. Es war echt anstrengend.«

»Oder ... wir gehen zu mir?«

Sie stöhnte. »Oder von mir aus das. Bevor du wieder nur über meine Mitbewohner herziehst, gehen wir einfach direkt zu dir. Ich habe echt keine Kraft für Diskussionen.«

Ich öffnete den Mund, um Widerworte zu geben, doch mir fielen keine ein.

»Wann muss Barney wieder ins Heim, was hat Frau Bellingham gesagt?«, fragte Marie.

»Spätestens um 19 Uhr.«

»Bringst du ihn dann zurück?«

»Okay.«

Sie sah sich nach der Bedienung um. »Können wir bitte zahlen?«

»Wie immer oder getrennt?«

»Getrennt«, sagte Marie. Ihre Entschlossenheit versetzte mir einen Stich.

Auch die Kellnerin wirkte irritiert. »Bar oder Karte?«

»Ich mit Karte.« Marie zückte ihr Portemonnaie.

»Ich bar.«

Und während ich mein letztes Kleingeld zusammenkratzte, legte sie ihre Karte auf das Lesegerät.

4

Zusammen gingen wir die Fußgängerzone entlang. Marie schob mein Rad, ich hielt Barney an der Leine.

»Schmeckt's?«

»Hm.«

Normalerweise hellte sich ihre Stimmung durch ein Eis immer auf. Aber heute wirkte selbst das nicht.

»Möchtest du meins mal probieren?«

Sie musterte meine Waffel. »Nee.«

Marie schien tief in Gedanken zu stecken. Ihre Stimmung verschlechterte sich noch, als wir die Hauptstraße erreichten. Sie war der Meinung, dass alle Innenstädte mittlerweile gleich aussahen.

Barney winselte und blieb auf drei Beinen stehen. Die rechte Vorderpfote hielt er abgeknickt über dem Boden.

»Was hat er denn?«, rief Marie.

Ich beugte mich vor. Zwischen seinen Ballen steckte eine Biene.

»Halt mal mein Eis.«

Behutsam zog ich das Insekt heraus und setzte es auf meine Hand. Die Biene krabbelte ein paar Zentimeter. Ihr filziger Körper kitzelte auf meiner Haut. Dann hob sie ab und flog summend davon.

»Wo kam die denn her?«, fragte Marie. »Ich hab dieses Jahr noch gar keine in der Stadt gesehen.«

»Ich auch nicht.«

»Egal, hat sie ihn gestochen?«

Ich begutachtete Barneys Pfote.

»Nein, nichts zu erkennen. Nichts geschwollen, alles gut.«

Doch das Kraftpaket ließ sich von meiner Diagnose nicht beeindrucken. Barney humpelte einige Schritte, als sei er gerade angeschossen worden.

»So kommen wir nie voran.« Marie lachte.

»Barney, komm mal her.« Ich nahm erneut seine Pfote, streichelte sie etwas und presste schließlich mein Eis dagegen. Doch die Kühlung war nur von kurzer Dauer, denn Barney zog seine Pfote weg und schnappte sich die Kugel samt Waffel mit einem Bissen aus meiner Hand. Schmatzend schlang er es herunter, wobei es ihm zu beiden Seiten aus den Lefzen tropfte.

»Oh, jetzt geht es dir wieder gut, was?« Marie knuddelte den Hund und dann mich.

»Dachte schon, wir müssten amputieren.« Ich zwinkerte ihr zu.

»War knapp, ganz knapp.«

Meinen freien Arm um ihre Schulter gelegt, schlenderten wir weiter. Barney war wieder putzmunter.

Leute eilten textend umher, ein paar Kids rauchten und rotzten zu Hip-Hop aus Bluetooth-Boxen und an jeder Ecke forderten penetrante Studis zum Spenden auf. In der Luft mischten sich die Gerüche von Döner, Pizza und Pommes mit Feinstaub.

»Wie wär's, wir bingen eine Serie bei mir und bestellen später was?«

»Hast du deine Hausarbeit denn abgegeben?« Doch bevor ich das verneinen konnte, änderte sich ihre Meinung. Sie zuckte mit den Achseln. »Okay. Bin eh müde.«

Wir bogen um eine Ecke in Richtung nach Hause. Ich hörte den Mann, dann sah ich ihn. »Mach dich bereit, deinem Herrn und Retter Jesus Christus zu begegnen!« Meine Eingeweide knoteten sich zusammen.

Der Prediger stand in der Mitte der Fußgängerzone. Er war wie ein Fels in einem Fluss, an dem die Passanten links und rechts und ohne großes Interesse vorbeiströmten.

»Nur Gott kann dich von deinem Elend erlösen!«

Niemand nahm Notiz von ihm, wie er, eine Bibel in der einen und eine Wasserflasche in der anderen Hand, die Arme schwenkte. Über seiner Schulter hing der Riemen einer abgewetzten Ledertasche. Ohne sein Rufen und Gestikulieren wäre er mir ganz normal vorgekommen.

»Verdammter Idiot«, zischte ich. Barney brummte.

»Theo!«

Mit jedem Schritt auf ihn zu verkrampften sich meine Muskeln stärker. Tauben flogen gurrend auf. Und je näher wir ihm kamen, desto mehr hatte ich das Gefühl, als würde er mich ansehen, genau in meine Augen blicken, mitten durch das Treiben um uns herum hindurch.

»Dass der sich nicht schämt!«

»Theo, was soll denn das? Sprich wenigstens leise!«

Tatsächlich drehten sich einige Leute nach uns um, doch in meiner Wut war mir das egal. Typen wie er hatten meinen Bruder manipuliert.

Als wir an ihm vorbeigingen, machte der Mann einen Schritt auf uns zu und versperrte den Weg. Ich hielt die Luft an.

»Mein Sohn, ich spüre, du wandelst auf unsteten Pfaden.«

Meine Hände ballten sich zu Fäusten, über deren Knöcheln sich die Haut spannte.

»Das Wort Gottes ist für all seine Kinder bestimmt. Ich möchte es dir gerne mitgeben für deinen weiteren Weg.«

Und er streckte mir lächelnd eine Bibel entgegen.

»Das ist wirklich nett von Ihnen, aber wir haben kein Interesse«, sagte Marie.

Doch der Mann machte keine Anstalten, uns durchzulassen. Wir wollten gerade um ihn herumgehen, da griff er nach meinem Arm.

»Mein Sohn, hör mich doch an!« Seine Augen waren weit aufgerissen. »In Zeiten wie diesen sollten wir uns auf unsere Gemeinsamkeiten besinnen, nicht auf das, was uns trennt. Vergebung und Freundschaft, Vergebung und Liebe!«

»Was soll das, lass mich los, du Freak!«

Wuchtig schüttelte ich ihn ab. Die Menge um uns herum kam zum Stehen. Handys wurden gezückt und gerichtet. Der Prediger wich zurück und machte erneut einen Schritt auf mich zu, ganz nah.

»Ich kann dir helfen, hier geht es um mehr!«

»Lass mich doch in Ruhe!«

»Theo, pass doch auf!«

Ich schubste den Mann heftiger, als ich es wollte. Er taumelte und fiel rücklings zu Boden. Die Flasche rutschte ihm aus der Hand und zerschellte auf dem Asphalt. Barney knurrte und fletschte für eine Sekunde die Zähne.

»Theo, spinnst du jetzt völlig?« Ich sah in Maries entsetztes Gesicht.

Alle Blicke waren auf uns gerichtet. Marie und ein paar Passanten halfen dem Mann wieder auf die Beine. Ich wollte auch anpacken, doch ehe ich mich aus meiner Starre überwinden konnte, war es zu spät.

Der Prediger wirkte überrascht, aber nicht geschockt. Er fixierte mich für einen Augenblick. Dann zog er sich sein Shirt zurecht und ging die Fußgängerzone weiter hinauf, wobei er nach einigen

Schritten wieder zu rufen begann, bis er zwischen den Menschen und Geräuschen versank.

Mit offenem Mund starrte ich ihm hinterher. Langsam löste sich die Menge auf. Abgesehen von ein paar Glasscherben vor meinen Füßen erinnerte schnell nichts mehr an den Vorfall. Barney schüttelte sich.

Mein Gesicht glühte vor Scham. Das einzig Gute war, nicht alleine hier zu sein. Ich wandte mich um. Mein Fahrrad stand noch da. Marie war weg.

5

»Jetzt warte doch mal bitte!«

Marie eilte weiter und drehte sich auch nicht um. Nur langsam kam ich ihr näher, denn ich musste mit einer Hand mein Rad schieben und gleichzeitig mit der anderen Barney an der Leine um die Leute herumlotsen.

»Marie!«

Vor einer Fahrschule holte ich sie ein und griff nach ihrem Arm. Sie machte sich los, blieb aber stehen. Barney freute sich, als wären Jahre und Welten seit unserer letzten Begegnung vergangen.

»Was ist denn los mit dir?«

Ich stammelte herum, ohne zu wissen, worauf ich hinauswollte.

»Theo, das geht so nicht.«

»Er hat mich doch festgehalten und –«

»Ja, aber du hast kein Recht, jemanden so hart anzugehen.«

»Ich wollte nur, dass er mich in Ruhe lässt!«

Sie presste die Lippen aufeinander. Dann legte sie ihre Hand auf meine Wange. Ich schloss die Augen.

»Ich kann verstehen, dass es dir nicht gut geht im Moment. Es muss schwer sein, den Bruder zu verlieren. Vor allem nach dem, was letzten Sommer passiert ist. Und das tut mir auch unendlich leid für dich.« Sie machte eine Pause und zog ihre Hand zurück. »Aber du kannst andere Menschen trotzdem nicht so behandeln. Das ist einfach nicht in Ordnung. Und außerdem war es extrem peinlich.«

»Marie, genau solche Leute wie der sind doch schuld daran, dass Luis sich so verändert hat.«

»Ach Mensch, das ist doch –«

Zum Glück erkannte ich den herannahenden Herrn Vogt früh genug. »Lass mal eben auf die andere Straßenseite.« Hastig zerrte ich Fahrrad und Hund hinter mir her. Jetzt bloß nicht wieder einpennen, dachte ich. Doch Barney blieb wach.

»Warum?«, fragte Marie, folgte mir aber. Dann sah auch sie meinen Vermieter und verdrehte die Augen. »Theo, du kannst ihm nicht ewig aus dem Weg gehen.«

»Sei leise, sonst hört er dich noch!«

Doch er bemerkte uns nicht und lief weiter. Ich atmete auf.

»Genau das meine ich.« Marie sah mich kopfschüttelnd an. Nun standen wir vor dem Schaufenster eines Uhrmachers. Das Ticken der vielen Zeiger drang bis zu uns hindurch.

»Manchmal habe ich das Gefühl, ich kenne dich gar nicht«, flüsterte sie.

Ich schluckte. »Was soll das denn heißen?«

Doch sie antwortete nicht darauf. Barney fiepte und zog den Schwanz ein.

»Was war eigentlich los mit ihm? So aggressiv habe ich ihn noch nie erlebt.«

»Wirklich nicht? Bei mir ist das schon mal vorgekommen.«

»Echt?«, fragte sie.

»Ja.«

»Oh Mann.« Sie starrte durch mich hindurch ins Leere.

»Hey, es tut mir leid, dass der uns so blöd angemacht hat. Lass uns einfach nach Hause gehen, ich bestell was und wir machen uns einen entspannten Tag. Ja?«

»Ich glaube, ich will jetzt alleine sein.« In ihrer Stimme lag Erschöpfung.

»Aber wir wollten doch noch –«

»Heute nicht.« Sie ließ keinen Zweifel aufkommen, dass ich nichts daran ändern konnte.

»Dann lieber morgen?«

Sie zuckte mit den Schultern. »Weiß nicht. Vielleicht. Ich melde mich.«

»Okay ...«

Sie nahm meine Hand. »Theo«, sagte sie. Dann kam nichts mehr und sie ging davon. Barney und ich sahen ihr nach. Doch sie blickte nicht zurück.

6

»… weil die eigene Gruppe der anderen als überlegen angesehen wird und sprechen somit von Ethnozentrismus.«

»Und dann hat sie dich einfach so stehen lassen?«

»Ja. Mit Barney. Einfach abgehauen.«

»Nur weil du den Typen weggeschubst hast?«

»Dabei hat der angefangen.«

»Hat er verdient. Diese Leute sind nicht ganz richtig im Kopf.«

»Marie hat das nicht so gesehen.«

»Weiber halt.«

»Na ja, ich weiß nicht, ob –«

»Ach komm schon«, flüsterte Paul, »als ob du das nicht auch so siehst.«

Ich schwieg.

»Es geht sowohl um Kategorisierungen im Allgemeinen als auch spezifisch um die Frage der sogenannten Ingroup und Outgroup: Wer gehört warum zu meiner Gruppe und wer nicht?«

»Guck mal, da.« Paul deutete auf ein paar Reihen schräg vor uns. Er zwinkerte unverhohlen einer Kommilitonin zu, die ihn anschmachtete.

»… und daraus folgt das Abwerten der anderen, was sowohl direkt als auch indirekt beziehungsweise bewusst oder unbewusst geschehen kann.«

»Kenn ich von Alicia aber auch.«

»Ja?«

»Klar! Stresst ständig rum, die Alte.« Er schüttelte den Kopf.

»Um diese Hindernisse zu überwinden, ist es wichtig, dass –«

»Aber ich hab endlich einen Weg gefunden, um damit –«

»Meine Herrn.« Die Stimme der Dozentin schnitt durch den Hörsaal bis zu uns ganz nach oben in die letzte Reihe. »Wenn Sie etwas Wichtigeres zu besprechen haben, dann tun Sie das gerne draußen oder aber so laut, dass wir alle etwas davon haben.«

Paul grinste. »Oder wir besprechen es unter vier Augen, nur Sie und ich.«

Alle lachten über die Bemerkung, die ohne sein charmantes Selbstbewusstsein einfach nur frech gewesen wäre. Selbst die Professorin konnte nicht umhin, verstohlen zu schmunzeln. Ich bewunderte und hasste Paul zugleich dafür. Als sich alle beruhigt hatten, ging die Vorlesung weiter.

»Wie also können wir hier ansetzen, um dem entgegenzuwirken?«

Niemand meldete sich. Ich hätte gerne etwas gesagt, um auch so bewundernde Blicke wie Paul zu ernten. Doch ich wusste nicht einmal, worum es überhaupt ging.

»Einen der wichtigsten Ansätze auf diesem Gebiet liefert uns Gordon Allport mit seiner Kontakthypothese«, löste die Professorin das Schweigen auf. »Beachten Sie hierbei: Das Potenzial einer echten Bekanntschaft muss gegeben sein sowie ein identischer Status der verschiedenen Gruppen. Legen Sie klare Regeln für ein konstruktives Miteinander fest. Außerdem sollte ein gemeinsames Ziel vorliegen. Zudem ist es hilfreich, wenn nicht ganze Gruppen aufeinandertreffen, sondern nur einzelne Mitglieder.«

Ständig drehten sich Kommilitoninnen zu uns um und suchten Pauls Aufmerksamkeit, der sich für alle seine Verehrerinnen eine eigene Geste ausdachte. Mich hingegen nahmen sie nur in seinem Schatten wahr. Aber besser so als gar nicht.

»Daher empfehle ich Ihnen zu diesem Thema das neueste Buch aus der Reihe von Müller, worin leicht verständlich beschrieben wird, wie Sie diese Probleme diagnostizieren und nachhaltig umgestalten können.«

Noch fünf Minuten. Ich stützte mein Kinn mit einer Hand ab und starrte aus dem Fenster.

»Und auch wenn die Ferien vor der Tür stehen, vergessen Sie nicht, für all diejenigen unter Ihnen, die im Wintersemester ihre Abschlussarbeit schreiben wollen, was ja, wenn ich mich so umsehe, die meisten hier betrifft: Gleich findet die Informationsveranstaltung dazu statt, an der Sie verpflichtend teilnehmen müssen, um zugelassen zu werden. Ich bedanke mich und wünsche einen angenehmen Sommer.«

Alle klopften auf Holz. Kurz darauf fanden wir uns im Tumult auf dem Gang wieder. Paul klatschte mit ein paar Leuten ab und grinste in jede Richtung. Es wurde ruhiger.

»Theo, was ich dich noch fragen wollte: Wie war eigentlich die Beerdigung von Leo?«

»Leo? Luis.«

»Ja, richtig, Luis.« Er verzog das Gesicht. »Wie war's denn?«

»Weiß nicht«, sagte ich. »War nicht da.«

Paul zog die Brauen hoch. »Du ... warst nicht da?«

»Nein.«

»Aber hast du nicht gesagt, ihr seid euch so nah gewesen?«

»Das war einmal. Bevor er ...«

»Ach ja, stimmt.« Paul überlegte. »Wie geht's deiner Mutter?«

»Keine Ahnung. Hab sie nicht gesprochen.«

»Hast du nicht mal angerufen?« Er klang entsetzt.

»Nein«, antwortete ich nur. Was hätte ich auch sagen sollen.

»Du verarschst mich doch.«

»Vielleicht können wir uns die Woche noch mal treffen?« Ich hatte keine Lust, hier in der Uni darüber zu reden.

»Von mir aus«, sagte Paul.

»Wann kannst du denn?«

»Die nächsten Tage sind recht voll.« Eine Kommilitonin schlenderte vorbei und zwinkerte ihm zu. »Muss jetzt auch los.«

»Schreib mir doch, wenn du Zeit hast.«

Paul sah ihr nach. »Schreib du mir. Bin zu busy, das vergesse ich safe.«

Wir gaben uns die Faust und er ging zur Infoveranstaltung. Ich sah ihm nach und stand noch da, als er schon längst weg war. Wahrscheinlich wäre ich noch ewig so stehen geblieben, wenn mich nicht eine allzu vertraute Stimme aus meiner Trance gerissen hätte.

»Theodor, was harren Sie hier so nutzlos aus?«

Ich drehte mich um. Professor Hugelmeyer-Stubenbrock schoss in seinem blauen Anzug energisch auf mich zu.

»Im Namen von Karl dem Großen und Alexander dem Größeren! Sie sind wieder zu spät. Wenn Sie denken, man bräuchte einen akademischen Abschluss, um das Prinzip der gleichnamigen Viertelstunde zu begreifen, unterliegen Sie ganz und gar einem gewaltigen Trugschluss!«

Ich wollte etwas erwidern, doch dazu kam es nicht.

»Meine Veranstaltung beginnt in fünf Minuten. Zeit ist Geld und Geld ist knapp. Also hopp, hopp, mir nach!«

Und ich folgte ihm in die entgegengesetzte Richtung, in die Paul gegangen war.

7

Als Erstes öffnete ich die Fenster. Nachmittags knallte die Sonne ungehindert auf den Campus. Der Raum war der reinste Backofen, den Hugelmeyer-Stubenbrock durch seine Kommentare zusätzlich anheizte. Auf seine Anweisungen hin verschob ich die Tische erst zu einem O, einem U und dann zu einem T, nur um sie schließlich wieder in die ursprünglich aufgebauten Einheiten zu stellen.

Der Professor grinste mir gebleachte Zahnreihen entgegen. »Schneller, junger Werther, oder leiden Sie schon?«

Aus einem Schrank holte ich die Materialien und baute für jede Tischgruppe einen Versuch auf.

»Denken Sie immer daran, Theodor, Sicherheit wird hier großgeschrieben, größer noch, als Sie überhaupt groß schreiben können.«

Es war immer das Gleiche. Er saß da vorne, aß einen Apfel, oder, wie er es nannte: »Erkenntnisfrucht«, weit in seinen Stuhl zurückgelehnt und die Füße auf dem Tisch, während ich umherrannte und Befehle befolgte. Und wie oft hatte ich ihm schon gesagt, dass mein Name nicht Theodor war. Nur Theo.

»Oh, seht! Wen haben wir denn da Schönes!«

Die Studentinnen kamen herein. Es waren nur junge, attraktive Frauen, die »Women Go Physics« belegen durften. Ein Kurs, den Hugelmeyer-Stubenbrock vor ein paar Semestern und unter großem Tamtam gegründet hatte. Teilnehmen konnte nur, wen er nach einem persönlichen Gespräch auswählte. Für »den Eindruck«, wie er sagte.

»So, die Damen. Heute widmen wir uns etwas, das mich meinen Siedepunkt noch schneller erreichen lässt als Sie an diesem Sommertag: dem Bunsenbrenner!«

Und während er sein Geschwafel gestenreich untermalte, schnappte ich mir ein Klemmbrett und schrieb mit. Mein Chef bestand darauf, dass jedes Detail protokolliert wurde, vor allem das, was er selbst sagte. Laptops gestattete er in diesem Kurs nicht.

Als die Studentinnen mit den Versuchen begannen, musste ich an Paul denken. Wie er umherschlendern, ein paar Komplimente streuen und so eine Nummer nach der anderen klären würde. So weit wollte ich gar nicht gehen, denn da war ja noch Marie. Ich liebte sie auch nach wie vor. Doch nach Jahren der Beziehung waren wir aufeinander eingestellt. In mir wurde das Verlangen größer, neue Abenteuer zu erleben. Ich wollte das Prickeln wieder spüren, die Aufregung, die nur ein Flirt mit einer fremden Frau auslösen konnte.

Ich rief mir Pauls Coolness in Erinnerung und trat auf die Gruppe vorne links zu. Eine von ihnen hielt ihr Handy hoch, um den anderen ein Bild zu zeigen, gefährlich nahe am entflammten Bunsenbrenner. »3. Sinner-Gebot«, stand über einem lasziv lächelnden Adonis mit aufgesetzten Teufelshörnern, und darunter: »Du sollst den Dating-Tag heiligen :-D«

Die Gruppe kicherte.

»Lol, die Werbung wird mir dauernd angezeigt.«

»Well, mach dir doch ein Profil.«

»Nein, das geht nicht, sie hat doch einen Boyfriend.«

»Bist du dumm? Genau dann kannst du es erst nutzen, Girl.«

Obwohl ich direkt vor ihnen stand, war ich wie unsichtbar für sie. »Hey!«, wollte ich mit tiefer Stimme sagen, quiekte es ihnen aber stattdessen schrill entgegen.

Plötzlich waren alle Blicke auf mich gerichtet. Aus den Augenwinkeln nahm ich wahr, wie auch Hugelmeyer-Stubenbrock mich beobachtete.

»Hey, na, ihr …« Ich lief röter an als die Flamme des Bunsenbrenners. »Ihr Frauen der Wissenschaft.«

Sie kreischten alle gleichzeitig los und ich nahm Reißaus.

»WTF war das denn?«

»Keine Ahnung, aber wie lost der da stand, OMG!«

»Voll der Lappen!«

»Girl, ich kann nicht mehr!«

Den Rest der Vorlesung verbrachte ich damit, mich an der hinteren Wand herumzudrücken und meinen Schweißfluss in den Griff zu kriegen. Mit zehn Minuten Verspätung entließ Hugelmeyer-Stubenbrock die Studentinnen. Nun waren nur noch er und ich da.

»Sagen Sie, Theo … Sie arbeiten doch nun schon seit sechs oder sieben Semestern für mich, ist das so weit korrekt?«

»Seit acht«, sagte ich.

»Seit acht«, wiederholte der Professor. Er stellte sich ans Fenster und verschränkte die Arme hinter dem Rücken. »Und wie lange wird es wohl noch dauern, bis Sie endlich diese Informationsveranstaltung bezüglich Ihrer Abschlussarbeit werden besuchen können?« Er drehte sich zu mir. »Ich frage im Auftrag meines durch Sie extrem geschwächten Nervenkostüms.«

Ich überlegte. »Schätze noch zwei Semester. Eher drei.«

»Noch zwei bis drei Semester.« Für einen Moment war es still. Dann fing Hugelmeyer-Stubenbrock an zu schreien: »Und dieses Pack finanziere ich mit meinen Steuern, von der Bibliothek und der Mensa ganz zu schweigen, aber hier soll ja jeder Hinterwäldler ein Recht auf kostenlose Bildung erhalten, und das ist das Resultat! Ja, was waren wir nicht einst, ach, eine stolze Nation von Dichtern und Denkern, von Machern mit Träumen, doch nun sehe ich nur noch Träumer ohne machen und die Träume, oh nein, sind längst ausgeträumt!« Er warf den Kopf in den Nacken, breitete die Arme aus und brüllte der Decke entgegen: »Oh Herr, lass Hirn vom Himmel regnen!«

Schwer atmend zog er sich den blauen Anzug zurecht. Ich stand da und hoffte, dass die Show für heute vorbei war. Doch mittlerweile wusste ich, was für einen Tag er hatte.

»Theo, Theo, Theodor. Lassen Sie Ihr sinnloses Studium ruhig schleifen. Psychologen braucht die Welt tatsächlich noch weniger als Künstler. Aber hier erwarte ich eine andere Arbeitsmoral als das, was Sie mir in den letzten Wochen angeboten haben.«

Ich nickte.

»Nach Ihren dreihundert Semestern bin ich für Sie kein Unbekannter mehr. Sie wissen, ich bin bei diesem Thema ziemlich emotionslos. Also sehen Sie zu, dass sich das ändert, klar?«

Ich nickte erneut.

Hugelmeyer-Stubenbrock nahm seine Aktentasche. »Und Theo ... Hören Sie auf, meine Studentinnen anzugraben.«

»Ihre Studentinnen?«

Er trat so nah an mich heran, wie es ohne Berührung möglich war. Auf seiner Oberlippe lagen weiße Partikel. »Wer verteilt hier am Ende die Noten? Sie oder ich? An wen wird man sich bei einem negativen Ergebnis wenden, obwohl man ja ach so viel gelernt hat?« Er flüsterte so leise, dass ich ihn fast nicht mehr hören konnte. »Meine Vorlesung, meine Studentinnen.«

Kurz verharrte er so vor mir, dann ging er zur Tür. »Und auch noch so plump!« Glucksend ließ er mich allein zurück.

8

»Bist du nicht mit dem Auto da?«, fragte ich laut über das Geratter des anfahrenden Zugs hinweg.

»Bei den Spritpreisen? Ich muss sparen, Theo.«

Also machten wir uns zu Fuß auf den Weg. Mutter war immer noch überrascht, mich hier zu sehen. So überrascht, dass es mir einen Stich versetzte.

»Wie geht's dir denn?«, fragte ich.

»Es ist natürlich nicht einfach. Aber ich verzage nicht.« Sie kämpfte sich ein Lächeln ab. »Für mich ist aber viel wichtiger, wie es um dich bestellt ist, mein Junge?«

»Gut. Mir geht's gut.«

Wir gingen durch die engen Gassen des Dorfes. Nach Hause zurückzukehren war immer wieder seltsam. Obwohl ich den Großteil meines Lebens auf dem Land verbracht hatte, kam ich mir vor wie ein Fremder. Ich kannte alles, jedes Haus, jeden Baum und jeden Vogel aus jedem Baum und jedem Haus. Ich wusste, dass das alles da war. Doch schien dieser Ort nur zu existieren, wenn ich ihn besuchte. In meiner Abwesenheit veränderte sie nie irgendwas.

»Und Marie? Wie läuft es so bei ihr im Job?«

»Na ja …« Es war mir peinlich, das nicht zu wissen. »Habt ihr nicht darüber gesprochen, als sie hier war?«

Mutter warf mir einen Blick zu. »Sag mal … willst du dich von ihr trennen?«

»Was? Nein, natürlich nicht!« Ich schüttelte den Kopf. »Also eher nicht.«

Mutter seufzte. »Ich sollte das wahrscheinlich nicht sagen. Aber ich fürchte, sie könnte sich von dir trennen, wenn es mit euch so weitergeht.«

Ich blieb stehen, mitten auf der Straße. Doch die Gefahr, hier überfahren zu werden, war recht gering. »Hat sie das gesagt, als ihr gesprochen habt?«

Sie zögerte. »Nein. Aber ich habe es ihr angesehen. Ich konnte es spüren.«

»Du bist auch zu sensibel.« Ich ging weiter. »Ja, es könnte besser laufen. Aber das legt sich wieder, wie es das immer tut. Wenn sie reden will, wird sie kommen.«

»Irgendwann ist der Punkt erreicht, an dem es zu viel ist. Und dann gibt es kein Zurück mehr.«

Ich schluckte. Sie schien sich wirklich große Sorgen deshalb zu machen. Eigentlich war es nicht ihre Art, sich einzumischen.

»Sie hat Barney«, sagte ich, weil Mutter weiter schwieg und mir die Stille und Ereignisse der letzten Tage in den Ohren klirrten. »Der tut ihr gut.«

»Der tut auch dir gut. Das war eine so schöne Idee von dir mit den Spaziergängen! Deshalb verstehe ich nicht, warum ihr ihn nicht einfach adoptiert.«

»Immer wieder kommt das auf!« Ich bemühte mich gar nicht erst, meinen Ärger zu verbergen.

»Natürlich. Weil sich die Frage stellt, woran das liegt. Und komm mir nicht wieder mit den teuren Medikamenten. Ich habe dir versprochen, euch dabei zu unterstützen.«

»Es besteht keine Not, ihn aus dem Heim zu holen«, versuchte ich mich rauszureden. »Bei seiner Krankheit ist es sehr unwahrscheinlich, dass jemand anderes ihn zu sich nimmt.«

Mutter durchschaute meine Ausrede sofort. »Solche Dinge können sich schnell ändern, Theo. Darauf würde ich mich nicht verlassen.«

»Ich will ihn doch auch adoptieren, aber wenn wir das machen, denkt Marie ...« Ich brach ab und auch Mutter beließ es dabei. Stattdessen sprach sie das nächste Reizthema an.

»Wie sieht es denn finanziell bei dir aus? Kommst du gut klar? Und die Arbeit?«

»Läuft super.« Ich schämte mich, hatte ich mir doch fest vorgenommen, ihr endlich die Wahrheit zu sagen. Doch das Lügen war mittlerweile zu einem Reflex geworden. Von meinen Mietschulden wusste sie immer noch nichts. »Abgesehen von meinem Chef. Der nervt ziemlich.«

»Wie ich dir schon mehrfach sagte, hält man das entweder aus oder wechselt den Job. Aber sich nur zu beklagen, hilft wenig.«

»Hm.«

»Um noch mal aufs Geld zu kommen ... könntest du dich langsam auch vollständig selbst finanzieren?«

»Klar«, sagte ich, bevor ich darüber nachdenken konnte.

»Ach, das erleichtert mich!« Sie blieb stehen, legte sich eine Hand auf die Brust und atmete aus. »Ich muss dir nämlich sagen, dass ich dich nicht mehr lange werde unterstützen können.«

»Ach nein?« Ich krächzte die Worte beinahe.

»So, wie gerade wieder alles teurer wird ... und mit fünfundzwanzig Jahren musst du auch lernen, auf eigenen Beinen zu stehen.«

Ich sollte mich vollständig selbst finanzieren? Ein winkender Nachbar zog Mutters Aufmerksamkeit auf sich und sie plauderten eine Weile. Hin und wieder nickte ich, dabei hörte ich gar nicht zu. Morgen würde ich ein Geständnis ablegen. Job, Uni, Geld, das volle Programm. Ich wischte mir den Schweiß von der Stirn, doch es war zwecklos. Auch meine Hände waren feucht.

»Ich hätte das nie so lange machen können«, fuhr Mutter fort, als wir weitergingen, »wenn Luis nicht direkt mit seiner Ausbildung angefangen hätte. Geld hat mir schon damals Sorgen gemacht, als ihr noch klein wart. Insofern war es ein Glücksfall, dass er sein Abitur nicht geschafft hat. Und er hat so gerne an Autos herumgeschraubt.«

»Hm.«

»Aber allein die Unterstützung für dein Auslandsjahr und die Wartesemester, bevor du überhaupt mit Psychologie anfangen konntest, waren –«

»Ich weiß.« Es tat mir leid, sie abzuwürgen, doch ich wollte mir diese ganzen Geschichten nicht anhören. Nicht schon wieder und nicht jetzt.

Mutter aber war so sehr mit ihrer Erleichterung über meine angebliche finanzielle Unabhängigkeit beschäftigt, dass sie das überging. Plötzlich brach ihre Stimme. »Und dann hat die Beerdigung so viel gekostet. Und die Grabpflege erst.«

»Was kostet denn so was?«, fragte ich.

Sie winkte ab. »Viel. Es hat meine letzten Ersparnisse in Anspruch genommen. Aber das soll nicht deine Sorge sein.«

»Schön wär's«, flüsterte ich.

»Wenn die Leute aus seiner Gemeinde nicht gewesen wären … Ich weiß gar nicht, was ich ohne die gemacht hätte, als dein Bruder plötzlich ins Krankenhaus kam und immer schwächer wurde.«

Jaja, die Gemeinde. Diese ach so selbstlosen Christen. Ich wollte nichts über ihre angebliche Hilfe hören, doch ich fand keine Möglichkeit, dem jetzt noch zu entkommen.

»Da waren so liebe Menschen dabei, vor allem einer, ein guter Freund von Luis, der heißt –«

»Mama, ich verstehe das nicht«, lenkte ich das Gespräch wieder auf das tatsächlich weniger unangenehme Thema Geld, »warum selbst das Sterben so viel kostet? Niemand hat etwas davon, für viel Geld beerdigt zu werden. Vor allem nicht, wenn die Lebenden es dringend brauchen. Musste es denn unbedingt so teuer sein?«

Mutter blieb abrupt stehen. Es war der Blick, den sie mir nur selten verpasste. Doch schon in meiner Kindheit war er der Vorbote eines Donnerwetters gewesen. »Nein, Theo, es musste nicht so teuer sein. Aber würdevoll. Und das sind in diesem Fall leider zwei untrennbare Dinge.« Sie hielt offenbar ihre Tränen zurück und ich wollte mich entschuldigen, brachte es aber nicht über mich. »Und außerdem haben wir etwas davon. Wir, die noch hier sind. Ohne ihn.«

Ich nahm ihre Hand und blickte sie zum ersten Mal seit meiner Ankunft direkt an. Wie jedes Mal, wenn ich sie wiedersah, erschrak ich innerlich, denn ich hatte sie jünger im Kopf. Ihre Stimme veränderte sich nicht, aber ihr Äußeres. Tiefe Sorgenfalten zeichneten das früher so lebendige Gesicht, auf dem nun ein grauer Filter lag. Sie war müde, abgespannt und eingefallen. Unter ihren Augen lagen dunkle Ringe, das Haar war fettig, die Arme hingen schlaff herab. Die langen Jahre als Krankenschwester im Nachtdienst forderten ihren Tribut.

Eine Zeit lang hatte ich geglaubt, die Uhren würden sich irgendwie wieder zurückdrehen. Doch jetzt, in diesem Moment, wurde mir klar: Auch meine Mutter war nur ein Mensch. Und sie wurde älter.

Sie ging an mir vorbei und wir liefen leicht versetzt, dann wartete sie auf mich. »Luis vermacht dir auch etwas. Sein Testament wird bald verlesen.«

»Was soll das schon sein?«, fragte ich. »Fünf Ablassbriefe und ein Kruzifix?«

Mutter lachte nicht. »Wir alle kennen deinen Standpunkt, Theo. Und ich habe dir immer gesagt, dass ich dich inhaltlich mehr verstehe als Luis. Aber dass es so einen Keil zwischen euch treiben musste ... Der Streit im letzten Sommer hat ihn sehr mitgenommen. Er war am Boden zerstört, als du an Weihnachten nicht zu uns nach Hause gekommen bist.«

»Können wir das wann anders besprechen? Oder auch ganz vergessen, bitte?«

»Wie wäre es, wenn wir gleich zum Friedhof fahren? Die paar Kilometer kannst du gerne ans Steuer. Es wäre so wichtig, dass du mal wieder fährst, nach all den Jahren. Du weißt, du bist kein besonders guter –«

»Ich denke nicht, dass ich in diesem Leben noch einmal Auto fahren muss«, sagte ich. Mir wurde das alles zu viel, dabei war ich gerade erst eine halbe Stunde hier. Konfrontation war schon immer ihre bevorzugte Bewältigungsstrategie gewesen, aber nicht meine. Meine war der Rückzug.

Wir bogen in unsere Straße ein und das Häuschen am Ende rückte bedrohlich näher. Ich wusste, dass ich es mir nur einbildete, aber ich hatte das Gefühl, keine Luft mehr zu bekommen.

»Sonst fahre ich, das ist auch kein Problem.«

»Eben hast du noch gesagt, du musst sparen.«

»Aber mein Junge, das ist doch nicht zu vergleichen. Ich würde mich so freuen, wenn du zu ihm gehst. Und es würde dir sicher guttun, es besser zu verarbeiten und –«

»Hör auf!«, schrie ich und Mutter zuckte zusammen. »Hör bitte auf. Ich kann nicht auf den Friedhof, ich will nicht auf den Friedhof. Lass mich endlich damit in Ruhe!«

Ich keuchte. Der Gedanke, jetzt, fast ein Jahr nach dem Streit, zurück in das Haus unserer Kindheit zu kehren, in dem jedes Bild, jeder Gegenstand und jeder Quadratmillimeter mit Geschichten gepflastert war, die alle nur gierig darauf warteten, mir einen schmerzvollen Flashback nach dem anderen in Herz und Nieren zu schießen, flößte mir pure Angst in die Venen. Ich hatte keine Ahnung, wie ich genau dort Mutters Versuche, mich zum Friedhof zu lotsen, abwehren sollte. Und als mir das klar wurde, wusste ich auch nicht mehr, was mich, von einem schlechten Gewissen abgesehen, überhaupt angetrieben hatte, hierher zu kommen.

»Ich muss wieder los. Ich muss hier weg.«

»Aber ich habe extra eine Schicht getauscht und du bist doch gerade erst –«

»Ich hab keine Zeit. Muss morgen arbeiten«, log ich und wäre dabei am liebsten in Grund und Boden versunken. »Außerdem habe ich eh nicht genug Zeug dabei, um hierzubleiben.«

Mutters Blick fiel auf meinen prall gefüllten Backpack. »In Ordnung«, flüsterte sie. »Soll ich dich zurück zum Bahnhof bringen?«

»Ich gehe allein.« Die Worte verließen meinen Mund, bevor ich über ihre Bedeutung nachdenken konnte. Doch dann hatte ich es gesagt, und obwohl ich wusste, dass ich hier und nur hier rückgängig machen konnte, was ich sagte und was ich tat, fehlte mir dazu der Mut.

»Dann will ich dich nicht aufhalten, Theo.«

»Ich … es tut mir … ich … muss los.«

Selbst am Bahnhof spürte ich noch Mutters Blick im Nacken. Selbst, als ich im Zug saß. Und selbst dann noch, als der Zug ins Rollen kam.

9

Der Zug ratterte in die anbrechende Nacht. In jeder noch so winzigen Gemeinde hielten wir an, was die Fahrt in die Länge zog wie eine Hausarbeit ohne Deadline. Aber eine andere Verbindung gab es nicht.

Trotz Klingelton zog ich mein Handy im Zehnsekundentakt aus der Hosentasche. Marie antwortete nicht. Ich hasste das. Sie war praktisch immer online und las jede Nachricht sofort. Aber wenn sie sauer war, ließ sie mich warten.

Ohne Grund klappte ich den Tisch am Sitz vor mir aus. Jemand hatte einen Sticker daraufgeklebt. »8. Sinner-Gebot: Du sollst nicht lügen und behaupten, ein Partner reicht B-)« Ich spielte mit dem Gedanken, den von einem Pfirsich-Emoji umschlossenen QR-Code zu scannen. Was wohl passieren, wen ich kennenlernen würde? Doch ich drückte den Tisch wieder hoch.

Ich schämte mich für mein Verhalten Mutter gegenüber. Der Pflichtbesuch war nicht verlaufen wie erhofft. Und die Schuldgefühle Richtung Marie brannten mir im Bauch.

Ich wusste, was sie von mir erwarteten. Doch ich sah nicht, was ich hätte ändern können. Vieles lag einfach nicht in meiner Hand.

Aber sie verstanden mich nicht. Je wichtiger mir etwas war, desto weniger begriffen sie, was in mir vorging. Wie sehr ich beweisen wollte, auf was für einen Haufen Fanatiker Luis hereingefallen war …

Auf dem Rückweg vom Bahnhof nach Hause trat ich in die Pedale. Fahrradfahren befreite meinen Geist und bis auf eine Gruppe Biker, um die ich einen großen Bogen machte, lagen die Straßen frei vor mir. Die Radnabe schnurrte mir eine beruhigende Melodie in die Ohren.

Irgendwie würde sich das alles lösen. Mit Marie. Und Mutter. Und Barney. Und der Uni. Und dem Job. Und dem Geld. Irgendwas würde mir schon noch einfallen. Ab morgen würde ich mich darum kümmern. Spätestens ab übermorgen.

Trotz der ganzen Probleme freute ich mich darüber, dass nun alles wieder seinen gewohnten Gang nehmen würde. Ohne tiefe Gespräche, ohne sorgenvolle Kommentare. Und vor allem ohne dieses leidige Religionsthema.

Nachdem ich die Haustür aufgeschlossen hatte, zückte ich erneut das Handy, obwohl ich wusste, dass keine Nachricht gekommen war. Ich fischte ein paar Mahnungen aus dem Briefkasten, dazu ein weiteres Schreiben von Herrn Vogt: rote Schrift, kursiv gedruckt.

Gerade als ich den letzten Brief aus dem Stapel Post ansehen wollte, hörte ich ein »Ping!«. Eilig schaute ich nach. Marie würde morgen Abend kommen. Heute nicht mehr.

Ich fluchte, da ging das Licht aus. Im Halbdunkeln glotzte ich auf den letzten Brief. Las meinen Nachnamen beim Empfänger. Las meinen Nachnamen beim Absender.

Ich schaltete das Licht ein. Und starrte auf den Vornamen des Verfassers. So lange, bis das Licht wieder erlosch.

Ich raste die Treppen hoch, schloss hektisch die Tür auf, knallte sie hinter mir zu, machte Licht, keuchte. Rutschte an der Wand hinab zu Boden.

Mit zitternden Händen öffnete ich den Umschlag und zog den Brief hervor: eine am PC beschriebene Seite. Um wirklich sicherzugehen, schaute ich ein allerletztes Mal auf den Absender. Mein

Nachname, aber nicht mein Vorname. Der Vorname dort lautete: Luis.

10

Theo, mein geliebter Bruder.

Zusammen mit meinem Glaubensbruder Jacob habe ich einen Trip quer durchs Land geplant, von einer Partnergemeinde zur nächsten. Wir möchten uns den Menschen dort vorstellen und Geld sammeln für unsere eigene, neu gegründete Gemeinde, mit der wir einen anderen, offenen Weg einschlagen werden. Die Reise beginnt am Montag, den 1. August und endet am Sonntag, den 7. August.

Bis zuletzt habe ich noch gebetet, doch der Herr hatte andere Pläne für mich. Denn wenn du das hier liest, weile ich nicht mehr auf Gottes wunderschöner Erde.

Was nun folgt, ist daher mein letzter Wille und tiefster Herzenswunsch: Ich möchte, dass du meinen Platz an Jacobs Seite einnimmst.

Doch dein zweifelndes Herz und dein eigensinniger Geist sind mir nicht fremd. Und so sehe ich mich gezwungen, den Trip als Bedingung für das Antreten meines Erbes an dich zu machen.

Jacob erwartet dich am Montag zwischen acht und elf am Gleis unseres Dorfbahnhofs. Solltest du bis elf Uhr nicht erscheinen, egal aus welchem Grund, wird er ohne dich aufbrechen.

Theo, bitte vergib mir. Und bitte erfüll mir diesen letzten Traum. Vielleicht wirst du mich verstehen, wenn du deinem Herzen mehr folgst als deinem Verstand.

In der Hoffnung, dass du an Bord bist, wünsche ich euch eine gesegnete Fahrt.

In Liebe, dein Bruder, Luis

11

Ich fand mich in einem Park wieder, unter einem funkelnden Himmel auf einer Bank sitzend. Natürlich wusste ich, wie ich dorthin gekommen war, und natürlich war daran nichts Besonderes. Auch wenn ich es gerne so gehabt hätte.

Eine klare Nacht umhüllte die Welt. In meinem Kopf herrschte Nebel. Hilfesuchend blickte ich nach oben: Schau in den Himmel und sag mir, was du siehst. Ich fragte mich, was wohl die Sterne darüber dachten. Über den Brief. Und über mich.

Es war ruhig. Zumindest so ruhig, wie es die Stadt im Sommer um diese Zeit zulassen wollte. Getunte Karren rasten um die Wette. Kids weiter hinten im Park ließen den Beat dumpf aus Boxen dröhnen. Dazu sang ein Obdachloser ein altes Seelied.

Ich zog den Brief aus der Tasche, las ihn jedoch nicht erneut. Nachdem ich ihn in meiner Wohnung wieder und wieder durchgegangen war, musste ich raus. Musste weg von allem, was mich einengte.

Meine Gedanken schossen unaufhörlich hin und her. »Glaubensbruder.« Dieses Wort ließ mich nicht los. Auch nicht die »neu gegründete Gemeinde«. Wie tief war Luis in diese Sekte nur hinabgerutscht? Drei Jahre waren zwar eine lange Zeit. Aber wie weit musste er gegangen sein, um eine eigene Gemeinde aufzubauen? Und warum sollte ich jetzt für ihn auf einen Roadtrip gehen, wo er doch wusste, wie sehr ich all das verabscheute. – Was sollte das?

Ich fand keine Antwort darauf. Ein paar Betrunkene rasten grölend auf E-Scootern vorbei. Ich steckte den Brief wieder ein und wollte nachsehen, ob Marie sich noch einmal gemeldet hatte. Doch in der Aufregung musste ich das Handy zu Hause vergessen haben. Augenblicklich fühlte ich mich nackt.

Die plötzliche Stille ließ mich aufhorchen. Als sei ich von der Welt abgeschnitten, waren da keine Geräusche mehr. Nichts, worin ich mich hätte flüchten können. Jetzt blieb mir keine Wahl, als mich dem Chaos meiner Gedanken zu stellen.

Ich versuchte mich zu ordnen. Luis wollte also eine Gemeinde gründen. Mit diesem Jacob. Und mit dem sollte ich einen Trip machen, für sieben lange Tage. Ich seufzte. Okay. Das war schon schräg genug. Und vor allem direkt nächste Woche. Du wirst überfallen, dachte ich. Hände hoch, das ist ein emotionales Attentat.

Doch was mich am meisten von alldem störte, war gar nicht der Inhalt. Es war die Art, wie er es geschrieben hatte. Das war nicht mein Bruder, wie ich ihn kannte. So war Luis nicht. Oder doch? Hatte ich ihn überhaupt nicht gekannt?

Unsere letzte Begegnung war mittlerweile ein Jahr her. Damals hatte er recht ... normal gewirkt. Obwohl er auch da schon länger in diesen Gemeinden verkehrte. Worüber wir dann in Streit geraten waren. Und ich Weihnachten hatte schwänzen müssen.

War das der Grund, aus dem er mir nun, aus dem Grab heraus, die Pistole auf die Brust setzte?

Der Luis, den ich meinen Bruder nannte, hätte mich niemals zu irgendetwas gezwungen. Doch genau das tat er jetzt, dachte ich und biss die Zähne aufeinander. Er zwang mich dazu, seinen Platz einzunehmen, sonst würde er mich vom Erbe ausschließen. Zumal ich Geld mehr als alles andere brauchte. Falls er mir überhaupt Geld vermachen sollte.

»Was tust du mir an?«, fragte ich ins Nichts. »Was soll das, warum machst du das?«

»Er war nicht mehr er selbst«, antwortete ich mir. »Sie haben ihn völlig verändert.«

Von einem Moment auf den anderen packte mich die Wut. Ich wischte mir über den Mund, sprang auf und kickte eine leere Dose scheppernd über den Asphalt. So nicht. Ich würde mich nicht zur Witzfigur machen lassen und diesen Menschen auch noch dabei helfen, eine weitere Gemeinde aufzubauen. Als Kfz-Mechatroniker hatte Luis keinen Reichtum angehäuft. Es würde also nichts oder nicht viel zu erben geben. Er war es, der sich hatte reinziehen lassen in komische Strukturen, und jetzt wollte er mich, warum auch immer, mit in den Abgrund reißen. Nein, dachte ich. Nicht mit mir. Nicht in hundert Jahren. Straff schritt ich zurück nach Hause.

Die Bewegung tat gut, mehr noch als die Entscheidung. Meine Glieder lockerten sich und mit jedem Atemzug führte ich meiner Lunge mehr Sauerstoff zu. So ist es gut, dachte ich.

Oder nicht? Tief in mir keimte das Gefühl auf, etwas zu übersehen. Etwas Elementares, das direkt und offensichtlich vor mir lag. Etwas Notwendiges, das mich umgab wie Luft und genauso wenig zu greifen war.

Wieder sah ich auf zu den Sternen. Und jetzt wusste ich, was sie darüber dachten: Es war ihnen völlig egal. Sie funkelten einfach nur vor sich hin.

12

»Mein Gott, Theo, was ist denn los?« Marie schaltete das Licht ein und sah mich mit kleinen Augen an.

»Ich kann nicht schlafen.«

»Das merke ich. Aber warum nicht?«

»Ich will nicht darüber reden.«

»Ist es wegen Herrn Vogt?«

»Was? Ach nein, doch nicht deswegen.«

»Du weißt schon, dass er nicht mehr ewig auf die Miete warten wird.«

»Lass mich doch jetzt damit in Ruhe!«

Sie stöhnte. »Gut, dann nicht.«

»Es ist wegen diesem verdammten Brief!«, rief ich, bevor sie das Licht wieder ausschalten konnte.

»Welcher Brief?«

Ich sprang auf und ging vor meinem Bett hin und her. Trotz einer schlaflosen Nacht hatte ich es den ganzen Tag über vor ihr verheimlichen können. Jetzt platzte es aus mir heraus.

»Na wegen dem Brief von Luis!«

»Theo, ich verstehe überhaupt nichts mehr. Bitte erklär es mir endlich oder lass mich schlafen.«

Wortlos reichte ich ihr das Schreiben. Maries Augen weiteten sich. Als sie das Papier sinken ließ und mich ansah, war alle Müdigkeit von ihr gewichen.

»Das ist ja …«

»Ja?«

»Krass.«

Ich sah sie entgeistert an. »Krass? Mehr fällt dir dazu nicht ein?«

»Sag mal, Theo, bist du bescheuert? Es ist fast zwei Uhr, du überrumpelst mich aus dem Nichts damit und erwartest, dass ich sofort eine Antwort habe? Du weißt genau, wie sehr ich es hasse, wenn du mit solchen Themen immer nachts um die Ecke kommst.«

Sie hatte recht. »Sorry. Tut mir leid. Das wühlt mich nur ziemlich auf.«

»Komm her.«

Ich schmiegte mich an sie und sie gab mir einen Kuss auf die Stirn.

»Verstehe ich. Verstehe ich wirklich.«

Ich schloss die Augen. Marie war für mich da. Sie unterstützte mich in meiner Entscheidung. Auch wenn nicht immer alles perfekt war. Doch sobald es ernst wurde, konnte ich mich auf sie verlassen. Voll und ganz.

»Nächste Woche geht's schon los.«

Ich löste mich aus ihrer Umarmung. »Was meinst du?«

»Na, dass es nächste Woche losgeht. Steht doch hier.«

»Marie ... dir ist doch klar, dass ich das nicht tun werde.«

Wie ein Schatten fiel die Enttäuschung über ihr Gesicht. Sie verschränkte die Arme. »Theo, das glaube ich jetzt nicht.«

»Wie viele Gründe dagegen soll ich dir nennen?«

»Dagegen, dagegen, immer nur dagegen!«

Ich sagte nichts.

»Liegt es an Montag?« Ihre Stimme klang hoffnungsvoll. »Hast du Sorge, es nicht rechtzeitig nach Hause zu schaffen?«

»Montag?« Ich hatte keine Ahnung, wovon Marie redete.

»Unser Jahrestag, Theo. Montag, der Achte Achte.«

»Klar!« Ich nickte. »Das spielt natürlich auch eine Rolle. Eine große sogar.«

»Das ist süß. Aber das kann ich nicht von dir verlangen. Du solltest den Trip machen, auf jeden Fall! Das würde dir jetzt sicher guttun.«

Nur mit Mühe verkniff ich es mir, die Augen zu verdrehen. »Nein, Marie, nein. Das werde ich nicht.«

»Das ... finde ich sehr schade.«

Wieder stand ich auf und wieder lief ich polternd von Wand zu Wand. »Und wie stellst du dir das vor? Dann gurke ich da mit einem fundamentalistischen Spinner durch die Gegend und gehe in ihre idiotischen Gemeinden, oder was?«

Marie schnaufte. »Für dich sind alles gleich Spinner, Idioten! Aber Menschen lernst du so nicht kennen. Du weißt nichts über diese Leute! Jacob zum Beispiel, den habe ich auf der Beerdigung kennengelernt. Der ist sehr nett. Aber du weißt es ja besser! Das ist so herablassend.«

Das tat weh. »Und was ist mit dem Typen aus der Fußgängerzone?«, fragte ich, plötzlich siegessicher. »Solche Leute sind das da, Marie.«

»Jetzt mal langsam. Vergessen wir nicht, wer wen geschubst hat.«

»Warum bist du gegen mich?«, rief ich. »Paul hat auch gesagt, dass –«

»Paul? Ach, Theo, hör mir bloß auf mit diesem ... Kerl.« Sie schüttelte den Kopf und atmete schwer aus. »Ich bin nicht gegen dich. Vielleicht hast du sogar recht. Aber wissen tust du es nicht. Und du lässt auch keine Möglichkeit zu, dich vom Gegenteil überzeugen zu lassen.«

»Ich brauche mich nicht überzeugen zu lassen von Leuten, die andere mit ihrem Glauben belästigen! Die sind da alle gleich.«

Da sprang Marie in die Höhe und baute sich vor mir auf. Sie funkelte mich an. »Weißt du was, Theo? Du hältst dich nur für tolerant. Bist es nach außen. Wenn's leicht ist, wenn's passt, wenn es dich selbst besser darstellt. Aber sobald mal wirklich jemand anders ist ...«

»Marie, sieh dir den Brief doch an! Das ist nicht mehr Luis, der mir da geschrieben hat.«

»Was meinst du denn damit?«

Ich holte tief Luft. »So war er nicht, so kenne ich ihn nicht. Dass ihr das alle nicht kapieren wollt! Die haben ihm eine astreine Gehirnwäsche verpasst, begreif das doch endlich!«

»Zugegeben, es sieht ihm nicht ähnlich, dir ein Ultimatum zu stellen.« Marie rieb sich mit der Hand über die Stirn. »Aber ... ist dir mal in den Sinn gekommen, dass du gar nicht mehr sagen kannst, wer dein Bruder war? Nach alldem, was in den letzten Jahren passiert ist? Du warst es doch, der den Kontakt abgebrochen hat, nicht er.«

»Hey, so nicht!« Nur weil ich es dachte, hatte sie kein Recht, es zu sagen. Mahnend hob ich den Zeigefinger. Marie beeindruckte das wenig.

»Es ist der letzte Wunsch deines Bruders, Theo. Es ist sein letzter Wille. Seine letzte Nachricht an dich. Und weißt du, was nach der letzten Nachricht noch kommt?« Sie blickte mir direkt in die Augen. »Da kommt gar nichts mehr.«

Ein Schauer lief mir wie ein eiskalter Tropfen die Wirbelsäule entlang. Obwohl meine Gedanken seit gestern ununterbrochen um diesen Brief kreisten, drehten sie sich immer nur um andere Dinge. Was Marie sagte, war so offensichtlich wahr, dass ich mich schämte, es nicht erkannt zu haben. Doch das konnte ich nicht aussprechen.

»Danke, nein. Ich bleibe, wo ich bin.«

»Alles andere wäre ja auch wahnsinnig.« Marie winkte ab. »Wer nicht auf andere Menschen zugeht, wird ihnen nie näherkommen können.« Sie machte eine Pause und marschierte an mir vorbei. »Das gilt übrigens für jede Art von Beziehung.« Und sie knallte die Tür zum Badezimmer hinter sich zu.

13

»Hallo? Kannst du mich noch hören?«

»Ja, Mama, ich kann dich noch hören.« Ich stieg vom Fahrrad ab und fummelte mir die Kopfhörer in den Ohren zurecht. »Du mich auch?«

»Jetzt wieder besser.«

»Gut.«

Ich ließ mir Zeit, einen Fuß vor den anderen zu setzen. Erstens würde ich so zu spät kommen und könnte Mutter besser abwürgen. Und zweitens war ich so müde, dass mir andauernd die Augen zufielen. Nach dem Streit mit Marie hatte ich noch stundenlang an die Decke gestarrt, bevor ich irgendwann gegen fünf endlich eingeschlafen war.

»Gibt es einen bestimmten Grund für deinen Anruf?«

»Ja, also ... ich hab ... einen Brief von Luis bekommen.« Ich wartete einen Moment, doch der Verkehr um mich herum rauschte zu stark, um eine mögliche nonverbale Reaktion wahrzunehmen. »Weißt du etwas darüber?«

»Nein. Das ist mir neu.«

»Dann weißt du wohl auch nicht, was drinsteht, schätze ich.«

»Das ist richtig.« Sie machte eine Pause. »Willst du es mir erzählen?«

Ich bejahte, obwohl ich mir bis zu dieser Frage gar nicht sicher gewesen war. Ohne weiter darüber nachzudenken, erklärte ich es ihr.

Als ich fertig war, schwieg Mutter eine Weile. Dann sagte sie: »Ach herrje.«

Ich nickte.

»Das kommt aber sehr überraschend.«

»Nicht nur für dich«, stimmte ich ihr zu und schob mein Rad weiter.

»Und zeitlich auch so versetzt. Wahrscheinlich ist er bei der Post liegen geblieben.«

»Das dachte ich mir auch.«

»Hm.« Sie gähnte. »Und, Theo? Was wirst du nun machen?«

»Was denkst du denn, was ich tue?«, fragte ich. Ein weiteres Debakel wie letzte Nacht wollte ich möglichst vermeiden.

Mutter seufzte. »Ich denke, dass du nicht mitfahren wirst.«

Obwohl ich die Antwort bekam, die ich wollte, war ich nicht glücklich darüber. Sie klang nur traurig, nicht überrascht.

»Richtig.«

»Alles andere hätte mich auch gewundert.« Definitiv traurig. Und jetzt war ich es auch.

»Wieso sagst du das?«

Sie antwortete nicht.

»Und es soll schon nächste Woche losgehen, ich meine, das ist doch wohl ...« Auch darauf ging sie nicht ein, also fuhr ich fort. »Das ist doch verrückt, nicht wahr?«

»Ist deine Entscheidung denn endgültig?«

»Ja«, sagte ich mit allem Selbstbewusstsein, das ich aufbringen konnte. Dabei klammerte ich mich an meinem Lenker fest. Bis zur Uni war es nun nicht mehr weit.

»Ich verstehe.«

Warum war sie so wenig kampfbereit? Ich hatte mehr Gegenwehr erwartet. War ich so berechenbar geworden?

»Denkst du, das ist die richtige Entscheidung?« Wenn sie darauf nicht einging, wusste ich auch nicht weiter.

»Das kannst nur du sagen, Theo. Das kann ich dir nicht abnehmen. Nicht mehr.«

Ich schluckte. Denn genau das war es, was ich mir eigentlich wünschte.

»Hast du eine Ahnung, warum er das wollte? Warum ich das alles tun soll?«

»Nein«, antwortete sie.

»Das ist doch komisch, oder nicht? Warum ausgerechnet ich? Wo er doch weiß, was ich davon halte.«

»Womöglich ja genau deswegen.«

Ich blieb abrupt stehen. Jemand stolperte über mein Hinterrad und beleidigte mich.

»Nein, wirklich.« Ich schüttelte den Kopf. »Es muss einen anderen Grund geben.«

»Vielleicht, aber Theo ... spielt das denn überhaupt eine Rolle?«

»Wieso? Natürlich tut es das.« Mit beschleunigtem Schritt setzte ich meinen Weg fort.

»Ich weiß, du willst das nicht machen. So etwas passt ... passte auch nicht zu Luis. Aber der letzte Wille ist nicht immer logisch nachvollziehbar.«

»Es gibt für alles eine Erklärung«, blaffte ich sie an. »Und die hätte ich gerne.«

»Die kann ich dir leider nicht geben.« Ihr Flüstern zwang mich dazu, die Kopfhörer auf volle Lautstärke zu drehen. Doch selbst dann war sie nur schwer zu verstehen. »Manchmal muss man Dinge so hinnehmen, wie sie sind.«

Ich kniff die Augen zusammen und schlug mir mit der Hand gegen die Stirn. Das passte mir alles so gar nicht.

»Ich weiß, dass dir das seltsam vorkommt. Ich finde es auch komisch.«

»Aber?«

»Aber ... Luis hätte dir deinen letzten Wunsch erfüllt. Egal, was es gewesen wäre. Er hat dich sehr geliebt und nie an dir gezweifelt.«

In diesem Moment ging ich über die Straße. Ohne Vorwarnung schoss ein Motorrad auf mich zu. Ich sprang zur Seite, wobei ich mein Fahrrad fallen ließ.

»Bist du krank, du Arschloch?«, schrie ich ihm nach, obwohl er schon am anderen Ende der Stadt sein musste.

»Theo? Was ist da los?«

»Irgendein Idiot auf einem Motorrad.« Mein Herz schlug wie das eines Kolibris. »Hätte mich beinahe überfahren. Aber nichts passiert.«

Zu meiner Erschütterung lachte Mutter. »Hast du etwa immer noch Angst vor Motorrädern? Das ist jetzt über zwanzig Jahre her.«

»Ich war gerade mal vier!« Ich hievte mein Rad hoch und ging weiter. »Das war wirklich knapp.«

»Schon gut, schon gut.« Sie schlug einen beschwichtigenden Ton an. »Hast du gehört, was ich eben gesagt habe?«

»Was? Jaja, hab ich.«

»Ich würde gerne noch eine letzte Sache hinzufügen.«

»Okay.« Ich war jetzt an der Uni und schloss das Rad an meinem Stammplatz ab. »Aber bitte schnell. Ich muss zur Arbeit.«

»Natürlich.« Mutter atmete durch. »Auch wenn das alles komisch ist, versprich mir, dass du noch einmal darüber nachdenkst. Jacob ist ein lieber Junge. Bitte steh dir nicht selbst im Weg. Mehr möchte ich gar nicht.«

»Wenn's weiter nichts ist.« Das kam mir schon ziemlich viel verlangt vor.

»Gut.«

»Also dann?«

»Ich hab dich lieb, Theo.«

»Okay.«

»Mach's gut.«

»Du auch.« Ich legte auf.

Für einen Moment stand ich vor dem Eingang und sah mich um. Auf dem Campus tummelten sich Hunderte Studis. Die Freude über die anstehenden Semesterferien war förmlich greifbar.

Im vollbesetzten Hörsaal würdigte mich Hugelmeyer-Stubenbrock keines Blickes. Doch er verschränkte die Arme unmissverständlich.

14

»Theo, auf ein Wort.«

Ich räumte gerade die restlichen Materialien zurück in die Schränke. Hugelmeyer-Stubenbrock wartete an seinem Pult und ich folgte der Aufforderung.

»Man hat sich wieder einmal und einmal mehr dazu entschieden, mich mit einem wichtigen Preis auszuzeichnen.« Er seufzte leidvoll und strich sich den karierten Anzug glatt. »Aus reinstem Anstand und purer Höflichkeit dem Komitee gegenüber kann ich diese sogenannte Ehrung einerseits nicht ausschlagen, obwohl ich es meiner polnischen Putzfrau andererseits nicht guten Gewissens antun will, einen weiteren Kubus abstauben zu müssen. Und brauchen tue ich sie darüber hinaus natürlich auch nicht.«

Ich sagte nichts und sah ihm dabei zu, wie er schwerfällig den Kopf schüttelte, als hätte man ihm eine ungeheure Last auferlegt. Selbst am letzten Tag vor den Ferien konnte er mir sein Getue nicht ersparen.

»Dennoch. Nun, streichen Sie sich nächsten Samstag, den sechsten August, rot in Ihrem kleinen Kalenderchen an. Ich muss einen Empfang dafür in meiner städtischen Villa geben und meine Gäste wollen entsprechend verköstigt werden. Die Häppchen servieren sich schließlich nicht von selbst.«

»Aber solche Dinge stehen nicht in meinem Arbeitsvertrag.« Ich war stolz darauf, ihm endlich die Stirn zu bieten. Es fühlte sich befreiend an. »Und erst recht nicht am Wochenende in der vorlesungsfreien Zeit. Und schon gar nicht bei Ihnen zu Hause.«

Hugelmeyer-Stubenbrock sah in eine andere Richtung, als würde ich dort stehen. »Theo. Erwähnte ich Ihnen gegenüber bereits meinen Doktor in Wirtschaftswissenschaften? Neben meinen Titeln in der Physik und Philosophie wohlgemerkt.«

Er wartete kurz eine Antwort ab, doch ich gab ihm keine. Es war eine rhetorische Frage.

»Das Folgende tat ich Ihnen bereits in der letzten Woche kund, wiederhole es aber nun gerne in einer Sprache, die selbst Sie verstehen dürften.« Er faltete die Hände. »Ich bin nun wirklich kein Unmensch, Theodor. Doch in manchen Fällen halte ich selbst den Mindestlohn für überzogen. Wenn, sagen wir, beispielsweise eine rudimentäre Arbeit fast schon schlampig ausgeführt wird. Können Sie mir bis hierhin folgen?«

Ich nickte.

»Und dazu diese ständigen Verspätungen ... Doch diese linksregressive, sozialistische Universität, einst ein solch blühender Hort des Wissens, zwingt mich dazu, Hilfskräfte minimal zu vergüten. Also müssen entweder Sie Ihre Produktivität steigern oder ich sehe mich gezwungen, die Stelle zum Wintersemester neu auszuschreiben. Verstehen Sie, worauf ich hinauswill?«

»Ich verstehe.«

Hugelmeyer-Stubenbrock seufzte erneut und betrachtete seine manikürten Nägel. »Ich erkläre es Ihnen trotzdem. Ich will darauf hinaus, dass ich Sie leider nicht niedriger bezahlen kann. Comprende?«

»Ja.«

»Und in Bezug auf Ihren Arbeitsvertrag heißt das was?«

»Das heißt –«

»Das heißt, dass in Ihrem Vertrag bald gar nichts mehr steht, wenn Sie sich nicht endlich dafür entscheiden, zu arbeiten!« Er schlug mit den Händen auf das Pult. »Haben Sie das jetzt kapiert?«

»Ja, aber ich bin noch nicht sicher, ob ich nächste Woche hier bin, weil ich ...«

Ich dachte an den Brief. Und erkannte im Unglück plötzlich meine Chance. Unter gar keinen Umständen konnte ich es mir leisten, jetzt den Job zu verlieren. Das wussten auch Marie und Mutter.

»Weil?«, fragte mein Chef in drohendem Tonfall.

»Nichts. Gar nichts. Samstag passt hervorragend.«

Er zog die Brauen hoch. »Also haben Sie mich verstanden?«

»Ja. Ich habe Sie verstanden.«

Hugelmeyer-Stubenbrock schüttelte den Kopf. »Das bezweifle ich. Aber nun gut. Probieren geht über Studieren. Gerade in einem recht hoffnungslosen Fall wie dem Ihrigen.«

Er nahm seine Tasche und verließ den Hörsaal. »Und ziehen Sie sich etwas Anständiges an. Ein Hemd zur Abwechslung vielleicht. Es gibt bestimmt Discounter, die da was im Angebot haben.«

Ich schloss die Augen und presste die Kiefer zusammen. Da hörte ich, wie er zu sich selbst sagte: »Beruhige dich, Carl-Phillip. Du bist zu gut für diese Welt. Das Prekariat weiß es nur nicht zu schätzen.«

15

»Der ist wirklich zu blöd, was?«

Barney schaffte es nicht, den Tennisball zurückzubringen. Er nahm ihn auf, rannte ein paar Meter, ließ ihn fallen, rannte weiter, zurück und wieder vor. Obwohl Paul nicht im Unrecht war, hasste ich es, wenn jemand den Hund runtermachte. Trotzdem sagte ich nichts.

»Meine Fresse, bist du dämlich! Kein Wunder, dass du im Heim lebst.« Im Gegensatz zu den meisten Menschen ließ sich Paul von Barneys Größe nicht beeindrucken. Es schien ihm sogar Spaß zu machen, den Hund zu ärgern. Er verpasste dem Rüden einen Stoß, einen Ticken zu fest, um noch als freundschaftlich durchzugehen. Barney knurrte ihn an.

»Barney, aus!«

»Was für ein blöder Köter.«

Wir setzten uns auf eine Bank im Schatten und sahen Barney dabei zu, wie er kreuz und quer über die Wiese jagte. Er liebte diese Freiheit, und da er erst vor einer Stunde seine Tabletten bekommen hatte, steckte nun doppelt so viel Energie in ihm wie sonst.

Paul gab mir den Brief zurück. »Und jetzt sollst du auf diesen Roadtrip gehen?«

»Ja.«

»Völlig bescheuert. Mir sind Gläubige schon immer suspekt gewesen, ganz ehrlich.«

»Danke!« Seine Worte waren wie eine Befreiung für mich. »Endlich sagt's mal einer. Marie und meine Mutter sehen das anders.«

»Obviously.«

»Weil es sein letzter Wunsch ist. Weil es mir guttun würde.«

»Typisches Frauen-Blabla. Die checken so was nicht.«

Ich traute mich nicht, ihm zu widersprechen, und nahm mir einen anderen Punkt vor. »Und dann auch noch für eine ganze Woche. Da steht ja nicht mal eine Nummer, wo ich absagen kann.«

»Abfuck. Und das Erbe hängt da auch dran?«

»Ja.«

»Das grenzt an emotionaler Nötigung. Erpressung ist das.«

»Das habe ich auch gedacht! Und weißt du, was mich am meisten irritiert?«

»Wart mal kurz.« Paul zog sein Handy aus der Tasche und schrieb eine Nachricht. Bekam eine Antwort. Und schrieb weiter.

»Paul?«

»Ja, gleich, chill mal.« Er steckte das Handy weg. »Was denn?«

»Der Brief klingt gar nicht nach Luis. Schau dir allein mal diese Stelle hier an.«

Paul las vor: »Doch dein zweifelndes Herz und dein eigensinniger Geist sind mir nicht fremd.« Er rümpfte die Nase. »Klingt komisch. Hat er so was öfter gemacht?«

»Nein. Das war nicht seine Art. Aber dieser Brief ... als ob er gar nicht mehr er selbst gewesen wäre.«

»Wie lange war er nochmal bei denen?«

»Etwa drei Jahre.«

»Was glaubst du denn, was es mit einem macht, wenn man permanent mit diesen Leuten abhängt?« Paul winkte ab. »Man wird genauso irre wie die, ist doch klar.«

Ich nickte. »Stimmt.«

»Deshalb solltest du diesen Trip auf keinen Fall machen. Die verdrehen dir auch den Kopf.«

»Ja.« Weiter hinten sprang Barney in einen Teich. »Aber das sieht sonst niemand so. Am liebsten würde ich beweisen, dass ich recht habe. Beweisen, was das für eine Sekte ist. Aber ich kann's nicht. Ich wüsste auch gar nicht, wie.«

»Hm.« Er checkte wieder sein Handy, dann sah er mich geistesabwesend an. »Willst du das unbedingt?«

»Auf jeden Fall.«

»Aber wenn das so ist, solltest du ... fahren.«

Ich zuckte zusammen. »Was?« Wenn jetzt selbst Paul gegen mich war, wusste ich überhaupt nicht weiter.

»Na ja, überleg doch mal. So kannst du alles bekommen, was du willst. Mehr sogar. Das ist deine Chance!«

»Wie meinst du das?« Seine 180-Grad-Drehung war zu schnell für mich.

»Also. Du fährst mit. Nur hypothetisch. So. Dann erbst du. Und, und das ist das Wichtigste: Du kannst beweisen, was das für Leute sind, denen sich dein Bruder da angeschlossen hat.«

Ich sah ihn mit offenem Mund an. Seine Worte arbeiteten in meinem Kopf. Wie war es möglich gewesen, das zu übersehen? Es war, als hätte jemand das Licht eingeschaltet. »Du hast vollkommen recht.«

Paul grinste. »Klar. Und die Frauen geben auch Ruhe. Was will ein Mann mehr?«

Doch da fiel es mir wieder ein. »Aber ich muss am Samstag beim Hugelmeyer-Stubenbrock arbeiten. Wenn ich da nicht auftauche, schmeißt er mich raus. Das verstehen selbst Marie und meine Mutter.«

Zu meiner Überraschung lachte Paul. »Theo, du bist manchmal wirklich schwer von Begriff, was? Die brauchen das doch gar nicht zu wissen.«

Er grunzte, doch statt weiterzureden, nahm er erneut sein Handy hervor.

»Paul, jetzt komm schon!«

»Junge, krieg dich wieder ein. Man wird doch wohl noch ein paar Nachrichten schreiben dürfen.«

Er steckte das Telefon zurück in die Tasche. »Jetzt denk doch mal nach. Warum solltest du am Samstag noch unterwegs sein?«

»Der Trip geht von Montag bis Sonntag. Also auch Samstag.«

»Richtig. Aber warum solltest du Samstag noch dabei sein?«

Ich wusste nicht, worauf er hinauswollte. »Na, weil ich sonst nicht erbe. Das steht doch da.«

Er nahm mir den Brief aus der Hand. »Nein. Hier steht, dass du nicht erbst, wenn du den Trip nicht machst. Du machst ihn doch. Aber du wirst nicht eine Woche brauchen, um herauszufinden, was du sowieso schon weißt. Zwei, maximal drei Tage. Dann hast du gesehen, was du sehen musst, kommst wieder zurück und kannst am Samstag ganz entspannt arbeiten.«

»Aber dann erbe ich nicht.«

Paul schmunzelte. »Das steht hier aber nicht, Theo. Da steht nichts von beenden.«

»Was?«

»Du machst den Trip. Siehst, was das für Leute sind. Hörst weg, wenn sie predigen. Und wenn sie versuchen, dich auch zu brainwashen, hast du deinen Beweis. Dann brichst du ab. Du erbst. Und behältst deinen Job. Okay?«

Mir war nicht wohl bei der Sache. »So ist der Brief doch offensichtlich nicht gemeint. Er will, dass ich es durchziehe, bis zum letzten Tag.«

Paul setzte eine unschuldige Miene auf und hob die Hände. »Das lässt sich auch anders lesen. Das ist juristisch äußerst angreifbar.«

»Juristisch?« Ich schüttelte den Kopf. »Ich will doch nicht gegen meinen toten Bruder vor Gericht ziehen.«

»Tja, dann kann ich dir nicht helfen.« Er zuckte mit den Schultern. »Das ist die Lösung für deine Probleme. Wenn dir das nicht gut genug ist, weiß ich auch nicht.« Er lehnte sich zurück. »Wobei, was natürlich schwierig werden könnte, sind die Klausuren und Hausarbeiten. Du musst doch viel schreiben dieses Semester, oder?«

»Hab mich nicht angemeldet«, flüsterte ich.

»Schon wieder nicht? Für gar nichts?« Paul lachte. »Du wirst nie fertig, Alter. Du packst das nie.« Er grinste mich an, doch ich sagte nichts. »Also, was meinst du?«

»Keine Ahnung … ich weiß ja nicht mal, wohin wir fahren. Wie soll ich dann wieder zurückkommen?«

»Schon mal was von Zügen gehört? Aber egal, ich kann dich abholen. Ruf mich einfach an.«

Barney kam auf uns zugerannt. Er war klitschnass und bremste erst kurz vor der Bank schlitternd ab.

»Ach du Scheiße, der stinkt ja wie eine Mülltonne!«

Ich wollte etwas erwidern, doch da setzte Barney schon an, schüttelte sich komplett aus und machte uns nass.

»Nein!«, schrie Paul, der das meiste abbekommen hatte. »Verdammter Scheißhund! Verdammt!«

»Ist doch nur ein bisschen Wasser.«

Paul sah mich an, als hätte ich ihn geschlagen. »Ein bisschen Wasser? Ich hab in einer halben Stunde ein Date, du Trottel!«

»Sorry.« Ich wusste nicht, was mich mehr störte. Dass er trotz unserer Verabredung gleich gehen würde, obwohl er sowieso schon zu spät gekommen war, oder dass er Barney die ganze Zeit über so behandelte. Doch wie immer fehlte mir der Mut, ihn zu konfrontieren.

»Ein Date mit Alicia?«

Augenblicklich hellte sich Pauls Stimmung auf. »Quatsch, doch nicht mit der. Verena heißt die, glaube ich.«

»Du glaubst, sie heißt Verena? Und Alicia?«

»Das ist ein Sinner-Date, Alter. Schon mein drittes diesen Monat.«

»Du sinnerst?« Ich war neidisch auf Paul und gleichzeitig von ihm angeekelt. Und von mir selbst war ich auch angeekelt, auf so etwas neidisch zu sein.

»Klar. Nach fast zwei Jahren ... Wäre auch was für dich. So, wie es mit Marie läuft.« Er überlegte. »Wie ging das nochmal? Ach ja! Zweites Sinner-Gebot: Du sollst den Namen deiner Dating-App nicht unnütz gebrauchen, sondern ihn deinen Freunden empfehlen. Neue Mitglieder werben und fünfzig Prozent auf drei Monate erhalten!« Er zwinkerte mir zu. »Also, wenn du dich da mal anmeldest ...«

»Ich weiß nicht.«

»Ach, komm schon. Alle gehen damit fremd. Ist super unverbindlich, super unkompliziert. Als ob du noch nicht darüber nachgedacht hast?«

Ich antwortete nicht.

»Na gut, ich geh mal los. Will nicht zu spät kommen. Und bevor das Viech noch mehr Mist baut ...« Er stand auf.

»Und Alicia weiß davon nichts?«

»Natürlich nicht. Das ist ja der Sinn der App.« Er kicherte über sein eigenes Wortspiel. »Aber offiziell bin ich mit dir unterwegs. Für den Fall, dass das mal zur Sprache kommt.«

»Ich will aber nicht –«

»Jetzt hab dich nicht so! Außerdem schuldest du mir was.«

Ich seufzte.

»Denk einfach nur an die Mündliche in Allgemeine Psychologie, Statistik zwei, die Neuro-Klausur ...«

»Okay«, sagte ich.

»Mir fällt bestimmt noch mehr ein, warte ...«

»Ist okay!« Ich zog mich zusammen.

»Gut! Wirst du diesen Trip jetzt machen, oder was?«

»Ich weiß nicht. Muss darüber nachdenken.«

»Kannst du überhaupt Auto fahren, du Fahrradfreak?«

»Ich habe einen Führerschein«, antwortete ich.

»Das heißt?«

»Das heißt, dass ich vor sieben Jahren die Fahrprüfung bestanden habe.«

»Du hast Schiss vorm Fahren, hab ich recht?« Er grinste.

»Solange es vier Räder hat und kein Motorrad ist, ist alles gut.«

»Aha.« Paul runzelte die Stirn. »Was auch immer. Keep me updated. Und wie gesagt, ich kann dich abholen.«

»Danke.«

Ich zog eine Flasche Wasser aus meinem Rucksack. Dabei rutschte das Buch von U. Müller heraus und fiel zu Boden. Paul hob es mit zwei Fingern auf.

»Den Mist liest du?«, fragte er mit verächtlichem Unterton.

»Ja. Der schreibt gut.«

»Weiß du, wie der schreibt? Wie eine Frau. Eine Frau, die keine Ahnung von der Materie hat.« Er warf es mir zu. »Ich hau ab. Viel Spaß euch noch.«

Wir gaben uns die Faust und er kickte Barney leicht mit dem Fuß. »Dummer Scheißhund«, sagte er und ging davon.

16

Barney lag im schattigen Gras und hechelte. So war es immer mit den Tabletten. Erst ging es steil bergauf, aber wenn die Wirkung nach ein paar Stunden nachließ, stürzte der Hund von jetzt auf gleich in eine noch trägere Müdigkeit als sonst. Doch das Medikament, das ihm half, stabil zu bleiben, war für das Tierheim zu teuer.

Ich setzte mich neben ihn und streichelte seinen Kopf, doch er zog ihn zur Seite. Es war zu warm. Aus meiner Flasche träufelte ich mir etwas Wasser in die Hand und streckte sie ihm entgegen. Schwerfällig schleckte er es auf, ohne dabei mehr als die Schnauze zu bewegen.

Wir waren früh dran. Keine hundert Meter mehr. Vereinzeltes Kläffen drang zu uns herüber. Ich rupfte ein paar vertrocknete Halme aus der Wiese und riss sie in Stückchen.

Dass Paul wirklich sinnerte, verunsicherte mich. Er war viel kürzer mit Alicia zusammen als ich mit Marie. Ich fragte mich, wie so ein Treffen ablief, wo es stattfand und wie man sich danach fühlte. Vielleicht war es normal, vielleicht war gar nichts dabei. Ich wusste es nicht. Und außerdem hatte ich gerade größere Probleme.

War dieser Roadtrip wirklich eine Chance? So seltsam das auch klingen mochte, es stimmte alles, was Paul sagte. Ich würde fahren. Und erben. Denn obwohl es mir unangenehm war, ich konnte jeden einzelnen Euro dringender gebrauchen als je zuvor in meinem Leben. Und ich würde beweisen können, was Marie und Mutter mir einfach nicht glaubten. Wenn ich früh genug die Reißleine zog, würde ich auch meinen Job nicht verlieren.

Und wer war schon dieser Jacob? Ein braver, zugeknöpfter Junge, dessen Hemd immer akkurat in der Hose steckte. Ein Christ, der sich peinlich genau ausdrückte, rückgratlos und scheu. Mit diesem Spießer würde ich schon fertigwerden.

Maries Enttäuschung tat mir immer noch weh. Wie sie wohl reagieren würde, wenn ich ihr sagte, ich hätte meine Meinung geändert? Es wäre definitiv eine Überraschung. Und die waren in unserer Beziehung zuletzt selten geworden. Zumindest positive. Vor allem von meiner Seite aus.

Auch Mutter würde sich darüber freuen. Ich musste ihnen ja nicht unbedingt sagen, worum es mir wirklich ging und dass ich das Abbrechen schon einplante. Das war allein meine Sache. Ich musste nur am Montag in ein Auto steigen und zwei oder drei Tage durchhalten. Wenn man es so betrachtete, klang das alles recht einfach.

Und außerdem war ich nicht länger in der Lage, diese Stimme in meinem Kopf zu ignorieren: »Luis hätte dir jeden Wunsch erfüllt. Er hätte nicht gezweifelt.« Wie ein Presslufthammer schlug sie mir den Gedanken ein. Und so absurd sein letzter Wille auch war, die Stimme hatte recht.

»Scheiß drauf«, sagte ich zu Barney. »Ich mach's. Ich fahre mit.«

Der Rüde hechelte ungerührt weiter.

»Bist du damit einverstanden?«

Es kam keine Bestätigung. Aber auch keine Widerworte. Ich sah auf die Uhr und stand auf.

»Komm schon, Junge. Du musst wieder zurück.«

Barney jaulte, hob kurz den Kopf an und sackte wieder weg.

»Barney? Hörst du mich?«

Seine Augen waren nur halb geöffnet. Ich streckte ihm eine Hand entgegen, damit er mir seine Pfote geben konnte. Manchmal fragte ich mich, ob ihm seine Narkolepsie in Momenten wie diesem gelegen kam. Doch er rührte sich nicht. Ich seufzte.

Das Tierheim sah aus wie ein abgebrannter Knast. Dicker Maschendrahtzaun umgab die quadratischen Gehege, in denen selbst die Hälfte der dort lebenden Hunde nicht genug Platz gefunden hätte. Einige von ihnen kamen schwanzwedelnd angerannt, als sie uns sahen. Doch die meisten waren schlauer und drückten sich im schmalen Schatten am hinteren Ende herum.

So sanft wie möglich legte ich Barney vor mir ab. Die gut fünfzig Kilo Lebendgewicht brachten mich bei der Hitze fast um, selbst auf der kurzen Strecke. Das Shirt klebte mir am Rücken fest.

»Sonntag wollen wir mit ihm zum See.« Ich übergab Frau Bellingham die Leine. Obwohl sie einen riesigen Sonnenhut trug, war ihr Gesicht braun gebrannt. Wie jedes Mal fragte ich mich, wie eine so kleine, unscheinbare Gestalt eine solche Autorität gegenüber einer Rotte traumatisierter Straßenhunde haben konnte.

»Daraus wird leider nichts.«

Ich runzelte die Stirn. Bisher hatte es noch nie ein Problem gegeben. »Warum denn nicht?«

Frau Bellingham zögerte. »Da kommt eine Familie, um einen Spaziergang mit ihm zu machen.«

Barney erwachte wieder. Er rappelte sich auf und tapste ein paar Schritte umher.

»Aber das machen wir doch immer.«

»Ja, aber ... die wollen Barney kennenlernen. Und wenn sie gut zusammenpassen, werden sie ihn nach ihrem Urlaub vielleicht adoptieren.«

»Oh«, sagte ich nur. Marie würde durchdrehen.

»Theo, ihr seid jetzt schon so oft mit ihm unterwegs gewesen ... das ist natürlich schön. Aber üblich ist es nicht.«

Als hätte er Frau Bellingham verstanden, ließ sich der Hund auf meine Füße plumpsen.

»Noch könnt ihr ihn nehmen. Ich würde euch jederzeit den Vorzug geben. Barney gehört doch zu euch.«

Das alles überforderte mich. »Ich muss darüber nachdenken. Ich spreche mit Marie.«

»In Ordnung. Aber solche Chancen gibt es nicht oft. Vor allem nicht bei seiner Krankheit.«

Ich nickte. Frau Bellingham lebte für diese Tiere. Sie würde das tun, was am besten wäre. Wir hatten eh schon eine Sonderbehandlung von ihr bekommen.

»Also lasst euch nicht zu viel Zeit. Sonst ist es zu spät.«

»Okay.« Ich verabschiedete mich und sah ihnen nach. Barney watschelte mit gesenktem Kopf zurück in den Zwinger.

17

Marie riss mir das Handy aus der Hand. »Kannst du das glauben?«

»Nein!«, rief Mutter zurück, »damit habe ich nun wirklich nicht gerechnet!«

»Ich auch nicht! Deshalb mussten wir es dir sofort sagen!«

»Marie, gib wieder her.«

Wir setzten uns auf mein Sofa und ich hielt das Handy so, dass Mutter uns beide sehen konnte.

»Ich bin ganz aufgeregt!«

»Wer macht denn hier den Roadtrip, du oder ich?«

»Ich würde so gerne mitkommen!« Maries Stimme überschlug sich.

»Theo, du musst unbedingt ein paar Fotos machen! Das wird bestimmt eine ganz tolle Erfahrung für dich.«

»Ja, Mama, das mache ich«, sagte ich in dem Wissen, es nach dem Auflegen wieder zu vergessen.

»Übermorgen geht es schon los, richtig?«

»Genau«, antwortete Marie vor mir, »wir fangen am besten noch heute mit dem Packen an.«

»Marie, beruhig dich. Das können wir auch morgen noch machen, ganz entspannt.«

»Morgen wollten wir doch Barney holen und mit ihm zum See.«

»Ach ja.« Ein unsichtbares Seil legte sich um meinen Hals. »Ehrlich gesagt würde ich das lieber ausfallen lassen. Ich weiß nicht, was nächste Woche auf mich zukommt, und wollte mich ein bisschen ausruhen.«

Die Verwirrung auf Maries Gesicht wich schnell wieder der Freude. »Okay, klar. Kein Problem. Wir holen das nach, wenn du wieder da bist.«

Ich biss mir auf die Zunge und nickte. Ich würde es ihr noch sagen. Später oder sonst morgen. Oder danach irgendwann. Über Handy vielleicht. Am besten über Handy.

»Auf jeden Fall bin ich sehr froh, dass der Blödmann hier sich umentschieden hat.«

»Da hast du bestimmt einen großen Anteil dran, was?«

»Du machst dir ja keine Vorstellungen«, sagte Marie und beide kicherten. Sie liebten es, in meiner Anwesenheit über mich zu reden, als sei ich nicht da. Zugegeben fand ich das auch meistens lustig. Nur heute war es mir unangenehm.

»Ja, ihr habt es schwer mit mir«, sagte ich in dem Versuch, sie wieder einzufangen.

»Was nimmst du denn alles mit?«

»Keine Ahnung, Mama. Ein paar Klamotten. Das wird jetzt auch keine lebensverändernde Weltreise.«

»Nein, eine Weltreise wird es bestimmt nicht!«

»Ich hab schon ein paar Sachen auf meiner Liste.« Marie streckte mir zwei Daumen entgegen.

»Du hast eine Liste? Ich habe dir erst vor ein paar Minuten gesagt, dass ich fahre. Wie kannst du da eine Liste haben?«

»Die habe ich schon gemacht, als du mir den Brief gezeigt hast. Für den Fall, dass du doch noch vernünftig wirst!«

Ich schüttelte den Kopf, halb belustigt, halb verärgert. »Und wo ist diese Liste?«

Marie tippte sich dreimal an die Stirn, wobei es keinen Zweifel an der Doppeldeutigkeit ihrer Nachricht gab.

»Was würdest du nur ohne sie machen, Theo?«, kam es aus dem Handy.

»Keine Ahnung, Mama, wahrscheinlich –«

»Wahrscheinlich den ganzen Tag faul im Bett liegen!«, rief Marie, und Mutter lachte. »Aber dass du mir am Montag wieder da bist!«

»Montag?«

»Euer Jahrestag, du meine Güte, es ist schon wieder so weit!«

»Ja«, sagte ich, »der Jahrestag.«

So ging das noch ein paar Minuten. Ich stand auf, trank etwas Wasser und goss meine Pilea. Marie und Mutter plauderten unaufhörlich weiter.

»So, dann ist ja alles geklärt«, rief ich und setzte mich wieder. »Wir wollten nur kurz Bescheid geben und nicht ewig telefonieren.«

Mutter lächelte. »Ach, Theo. Ich bin stolz auf dich. Und Luis wäre es auch. Ist er auch, er ist stolz auf dich.« Ihre Stimme zitterte.

»Und ich bin es auch. Das ist alles so cool!« Marie gab mir einen Schmatzer auf die Stirn und legte einen Arm um meine Schulter. Sie war mir plötzlich anders nah als in letzter Zeit. Sie war näher nah.

Es entstand eine Pause und ich war an der Reihe, etwas zu sagen. Doch es fiel mir schwer. So glücklich wie sie waren über das, was sie wussten, ihr Unglück wäre doppelt so hoch gewesen, hätte ich nun die ganze Wahrheit enthüllt. Es wurde endgültig Zeit, aufzulegen.

»Also, Mama, bis bald!«

»Bis bald, ihr beiden. Hab eine gute Fahrt! Ich hab euch lieb.«

»Danke. Wir dich auch.« Ich drückte auf das rote X und beendete das Gespräch.

18

Auf Maries Vorschlag hin gingen wir am Montagmorgen zu Fuß zum Bahnhof, um »gemeinsam in den Tag hineinzuspazieren«. Und so, wie sie dabei gelächelt hatte, war es mir unmöglich gewesen, ihr den Wunsch abzuschlagen. Manchmal war sie so süß, dass es mich innerlich fast zerbrach.

Hand in Hand schlenderten wir durch die beinahe menschenleeren Straßen. Vorbei an Häuserreihen mit dunklen Fenstern, begleitet von Vogelgezwitscher und dem gelegentlichen Rattern hochgezogener Rollläden. Vereinzelt glitten Straßenbahnen an uns vorüber. Es war angenehm warm um diese Zeit. Der erste August hatte seinen kühlsten Punkt erreicht. Trotzdem stand in der Stadt wie jeden Sommer der Smog.

Mein Rucksack war schwerer als gedacht. Nachdem ich tags zuvor wahllos ein paar Klamotten hineingestopft hatte, hatte ich mir von Marie einen Vortrag darüber anhören müssen, wie man »richtig« packt. Und dann hatten wir es noch mal gemacht. Auf ihre Weise, nach ihrer Liste. Immerhin hatte ich jetzt Sonnencreme dabei.

»Bist du nervös?«, fragte Marie zum dritten oder vierten Mal.

»Nein«, log ich lächelnd. Ein bisschen mulmig war mir schon zumute. Jetzt ging es wirklich los. Ich fragte mich, wie es wohl werden, wie dieser Jacob sein und wohin es überhaupt gehen würde.

Marie schien meine Gedanken zu lesen. »Es wird sicher gut. Ich kenne Jacob zwar nur von der Beerdigung, aber er hat einen netten Eindruck gemacht. Wirklich sehr nett.«

Solche Aussagen bedeuteten wenig. Marie fand fast alle Menschen »nett«. Aber sie suchte auch nach Dingen, die sie mögen konnte. So war sie schon immer gewesen und ich erinnerte mich, das einmal mehr geschätzt zu haben.

Je näher der Bahnhof kam, desto voller wurde es um uns herum. Die Sonne ging auf und warf schwarze Schatten auf den grauen Beton.

Marie blickte auf ihr Handy. »Ich glaube, wir müssen uns beeilen.«

»Alles gut. Sonst nehme ich einen später, dann bin ich immer noch um kurz vor elf da.«

»Aber du musst Jacob nicht ewig warten lassen. Und wenn der Zug dann Verspätung hat, verpasst ihr euch und er fährt ohne dich los.«

»Wäre das so schlimm?«, fragte ich, ernst und scherzhaft zugleich.

»Weiter jetzt«, sagte Marie und wir beschleunigten unsere Schritte.

Fünf Minuten vor Abfahrt erreichten wir das Gleis. Der Zug stand bereit und durch die Scheiben waren viele leere Abteile zu sehen. Verständlich, dachte ich. Wer wollte schon um diese Zeit von hier nach dort? Wer, außer mir?

»Ich hab noch was für dich.« Sie zog ein kleines, in buntes Geschenkpapier gepacktes Etwas aus der Tasche und gab es mir.

»Danke. Aber wofür denn?«

Marie lächelte mich an. »Für unseren Jahrestag. Heute in einer Woche. Nur für den Fall, dass du es nicht rechtzeitig nach Hause schaffst. Das hast du doch nicht schon wieder vergessen, du Dussel?«

»Nein, natürlich nicht!«, sagte ich.

Marie streckte mir die Zunge raus.

»Aber ich habe jetzt noch nichts für dich, weil ich dachte, ich bring dir was mit.«

»Gut gerettet.« Sie nahm meine Hand. »Es ist nichts Besonderes. Und ich erwarte auch nichts. Na ja, schon, aber nichts Großes. Alles in Ordnung.«

Ich strich ihr das Haar aus dem Gesicht. »Kümmerst du dich um meine Pilea?«

»Natürlich.« Über den Bahnsteig schallte eine Ansage. »Du musst jetzt einsteigen.«

»Ja.«

Doch ich zögerte. Das schlechte Gewissen nagte an mir. Ich wollte Marie nicht weiter belügen und ihr sagen, was mich in Wahrheit dazu bewogen hatte, hier zu stehen. Ich wollte nicht so einer sein wie der, der ich zuletzt war. Aber ich wollte mir auch nicht eingestehen müssen, dass ich es einfach nicht besser konnte. Und Marie wollte ich das schon gar nicht sagen.

»Ich bin sehr stolz auf dich. Ich weiß, dass dir die Entscheidung nicht leichtgefallen ist. Es ist schwer, jemanden zu verlieren, den man so liebt, wie du Luis geliebt hast. Aber dass du da jetzt mitfährst ...« Sie suchte offenbar nach den passenden Worten. »Ich bin mir sicher, dass du das Richtige machst.«

»Danke«, flüsterte ich.

»Ist alles in Ordnung? Möchtest du mir irgendetwas sagen?«

Ich starrte zu Boden. Nichts war in Ordnung, gar nichts. Sie gab mir verfrüht ein Geschenk zu unserem Tag, für den Fall, dass ich zu spät wiederkam, während ich das Datum andauernd vergaß und dazu noch insgeheim plante, in zwei Tagen wieder abzubrechen.

»Hey, Theo. Was hast du?«

Ich sah ihr in die Augen. In ihre gesprenkelten, dunklen Augen. Ich sah den Glanz der Hoffnung darin. Und den durfte ich nicht zerstören. Nicht mit der Wahrheit über Barney und schon gar nicht mit der Wahrheit über mich selbst.

»Nichts. Alles gut. Bin nur sehr müde.« Um das zu unterstreichen, gähnte ich übertrieben und steckte Marie damit an.

»So, jetzt aber rein in den Zug!«

Ich verstaute das Geschenk tief in meinem Rucksack, nahm ihn hoch und stieg ein. In der geöffneten Tür drehte ich mich zu Marie.

»Gute Reise, mein liebster Blödmann.« Und sie gab mir einen Kuss, den ich noch lange auf den Lippen spürte.

Sie trat zurück. Die Türen schlossen sich. Ich stand da und wir winkten uns zu. Der Zug fuhr los. Sie winkte weiter und ich winkte weiter. Presste mich an das Glas der Tür. Marie wurde kleiner. Und kleiner. Und dann war sie nicht mehr zu sehen.

19

Um neun Uhr fünfundvierzig kam der Zug quietschend zum Stehen. Mit einem Streckschritt sprang ich auf den Bahnsteig. Niemand sonst war ein- oder ausgestiegen. Niemand war da. Knackend schlossen sich die Türen hinter mir und der Zug ließ mich allein zurück.

Der Bahnhof stand heruntergekommen in der Gegend. Freiliegende Kabel und Risse im Asphalt, gefüllt mit Abfall oder fröhlich vor sich hinsprießendem Unkraut. Nicht einmal eine digitale Anzeige gab es hier. Es war mehr eine Haltestelle als ein Bahnhof, bloß ein Ort, an dem Züge bremsten. Meine Sorge, Jacob hier nicht zu finden, war unbegründet. Es gab ein Gleis. Da stand ich.

Obwohl das Dorf gerade eine Stunde von meinem Heimatort entfernt lag, kannte ich es nur vom Namen her. Hier gewesen war ich noch nie. Doch während ich erst interkontinental gereist war, um dann das nicht enden wollende Abenteuer des Psychologiestudiums in der Großstadt zu suchen, hatte Luis hier seine Ausbildung zum Kfz-Mechatroniker begonnen. Anfangs war er gependelt und nach seinem Abschluss schließlich für die Arbeit hergezogen.

Zehn Minuten später war ich noch immer der einzig Anwesende. Kein Jacob, nichts. Hatte er mich vergessen? Wurde ich wo anders erwartet? Ich kramte den Brief aus der Tasche. Nein, ich war richtig. Ich beschloss, im Schatten zu warten, und setzte mich mitten auf den Bahnsteig in das Schwarz, das die Auskunftstafel durch spitz einfallendes Sonnenlicht auf den Boden warf. So verging fast eine halbe Stunde. Nichts passierte. Kein guter Start, dachte ich noch.

Dann hörte ich Schritte. Zuerst sah ich ihr Gesicht, dann wurde sie von Stufe zu Stufe größer. Wie die Sonne am Horizont ging sie über die Treppe auf und strahlte alles an, was sie umgab. Das weiße Top saß passgenau und war exakt auf ihren blauen Rock abgestimmt. Bei jedem Schritt wallte ihre dunkelblonde Mähne auf und nieder.

Oben angelangt schaute sie sich um, dann kam sie in meine Richtung und direkt auf mich zu. »Hi. Bist du Theo?«

Ich öffnete den Mund, doch heraus kam bloß heiße Luft. Also nickte ich nur.

»Freut mich! Ich bin Julia.«

Sie reichte mir die Hand und ich ergriff sie, immer noch auf dem Boden sitzend. Schon beim ersten Kontakt spürte ich, wie weich ihre Haut war. Weich und makellos.

»Möchtest du nicht aufstehen?« Sie schmunzelte.

Ich rappelte mich hoch, ohne ihre Hand dabei loszulassen. »Klar, sorry, klar.«

Wir standen uns gegenüber. Obwohl ich es wollte, konnte ich den Mund nicht schließen. Sanft zog sie ihre Hand zurück und nahm die Sonnenbrille ab.

»Alles in Ordnung?«

»Ja«, flüsterte ich. Der Anblick ihrer grünblauen Augen machte meinen Mund ganz trocken.

Sie lächelte pausenlos Grübchen auf ihre Wangen, wobei sich ihr Kinn wie mit einem Strich gezogen vom Hals abhob. All das gab ihr etwas noch Erhabeneres. Wäre auch ich gläubig gewesen, hätte ich sie für einen Engel halten müssen. Einen perfekten, leuchtenden Engel.

»Wie gesagt, ich bin Julia. Die Freundin von Jacob.«

»Die Freundin von wem?«

»Von Jacob.« Sie musterte mich. »Der dich abholen wollte. Wegen des Roadtrips.«

»Roadtrip?« Es dauerte, bis ihre Worte zu mir durchdrangen. Ich hing in der Schwebe.

»Ja. Oder bist du nicht Theo, der Bruder von Luis?«

Plötzlich war ich wieder auf dem Boden. »Doch, der bin ich.« Ich nickte. »'Tschuldige bitte.«

»Kein Problem.« Sie lachte. »Jacob hat mich gebeten, dich abzuholen. Er verspätet sich etwas.«

»Das macht nichts«, hörte ich mich sagen.

»Wir gehen jetzt zur Gemeinde. Da steht auch das Auto. Und Jacob kommt bald nach. Ist das okay?«

»Klar.«

Und während wir die Treppen hinabstiegen und in das Dorf hineingingen, dachte ich, dass ich mir den Beginn dieser Reise nicht so vorgestellt hatte. Und Christen hatte ich mir auch anders vorgestellt. Weniger umwerfend.

»Warst du schon mal hier?«

»Bisher noch nicht.«

Wieder fiel mir auf, wie viel sauberer die Luft auf dem Land war. Nach und nach nahm ich die Häuschen wahr, alle freistehend und von akribisch gepflegten Gärten umgeben. Hier und da ein Glockenturm, der in die Höhe ragte, aber nicht weit. Kleine Kirchen, große Kreuze.

Abgesehen davon war es malerisch, beinahe märchenhaft. Ich kniff die Augen gegen die Sonne zusammen. Das Dorf sah aus wie auf vergilbten, in den Siebzigern geschossenen Bildern, bei denen alles mit einem grobkörnigen Filter durchsetzt ist, der sämtliche

Farben in ein grelles Matt zieht. Doch nach nur wenigen Metern wusste ich wieder, warum es mich nie in diesen Ort verschlagen hatte: Hier war überhaupt gar nichts. Noch weniger als zu Hause. Und davor war ich schon bei erster Gelegenheit geflohen.

»Hattest du eine gute Zugfahrt?«

»Danke, ja.«

»Sehr schön.« Julia zog die Sonnenbrille wieder über die Augen. Ein Filmstar, direkt aus Hollywood in die Provinz entführt. »Wir sind gleich da. Da vorne ist es schon.«

Am Himmel krachte es. Ein riesiges Flugzeug gewann an Höhe und schoss schallend davon.

»Ich dachte, der Flughafen ist weiter weg.«

»Zum Glück nicht.« Sie grinste. »Ich fliege am Montag selber.«

»Wohin geht's?«

»USA. Für drei Monate.«

»Wow«, sagte ich. »Wie kommt's denn dazu?«

»Mein Großvater lebt dort. In Arlington, Texas. Etwa eine Stunde von Dallas entfernt.«

»Das ist ziemlich cool.«

»Stimmt.« Julia lachte. »Ich kümmere mich ein bisschen um ihn. Es ist fast immer jemand aus der Familie da, um ihn zu unterstützen. Und außerdem lässt es sich gut mit meinem Job verbinden.«

»Was machst du denn?«, fragte ich und tippte auf Model.

Sie lächelte. »Ich bin Fotografin.«

Ich wollte etwas sagen, doch in dem Moment donnerte ein weiterer Flieger über uns hinweg.

»Ist wirklich ziemlich laut hier.«

»Das stimmt. Aber was soll's. So hat man wenigstens manchmal das Gefühl, in der Stadt zu sein.« Julia strich sich eine Strähne aus dem Gesicht. »Als Stier stört mich das nicht besonders.«

Ich nickte.

»Und so oft fliegen die auch nicht. Hier geht's nach Westen, aber die meisten Flüge sind Richtung Süden. Die bekommt man gar nicht mit.«

Im Zentrum des Dorfs lag die Gemeinde. Über einen Parkplatz mit Garagen links und rechts gingen wir auf das Gebäude zu, dem anzusehen war, dass es vor allem mit Liebe und gutem Willen zusammengehalten wurde. Um ehrlich zu sein, ich hätte es gar nicht als Gotteshaus erkannt.

»Gibt es hier eigentlich auch andere ... Menschen?«

»Gute Frage!« Julia kicherte. »Meistens schon. Aber viele von denen arbeiten nicht im Ort. Außer ein paar kleinen Läden und der Autowerkstatt gibt es ja auch nichts.«

Ich konnte nicht sicher sagen, ob da Bedauern in ihrer Stimme lag.

»Die Gemeinde ist an den Sonntagen der Anlaufpunkt. Hier kommen sie alle zusammen.«

»Aha.« Der unheimliche Teil beginnt, dachte ich.

»Gerade ist keiner da. Wir können drinnen warten, falls es dir zu warm ist.«

»Ach Quatsch«, machte ich auf cool, schwitzte aber ohne Ende.

»Du kannst die Tasche abstellen und ich zeige dir –«

»Julia!«

Wir drehten uns um. Über den Parkplatz näherte sich uns, die Sonne im Rücken, ein Mann. Gut gebaut und mit dichtem, blondem Haar. Er setzte sich eine Cap schräg auf den Kopf und strich sich dann stoisch durch den Bart. Und das Erste, was mich an ihm irritierte, war sein schluffiger Gang.

20

Jacob kam auf mich zu. Dabei drehte er sein Cap noch schiefer und fixierte mich mit ernstem, durchdringendem Blick. Ich starrte auf sein weites Shirt, auf dem zwei Hände in Gebetspose zu sehen waren und über dem ein hölzernes Kettchen mit einem Kreuz bei jedem Schritt auf und ab wippte. Auch seine Basketballshorts waren viel zu groß. Er holte aus, als würde er zuschlagen wollen, bremste jedoch und reichte mir die Hand zum Abklatschen. Ich wiederum wollte sie förmlich schütteln und so wurschtelten wir kurz herum und beließen es beim Händedruck.

»Du musst also dieser ... Theo sein.«

Ich nickte.

»Deggah! Megaschön, dich kennenzulernen, mein Freund!«

»Danke«, sagte ich nur. Ich hasste es, wenn man mich so nannte. Vor allem, wenn man mich gar nicht kannte. Und es dazu auch noch bewusst falsch aussprach. Und generell, wenn man grundlos überschwänglich war.

Jacob schwieg genauso langsam, wie er sprach. Er wartete einen Moment, ob noch etwas von mir kommen würde. Von mir kam nichts. »Okay. Cool, dass du da bist!«

Er umarmte Julia, die sich in ihn hineinfallen ließ. Und obwohl ich es nie zugegeben hätte, sah nicht nur sie dabei gut aus.

»Also, Buddy. Bist du ready? Musst du noch mal oder so? Sonst würde ich sagen, düsen wir los, ASAP. Heute müssen wir recht früh da sein.«

»Mit welchem Auto überhaupt?«, fragte ich, völlig überfordert.

»Aha! Gute Frage. Gute Frage.«

Jacob ging einfach los und da Julia ihm folgte, folgte ich ihm auch. Er steuerte auf die Garagen zu, fummelte einen klimpernden Schlüsselbund aus der Tasche und probierte sich ungelenk am Schloss durch.

»Ich hab hier ... nicht so den Plan ... welcher jetzt ... welcher war ...«

Da klickte es und Jacob grinste uns zu. Er öffnete die Garage und vor uns stand –

»Onkel Herbert!«

Ich errötete, so laut hatte ich gerufen. Jacob und Julia guckten abwechselnd mich und den Wagen an.

»Onkel Herbert?«

»Das ist ... unser altes Auto.«

»Ich weiß, Buddy, ich weiß.« Ich sah Jacob an, der nickte. Dabei ging sein Kopf weniger rauf und runter als vor und zurück. Es dauerte eine Weile, ehe er fortfuhr. »Da hab ich schon einige Storys zu gehört. Der war oft hinüber. Aber Bruder Luis hat den Wagen immer wieder auf Vordermann gebracht.«

Ich zuckte zusammen, als ich die Worte »Bruder« und »Luis« direkt hintereinander aus seinem Mund hörte. Jacob bemerkte es offenbar nicht.

»Totgesagte leben länger, was?« Er lachte. »Aber er hat nie aufgegeben, an ihn zu glauben. Wusste immer, was zu tun war.«

»Das stimmt«, bestätigte Julia. »Wenn einer was von Autos verstand, dann Luis.«

»Aber warum die Karre so heißt, das habe ich ... vergessen.«

»Das interessiert mich aber!« Julia lächelte mir zu.

Ich sah Onkel Herbert an. Wir hatten nie gewusst, was für ein Auto er eigentlich war. Luis hatte die Theorie aufgestellt, er sei ein uneheliches Kind: Vater Trabbi, Mutter Ente. So sah Onkel Herbert auch am ehesten aus, geboren in den Untiefen der Sechziger und schon eine alte Schrottkarre, als Mutter ihn damals übernommen hatte. Seine Farbe war so gelb, wie Pisse aussieht, wenn man zu wenig trinkt, und langsam in schmutziges Gold übergeht.

»Wir haben ihn bekommen von unserem Onkel Herbert, damals. Den kannten wir gar nicht. Aber dann haben wir ihn so genannt.«

»Es war das Auto deiner Mum, richtig?«

»Meiner Mutter, ja.« Ich schüttelte den Kopf. »Wir konnten uns keins leisten. Aber mit Onkel Herbert sind wir bis ans Meer gefahren.«

»Das klingt nach einer schönen Geschichte«, sagte Julia.

»Absolut.« Jacob nickte wieder und hörte gar nicht mehr auf. Er blickte feierlich drein, dann wechselte sein Ausdruck urplötzlich und ohne ersichtlichen Anlass zu fröhlich. Aus seiner Tasche zog er bedächtig etwas und warf es mir blitzschnell zu. Nur mit Mühe fing ich es auf.

»Der gehört auch dazu.«

Es war der Schlüssel. Der alte, rostige Schlüssel, an dem noch immer der Anhänger befestigt war, den Luis und ich damals für Mutter gebastelt hatten. Ich starrte auf die krakelige Kinderschrift: »Bällende Hunde.«

»Also, Deggah. Ich würde sagen, wir gehen direkt rein in den Zweikampf. Kein großes Abtasten. Oder was sagst du dazu?«

Ich war wie betäubt. Die Sonne prallte mir auf den Kopf. Onkel Herbert, der Anhänger, der Spruch. Ich ertrank in Erinnerungen, die ich lange verdrängt hatte. Jetzt stiegen sie in mir auf wie Luftblasen unter Wasser. »Bällende Hunde.«

»Theo, Buddy? Alles klar?« Jacob stand auf einmal direkt vor mir. Er legte seine Hände auf meine Schultern und blickte mir tief in die Augen.

»Ja, alles gut.« Ich löste mich von ihm. Nähe und Distanz schienen unter Gläubigen anders definiert zu sein.

»Na gut. Dann wollen wir mal ... on the road!«

Jacob nahm mir den Schlüssel ab, fuhr Onkel Herbert aus der Garage und stieg wieder aus.

»Hast du was zu trinken dabei? Egal, ich hab uns Snacks und Drinks organisiert.« Er hielt zwei Energydrinks hoch. »Rot oder blau?«

»Rot«, sagte ich und bekam eine Dose in die Hand gedrückt. Ich wusste gar nicht, was ich damit machen sollte. Trinken wäre das Letzte gewesen.

»Schmeiß deinen Rucksack in den Kofferraum zu meinem Zeug. Nimm nur mit nach vorne, was du brauchst. Viel Platz ist da nicht.«

Während ich meine Sachen verstaute, verabschiedeten sich Julia und Jacob voneinander.

»Fahr vorsichtig, mein Schatz. Schreib mir, wenn du angekommen bist. Und wechselt euch ab. Und tauscht eure Nummern aus, damit ihr euch gegenseitig erreichen könnt!«

»Du hast wieder mal alles im Blick«, sagte Jacob zu ihr und zwinkerte mir dabei zu. »Ich mach dir später mal ... ne Voice.«

»Theo, ich wünsche dir alles Gute für die Fahrt!« Julia umarmte mich, als würden wir uns schon seit immer kennen. Dagegen hatte ich nichts einzuwenden. »Und was ich dir noch sagen wollte: Mein herzliches Beileid zu deinem Verlust. Wir haben deinen Bruder sehr geschätzt. Auf ihn konnten wir uns immer verlassen.«

»Danke«, raunte ich. Mir wurde schlecht, und obwohl ich nicht fahren wollte, wollte ich schnell weg. »Dann lass uns los.«

»Buddy, ich würde gerne ans Steuer, wenn's recht ist.« Jacob ging bereits zur Fahrertür.

»Ehrlich gesagt, nein.« Ich wollte mir nicht alles nehmen lassen. Nicht meinen Bruder, nicht meine Erinnerungen und schon gar nicht die Kontrolle. »Ich fahre.«

Jacob hob eine Braue. »Bist du sicher?«

»Her damit.« Ich rupfte ihm den Schlüssel wieder aus der Hand.

Als ich einstieg, spürte ich, dass viel Zeit vergangen sein musste, seitdem ich das letzte Mal mit Onkel Herbert gefahren war. Zeit, gemessen in Körpergröße. Die Türen knarzten schaurig. Ein gewiefter Gebrauchtwagenhändler hätte den Innenraum wohl »kompakt« genannt. Die Sitze, über die man auch nach hinten klettern musste, waren zerschlissen und vergilbt. Das Lenkrad war abgewetzt und der Schaltknüppel von vielen Händen blank poliert.

»Einmal lächeln, Jungs!« Julia stand vor dem Wagen und richtete ihr Handy auf uns. Plötzlich lag Jacobs Arm um meinen Hals. Er grinste mit vollem Einsatz, während ich nur damit beschäftigt war, nicht allzu genervt auszusehen.

»Ja, und noch mal von hier …«

Ich spürte Jacobs Wange an meiner. Er drehte sich mit ihren Bewegungen mit. Offenbar kannte er das Prozedere schon.

»Sehr gut.« Sie swipte die Bilder durch. »Theo, du guckst so schön böse!«

»So was«, flüsterte ich.

Julia ging zur Straße. Mühevoll kurbelte Jacob das Fenster runter. »Wolltest du nicht noch eben in die Gemeinde?«

»War ich schon!« Ihre Stimme überschlug sich und sie warf ihm einen Handkuss zu, den er auffing und an seine Brust presste.

»All right!« Er drehte das Fenster knirschend nach oben, so weit, bis es nur noch einen Spalt breit offen stand. Das dauerte etwas und wir sahen Julia dabei zu, wie sie sich entfernte und schließlich um eine Ecke bog. Jemand schien den Farbkontrast zu senken.

»So«, sagte Jacob. Dann sagte er eine ganze Minute lang nichts. »Theo.«

»Ja?« Ich wusste, dass ich enorm viel Geduld aufbringen musste. Und allein das machte mich schon fertig. Onkel Herbert muffte wie ein feuchter Keller.

»Ich würde gerne ein paar Worte an unseren Herrn richten und ins Gebet gehen, wenn du nichts dagegen hast.«

Ich kniff die Augen zusammen. War das noch die Hitze oder kamen die Kopfschmerzen schon jetzt? »Ins Gebet gehen?«

»Das mache ich immer, bevor ich losfahre. Safety first, you know?«

»Eben hast du nicht gebetet.«

»Eben?«

»Als du aus der Garage gefahren bist.«

»Deggah!« Er gestikulierte wild und mit offenem Mund. »Das war ja keine Fahrt. Keine Journey, verstehst du?«

»Keine Journey«, wiederholte ich tonlos.

»Also, hast du was dagegen?«

»Ja«, sagte ich, als er schon ansetzte. »Aber ich kann dich wohl nicht davon abhalten, was?«

Wieder sah er mich an, den Mund einen Spalt breit geöffnet. Ich seufzte. Jacob schien niemals blinzeln zu müssen. »Schieß los.«

Er schloss die Augen und faltete die Hände, wie sie auf seinem Shirt gefaltet waren. »Oh Herr, lieber Gott. Danke, dass du Theo und mich hier zusammengebracht hast und uns die Möglichkeit gibst, diese Challenge gemeinsam als Team zu bestreiten. Bitte gib uns sicheres Geleit auf unserer Fahrt, segne die Straßen und lass uns gut ankommen. Wir danken dir für deine Liebe. Amen.« Jacob löste sich aus seiner Haltung. »Theo, ich möchte dir noch etwas mitteilen. Etwas sehr Wichtiges.«

Er lächelte mir zu. Und obwohl mir, von Marie abgesehen, selten jemand so lieb zulächelte, und obwohl oder vielleicht gerade weil seine Worte mich mehr berührten, als ich es ihn wissen lassen wollte, sagte ich: »Ach du Scheiße.«

Ich schüttelte den Kopf und sah dabei zu, wie Stück für Stück das Glück aus Jacobs Gesicht wich. »Das war ja wohl ... Ich kann nicht fassen, wo ich hier gelandet bin. Das ist alles so ... lächerlich.«

Er schluckte hörbar.

»Ganz ehrlich, Jacob. Du scheinst ... okay zu sein? Aber wäre das hier nicht der letzte Wille meines Bruders und ohne das Erbe ... ich würde direkt abbrechen. Sorry, falls das jetzt hart ist, aber das musste mal gesagt werden.«

Jacob starrte mich an, die Augen weit aufgerissen, die Lippen schief gewinkelt. Er starrte so lange, bis er durch mich hindurchstarren musste.

»Jacob? Bist du noch da?«

Sein Kopf ging vor und zurück.

»Was wolltest du noch sagen?«

Er öffnete den Mund, zögerte aber. »Ist nicht ... so wichtig. Ist nicht wichtig.«

»Okay.« Ich stöhnte. »Können wir dann, oder musst du vorher noch ein Schaf opfern?«

»Was denn für ein Schaf?«

»Vergiss es«, sagte ich und drehte den Schlüssel im Schloss um.

»Theo, wenn du fährst, fühle ich mich verpflichtet dich darauf hinzuweisen, die Kupplung nicht zu schnell –«

»Jaja, ich schaff das schon«, unterbrach ich ihn und nahm den linken Fuß ruckartig vom Pedal. Onkel Herbert machte einen Sprung und federte dann brutal zurück. Wir schlugen uns die Köpfe an, vorne wie hinten.

Jacob hielt sich die Stirn. »Also, weswegen ich dich hinsichtlich der Kupplung noch briefen wollte …«

»Ja, ist angekommen!«

Diesmal machte ich es besser und wir fuhren los. Onkel Herbert knackte und brummte, als würde er gleich auseinanderfallen.

»Geradeaus!«, rief Jacob und gab Zeichen wie ein Fluglotse. Ich atmete scharf ein. Sein Rumhampeln wäre völlig verzichtbar gewesen. Denn es gab für uns nur eine Straße und nur eine Richtung.

21

»Für den Aufgalopp mal ein bisschen Realtalk, Theo. Facts, Facts, Facts!«

Ich reagierte nicht, und so fuhr Jacob fort.

»Wir sind von heute an sieben Tage lang unterwegs. In der Zeit kann man einiges schaffen.« Er zwinkerte mir zu. »Jeden Tag eine andere Gemeinde. Außer Donnerstag. Da machen wir Pause und chillen mal ein bisschen, dachte ich.«

»Okay.« Ich hatte keine Ahnung, was ich dazu sagen oder wie ich das finden sollte. Ein Blick auf die Uhr verriet mir, dass erst eine halbe Stunde vergangen war.

»Und Sonntag ist Ende. Unser Ziel: die Ostsee. Da haben wir ein kleines Abschluss-Event.«

Ich nickte, während Jacob sich den linken Ringfinger knetete.

»Ich mach grad mal das Navi an, nur für den Fall.« Wie ein Boomer tippte er mit dem Zeigefinger auf seinem Handy rum. »Shit.«

»Was denn?«

»Der Empfang hier ist nicht gerade auf Topniveau.«

Ich betrachtete die neue Welt: Weit und breit nur Pampa und unter uns, vernarbt und ausgestorben, die Straße, auf der Onkel Herbert uns jede Unebenheit spüren ließ.

»Und jetzt?«

»Macht nichts. Ich hab die Strecke im Kopf.«

Und so fuhren wir. Bei Kreuzungen sagte Jacob gar nichts. Also fuhr ich einfach weiter.

»Was sind das eigentlich für Gemeinden?«

»Partnergemeinden von uns. Alles Glaubensbrüder und Glaubensschwestern.«

»Klingt toll«, sagte ich.

»Ist es auch!«, rief er.

»Und was machen wir da?«

»Wir stellen unser Konzept für die neue Gemeinde vor und kommen ins Gespräch. Oder wie man heute sagt: in den Dialog.« Jacob nickte, als wollte er sein kommunikatives Fachwissen unterstreichen.

»Das Konzept für die neue Gemeinde«, wiederholte ich.

»Genau! Es wird dir bestimmt gefallen, Theo.«

»Sicher«, sagte ich kopfschüttelnd. »Und wo pennen wir?«

»Ah! Ich hab an alles gedacht.« Kunstpause. »Wir kommen bei Freunden unter. Essen und Trinken, ein Dach über dem Kopf. Alles, was wir brauchen.«

»Bei Leuten aus der Gemeinde?« Ich geriet leicht in Panik. Musste ich mir das jetzt wirklich vierundzwanzig sieben geben?

»Richtig, ganz genau!« Jacob strahlte mich an.

»Aber was soll denn ich da machen, in diesen Gemeinden? Was wird meine Aufgabe sein?«

»Deine Aufgabe? Du kommst einfach nur mit, Buddy.«

Ich zweifelte daran, dass es so leicht werden würde. Und ehrlich gesagt konnte ich mir nichts darunter vorstellen. Doch ich wollte mich jetzt nicht weiter damit beschäftigen. Es würde genug Zeit bleiben, um herauszufinden, was »mitkommen« in Wahrheit bedeutete.

»Was dagegen, wenn ich das Radio anmache?«, fragte ich in der Hoffnung, seinen aufkommenden Redefluss einzudämmen.

»Versuchen kannst du es. Geht aber nur mit Glück.«

Ich drehte an den Knöpfen herum. Heraus drang ein Rauschen, nur weit hinten von so etwas wie definierbaren Tönen unterbrochen. Zu wenig, um es zu ertragen.

»Ich würde ja mein Handy anschließen, aber das geht hier auch nicht.« Jacob kramte eine Box aus seiner Tasche und hielt sie fragend hoch.

»Erst mal die Klimaanlage einschalten«, sagte ich. Schweiß floss mir aus jeder Pore.

»Welche Klimaanlage?« Jacob grinste und er hatte recht. »Kannst nur die Fenster runterkurbeln. Und vielleicht machst du mal ein bisschen Tempo. Hinter uns staut es sich schon.«

Ich sah in den Rückspiegel und trat aufs Gaspedal.

»Soll ich hier Mucke machen? Hab uns extra noch eine Ballermann-Playlist runtergeladen. Nur das Feinste vom Feinen, die Extraklasse sozusagen, das versteht sich.«

»Lass mal bitte. Ich vertrage nicht so viele Kulturschocks auf einmal.«

Jacob schien zwar nicht genau zu verstehen, was ich meinte, doch er musste spüren, dass ich seine Idee ziemlich beschissen fand. Und so packte er die Box wieder weg.

»Ich fass das noch mal zusammen«, sagte ich, mehr zu mir als zu ihm. »Wir haben keinen Empfang und kaum Netz. Handys können wir weder laden noch anschließen. Es sind fast fünfunddreißig Grad, aber Klimaanlagen wurden erst, keine Ahnung, in den Achtzigern erfunden. Ist das so weit korrekt?«

»So weit würde ich da völlig zustimmen!« Jacobs Grinsen brannte mit der Sonne um die Wette. Er klang, als wären das alles tolle Neuigkeiten. »Das wird richtig basic, Theo. Voll back to the roots! Zwei Männer und die Straße.«

Eine weitere Pause, so lang, als hätte man ihm Redeverbot erteilt. Dabei glotzte er mich ununterbrochen an, und ich versuchte, mich auf die Straße zu konzentrieren. »Das kann was werden!«

Ja, dachte ich. Das kann was werden.

22

Gegen Nachmittag navigierte Jacob mich zielsicher durch eine mittelgroße Ortschaft. Wir steuerten auf ein Gemeindehaus zu, das mit viel Fantasie wie eine Taube aussah, die sich zum Fliegen in die Luft schwang. Von überallher pilgerten Menschen durch die beinahe senkrecht stehende Sonne darauf zu.

Mit einem Quietschen brachte ich Onkel Herbert schief über zwei Parkplätze zum Stehen. Mein Atem ging unruhig, und mein Körper fühlte sich an wie ein Klebestift.

»Buddy?« Jacob löste den Gurt und drehte sich zu mir.

In der Hoffnung, nicht mehr zittern zu müssen, klammerte ich mich an den Sitz. Doch es war vergeblich. Wieder legte sich seine Hand auf meine Schulter, doch ich war zu sehr mit Luftholen beschäftigt, um sie wegzuschieben. Draußen drückten sich weiter die Leute Richtung Gebäude.

»Ich pack das nicht. Das ist mir zu viel.«

»Möchtest du kurz mit mir ins Gebet gehen?«

»Um Himmels willen!«

»Theo.« Sein Blick fixierte mich. »Entspann dich. Wir gehen in die Gemeinde und du musst nichts weiter tun, als dir einen Platz zu suchen und zuzuhören. Das ist alles. Okay?«

Ich schüttelte den Kopf, aber mehr der Umstände wegen, als auf seinen Vorschlag bezogen. »Willst du nicht alleine rein? Ich warte so lange hier im Wagen.«

Jacob strich sich durch den Bart. »Das könnten wir so machen. Ich gehe, du bleibst. Aber das ist nicht Sinn der Sache. So hat Bruder Luis das nicht gewollt.«

»Ich weiß mittlerweile gar nicht mehr, was mein Bruder wollte und was nicht!«

Wir schwiegen einen Augenblick. Jacob griff nach dem Kreuz an seiner Kette. Erst jetzt erkannte ich die vier auf dem Querholz eingravierten Buchstaben: WWJD. Er drückte es sich gegen den Mund und blieb still sitzen.

»Was tust du da?«

Er antwortete nicht sofort. »Ich finde Halt in dem, was mir Gewissheit gibt. Was ist es bei dir?«

Ich dachte an mein Studium. Obwohl ich mich schwer damit tat, war es genau das, was ich wollte. Die Gründe dafür waren noch immer dieselben. Mir fiel U. Müller ein, der in einem seiner Bücher etwas über Angst geschrieben hatte: »Denk den Gedanken zu Ende.«

»Na gut, Buddy. Dann bleib du mal hier. Ich muss drinnen noch ein bisschen was vorbereiten.« Er öffnete die Tür.

»Also los!« Ich schlug mir auf die Oberschenkel und sprang aus Onkel Herbert hinaus, der freudig wackelte.

»That's the spirit! Top!« Jacob nickte wie ein Typ im Club, der zu cool zum Tanzen war, auf seine spezielle Art vor und zurück.

Als wir die Gemeinde betraten, kniff ich die Augen zusammen. Alles war reinlich hell, beinahe steril. Die Kühle drosselte meinen Puls. Hohe Decken ließen den Saal wie eine Kathedrale wirken. Über den Wänden verteilten sich Psalmen in geschnörkelter Schrift. Durch bunt verglaste Fenster sprenkelte das Licht gelbe, rote, blaue und grüne Tupfer in den Raum. Über alldem lag ein Geruch von frischem Weihrauch.

»Und, was sagst du?« Jacobs Stimme drang wie durch Schaumstoff zu mir.

»Es ist ... schön hier.«

»Nicht wahr?« Zufrieden streckte er mir einen Daumen entgegen. Plötzlich wirkte er fahrig. »Hör mal, ich muss mich beeilen. Schau dich weiter um oder komm mit den Menschen ins Gespräch.«

»Mit den Leuten hier?«

»Christen beten, sie beißen nicht!«

Und bevor ich noch etwas erwidern konnte, war er verschwunden. Ziellos trieb ich durch das Meer von Gläubigen. Manche von ihnen trugen schick, andere lässig, doch sie alle kleidete eine Freude, die an mir abprallte. Sie wären mir ganz normal vorgekommen, hätte ich es nicht besser gewusst.

»Entschuldigung?« Jemand tippte mir auf die Schulter. Eine junge Frau mit Zöpfen stand da und winkte mir strahlend zu. »Ich habe gedacht, wir kennen uns.«

»Ach ja?«, sagte ich, da mir auf die Schnelle nichts Besseres einfiel.

»Du siehst aus wie ein wunderbarer Mensch, den der Herr viel zu früh von uns genommen hat.«

Mir stockte der Atem.

»Du siehst aus wie Bruder Luis.«

Ich schüttelte den Kopf. »Der ... bin ich leider nicht.«

»Ich weiß, ich weiß.« Das Lächeln wich aus ihrem Gesicht. »Der war ja doch ein gutes Stück größer als du. Und stärker. Mit vollerem Haar.«

Es stimmte. Nicht nur sein Charakter war meinem voraus gewesen.

»Aber das Gesicht ... Da ist etwas in deinem Gesicht, das Luis ... so nahe kommt.«

Ihre Worte umschlossen mein Herz wie eine kalte Faust. Instinktiv legte ich mir eine Hand auf die Brust.

»Tut mir leid, ich wollte dich nicht verletzen.« Sie berührte mich sanft an meinem Arm. »Kanntest du Bruder Luis?«

Ich sah mich um. Diese Leute, dieser Ort, dieses riesige Kreuz an der Wand. »Ich weiß es nicht«, flüsterte ich so leise, dass es im allgemeinen Rauschen unterging. In dem Moment hörte ich Jacobs Stimme, laut und durchdringend:

»Liebe Schwestern, liebe Brüder.«

Nach und nach wurde es still. Alles drängte zu einem Podest hin, auf dem er stand, die Arme zu Flügeln ausgebreitet und selig lächelnd. Ich fiel in der Menge zurück, bis ich ganz am anderen Ende angekommen war. Die mit den Zöpfen verschwand aus meinem Blickfeld. Mindestens zweihundert Paar Augen waren nun auf Jacob gerichtet.

»Meine Freunde.« Jemand hatte ihm ein Mikrofon ans Shirt geklemmt. Er war wie ausgewechselt, aufrecht und klar. »Ich freue mich, dass ihr so zahlreich erschienen seid. Denn was wäre unser Glaube ohne Gemeinschaft?«

Unter Applaus nickte Jacob mit entschlossener Miene.

»Gott ist allgegenwärtig. Jesus hat sich für unsere Sünden geopfert. Und hier sind wir nun alle vereint.«

Jacob wies über die Menge hinweg, als wollte er jeden Einzelnen umarmen. Ich konnte nur schwer meine Augen von ihm abwenden. Jedes seiner Worte, jede Geste wählte er mit Bedacht.

»Unser Glaube ist es, der uns zusammenführt. Der uns Kraft und Hoffnung gibt, in Zeiten, die schwer sind, in Zeiten wie diesen. Doch seien wir ehrlich: Der Glaube birgt auch Schmerz in sich.«

Niemand regte sich oder schien überhaupt zu atmen. Doch mir kam es so vor, als gaben sie ihm alle recht.

»Die Fragen, die wir uns stellen, haben sich schon viele Generationen von Christen vor uns gestellt. Sie mussten es. Wir müssen es. Denn egal, was auch passiert, die Welt dreht sich weiter. Und wir laufen immer mehr hinterher.«

Ich bekam ein ungutes Gefühl.

»Wir sind veraltet!«, rief Jacob und klatschte in die Hände. »Wir sind abgehängt! Wir verlieren die Herzen der Menschen. Doch was wir auch tun, wir dürfen nicht vergessen, dass wir genau deswegen hier sind!«

Vereinzelt kamen Rufe der Zustimmung.

»Wir können und sollen viel in der Bibel lesen. Das ist unsere Aufgabe dem Vater gegenüber. Dem Sohn aber schulden wir etwas anderes. Das Wichtigste überhaupt: Nächstenliebe.«

Beifall brandete auf. Eine hohe Welle, deren Ausläufer nur langsam abebbten.

»Doch was ich jetzt sage, wird vielen von euch missfallen. Wie kann er nur, werdet ihr rufen! Was denkt er sich! Doch hört in euch hinein, bevor ihr mit Steinen schmeißt.«

Er hob die Arme synchron über den Kopf, führte sie wieder herab und sagte mit klarer Stimme: »Uns fehlt es an Nächstenliebe.«

Ein Ruck ging durch die Menge und sie kam in Bewegung. Doch Jacob schnitt den aufkommenden Lärm sofort wieder ab.

»Beantwortet ehrlich eine Frage. Nicht vor mir oder den anderen, beantwortet sie vor Gott! Beantwortet ihm die Frage, ob eure Nächstenliebe selbstlos ist, von eurem Glauben losgelöst, oder ob sie nur einem Selbstzweck dient.«

Es wurde wieder still. Jacob beherrschte den Raum. Verwundert bemerkte ich, dass mein Mund offen stand.

»Was wir vorhaben, ist, den Glauben in die heutige Zeit zu tragen. Aber nicht um des Glaubens willen, sondern der Menschen wegen. Nur dann haben wir eine Chance und nur dann wird es rein sein.«

Er ging zu einem Laptop und jemand ließ die Rollläden herunter. Ein Projektor surrte. Der Raum tauchte ins Halbdunkle ab, bis auf Jacob, den es glitzernd anstrahlte.

»Bitte schenkt dem folgenden Video eure Aufmerksamkeit. Danach freue ich mich, mit euch in den Dialog zu treten.« Er drückte auf Play.

Meine Sicht auf die Leinwand war recht eingeschränkt. Zuerst kam eine Werbung für Tierfutter. Ein Hund sprang durchs Bild, und für einen Moment dachte ich, es sei Barney. Jacob klickte die Anzeige weg und das Video begann.

Ich erhaschte nur Fragmente: eine Wiese, das Meer, Skizzen von Bauplänen. Kurz teilte sich die Menge vor mir. Der Clip war bereits siebenundzwanzig Mal aufgerufen worden. Aus den Boxen tönte Jacobs Stimme. Als sie den Namen der Gemeinde nannte, traf mich das wie ein Schlag in den Bauch. Paul hatte recht. Ich durfte mir das nicht anhören.

Kurz darauf stand ich draußen. Doch mein Wunsch nach frischer Luft wurde nicht erfüllt. Ich knallte gegen eine Wand. Bei diesen Temperaturen stand die Welt still.

Ich hielt mir die Augen zu. »Nur zwei oder drei Tage«, flüsterte ich mir selbst zu. »Vergiss nicht, warum du wirklich hier bist. Wenn es nicht mehr geht, brichst du ab.«

Ich wollte gerade umkehren, da flog die Tür der Gemeinde auf. Ein paar ältere Männer stampften an mir vorbei.

»Wie kann er es wagen!«

»Öffnen, öffnen, heutzutage muss man sich allem öffnen!«

»Das ist nicht verhandelbar, ich wiederhole, nicht verhandelbar!« Die anderen stimmten zu.

Drinnen hatte sich die Menge etwas verteilt. Jacob saß in einem Kreis und sprach mit den Menschen. Da trafen sich unsere Blicke. Ich am Rand und er mittendrin.

23

Der Geruch von Brokkoli weckte eine Erinnerung in mir. Ich sah Luis, der sich weigerte, das Grünzeug zu essen. Mit beiden Händen hielt er sich den Mund zu, unnachgiebig, wie sehr Mutter auch auf ihn einredete. Und als Vater ihm – in einer seiner letzten fehlgeschlagenen Erziehungsmaßnahmen vor seinem Verschwinden – die Kiefer mit den Händen auseinandergezogen und den Brokkoli reingepresst hatte, hatte Luis ihn wieder ausgespuckt. In unserer Kindheit hatte mein Bruder jegliche Art von Gemüse gehasst. Mit der Zeit wurde es besser, aber die Abscheu vor Brokkoli war für ein Leben lang.

Ich lächelte, doch diese Erinnerung versetzte mir auch einen Stich. Schnell sah ich über den Tisch, um mir mit etwas anderem den Geruch aus der Nase und die Gedanken aus dem Kopf zu wischen. Nicht das Brot, nicht der Fisch, nicht der Salat, keine Wurst und kein Käse würden helfen …

»Was mat du da?«, fragte Max, als ich mir eine Knoblaucholive in den Mund schieben wollte.

»Ich esse«, sagte ich.

»Nein, nein, nein, nein, nein!« Er ballte seine kleinen Fäuste und schlug auf den Hochstuhl. »Mama, der Mann da will son essen!«

Rebecca kam aus der Küche. In der Tür zum Wohnzimmer tauchten Jacob und Jens auf.

»Was ist denn, mein Liebling?«

»Der Mann da will son essen!«, wiederholte Max in quengelndem Tonfall und zeigte auf meine Hand.

»Na, das geht aber nicht!« Mit spitzen Fingern und steifem Lächeln fischte Rebecca mir die Olive weg. »Erst beten wir, dann wird gegessen.«

»Erst beten, dann essen!«, rief Max und freute sich schelmisch.

»Kleine Petze«, zischte ich ihn an, als die anderen wieder verschwanden. Zur Antwort streckte er mir die Zunge raus. In der Küche schepperte ein Mülleimer.

Als alle Platz genommen hatten, fassten wir uns bei den Händen. Ich bekam rechts Max und links Jens zu greifen.

»Theo, ich freue mich, dich unseren Gast nennen zu dürfen.« Jens redete nicht, er drückte sich aus. »Als Herr des Hauses möchte ich dir anbieten, das Tischgebet zu sprechen.«

Ich zuckte leicht. »Das wäre natürlich ... Ich würde sagen ...« Hilfesuchend sah ich zu Jacob, der nicht direkt schaltete. »Das ist ...«

»Wenn du erlaubst, Jens, mache ich das.«

»Nun, so sehr ich dich auch schätze, Jacob, ich würde es bevorzugen, wenn Bruder Theo das übernimmt.«

»Also ich, ich meine –«

»Papa, ich glaub, der Mann da kann nich beten!« Max war keine Petze, er war ein mieser Verräter. Rebecca musterte mich von oben nach unten.

»Na ja«, versuchte ich mich herauszureden, »ich habe heute schon dreimal, das gibt sonst ... Unglück.«

Jens' Hand lockerte sich in meiner, sodass nur noch ich ihn festhielt. Er seufzte. »Dann mache ich es selbst.«

Alle schlossen die Augen. Ich auch. Sollten sich ihre Wünsche nicht erfüllen, wollte ich nicht der Schuldige sein.

»Herr, Vater, Allmächtiger im Himmel. Einmal mehr danken wir dir für dieses opulente Mahl. Danke für die wunderbaren Menschen an meinem Tisch, meine Frau, meinen Sohn, mein Ungeborenes. Und Jacob, einen Freund. Und Theo.« Ich spähte zu ihm hinüber. An seinem Hals trat eine Ader hervor. »Segne die Speisen und Gespräche am heutigen Abend. Amen.«

»Amen«, kam es von Rebecca und Jacob zurück.

»Arme und Beine dehn auf danz alleine!«, rief Max. Und damit war das Büffet eröffnet.

»Und, Jacob, du hast mal wieder tollkühne Pläne?« Rebecca strich sich über ihren Bauch.

»Das kann man wohl sagen«, übernahm Jens die Antwort. »Da hat er sich wieder was in den Kopf gesetzt.«

»Na ja, also mir geht es vor allem darum –«

»Ich finde die Ideen toll, wirklich toll! Und so wichtig.«

»Absolut«, stimmte Jens seiner Frau zu.

»Es ist so wertvoll, dass mehr Leute die Initiative ergreifen. Wirklich wertvoll.«

»Da hat sie recht. Da hat sie vollkommen recht.«

»Danke. Was mir dabei wichtig ist –«

»Aber solltest du nicht, bei aller Liebe, die wir für dich empfinden«, unterbrach Jens Jacob erneut, »die Konzentration erst einmal auf die Grundlagen legen?«

»Was ... was meinst du denn damit?« Jacob sah zwischen dem Ehepaar hin und her. Max trommelte mit einem Löffel auf seinem Holzbrett und meinen Nerven herum.

»Ach, Jacob.« Jens lehnte sich zurück und nahm einen mächtigen Zug aus seinem Weinglas. »Es wäre angebracht, zunächst deinen Verpflichtungen dem Herrn gegenüber nachzukommen.

Angefangen bei einer Ehe, einer soliden Ehe, wohlgemerkt.« Er deutete auf seine Frau. »Und dann Kinder. Drei oder vier am besten.«

Jacob starrte auf seinen leeren Teller. »Julia und ich –«

»Und dagegen ist überhaupt nichts einzuwenden!«

»Überhaupt nichts!« Rebecca nahm über den Tisch hinweg die Hand ihres Mannes.

»Doch solange das nicht steht, solltest du nicht nach den Sternen greifen. Das ist nicht im Sinne des Herrn.«

»Nicht im Sinne des Herrn«, wiederholte Rebecca bedauernd.

Ich bekam allmählich zu viel. Max' Schreie hüpften wie Flummis durch meinen Schädel.

»Darauf gilt es sich für dich zu fokussieren.«

Jacob senkte den Kopf.

»Denn wenn ein Mann nicht in der Lage ist, eine Familie zu gründen und zu ernähren, was kann er dann überhaupt tun?«

»Wenn man nur bedenkt, wie seine erste Ehe gelaufen ist ...«, flüsterte Rebecca für alle gut hörbar.

Ich horchte auf.

»Jens, es ist so, es ist wirklich so –«

»Und darauf kommt es an.«

»Jetzt lasst ihn doch mal ausreden, verdammte Scheiße!«

Jens und Rebecca wirbelten zu mir herum. »Dammte Seiße, dammte Seiße!«, rief Max.

»Tut mir leid, das wollte ich nicht.«

Doch der Kleine ließ sich nicht beruhigen. Schließlich nahm Rebecca ihn auf den Arm und sie verließen das Esszimmer.

Jacob sprang auf. »Wenn ihr mich kurz entschuldigt!«

Plötzlich war ich mit Jens allein.

»Tut mir leid, das mit dem Scheiße«, wiederholte ich.

»Jetzt ist es zu spät.« Ohne mich zu fragen, ob ich auch welchen wollte, schenkte er sich Wein nach und trank das Glas in einem Zug leer. Seine Mimik entspannte sich etwas. »Und, Theo, was verschlägt ... jemanden wie dich auf diese Reise mit Jacob?«

»Nun ja.« Ich druckste herum. »Es war der letzte Wille meines Bruders. Außerdem erbe ich sonst nicht.«

»Ach, ist das so?«

Ich nickte.

»Verstehe, verstehe.« Jens strich sich weltmännisch das glatt rasierte Kinn. »Ein Atheist und ein Rebell.«

»Jacob ist ein Rebell?«

»Wohl eher ein Ketzer, wenn ich mir diese neue Gemeinde so ansehe.« Er schnaubte. »Geht auf die dreißig zu und ist immer noch nicht verheiratet. In dem Alter muss ein Mann Frau und Kinder haben. Mindestens eins. Aber er hat nur diese Hirngespinste im Kopf.«

Meine Fingerkuppen begannen zu kribbeln. »Wie alt seid ihr denn?«

»Ich bin vierundzwanzig. Und meine Frau dreiundzwanzig.«

Ich verschluckte mich an meinem Wasser und hustete. Auf einen Rückenklopfer des Gottesehrfürchtigen wartete ich vergeblich. »Und dann bist du schon Pastor?«

»Mein Weg war vorgezeichnet«, sagte Jens, als sei es das Normalste auf der Welt. Es schien ihm nicht schwerzufallen, mein Entsetzen in Bewunderung umzudeuten. »Mein Vater war Pastor und sein Vater ebenfalls. Ich wollte nie etwas anderes werden.«

»Natürlich.« Nur mit Mühe verkniff ich mir ein Lachen.

Jens durchschaute mich. »Was ist daran so lustig?«

»Nichts, gar nichts.«

»Unvorstellbar für einen Ungläubigen, nicht wahr?«

»Überhaupt nicht.«

Ich sah mich um. War Jacob ins Klo gefallen? Im Nebenzimmer quengelte Max.

Jens beugte sich zu mir vor. »Ich würde es befürworten, ihr macht euch morgen frühzeitig auf den Weg.«

Woher die Gewissheit kam, wusste ich nicht. Doch plötzlich war mir klar, dass Luis – Glaube hin oder her – hier nicht nur den Brokkoli verabscheut hätte. Ich durfte diese rückwärtsgewandten Streber nicht so kommentarlos auf dem Kumpel meines toten Bruders rumhacken lassen. Auch ich lehnte mich vor.

»Und ich würde es befürworten, ihr hört auf, Jacob weiter so anzukacken. Sonst fallen mir noch ein paar Schimpfwörter ein, die dein kleiner Teufel bestimmt gerne lernt.« Ich flüsterte: »Die meisten davon sind gottlos.«

Wir fixierten einander. Für einen Moment dachte ich, Jens würde mich schlagen. Doch er tat es nicht.

»Alles in Ordnung?« Jacob war zurückgekehrt.

»Alles bestens.« Jens blickte mich noch eine Sekunde lang an, dann stand er auf. »Ich schau mal nach Rebecca.«

Jacob sah ihm nach. »Was war denn?«

»Ach, gar nichts.« Ich grinste. Wir hörten Max, der seinem Vater ein »dammte Seiße!« entgegenschrie.

24

Jacob schlang sein Brot hinunter und schmatzte wie ein Schwein.

»Willst du vorm Frühstück nicht beten?«

»Was soll denn der Quatsch?« Er glotzte mich an, als würde er an meiner Zurechnungsfähigkeit zweifeln, bis er mich mit einer ruppigen Geste daran erinnerte, als Fahrer besser auf die Straße zu achten.

»Wieso ist das Quatsch? Gestern vorm Abendessen habt ihr auch gebetet. Und eben beim Losfahren. Warum dann nicht vorm Frühstück?«

»Weil man das nicht macht. Das haben wir noch nie gemacht!« Er schüttelte empört den Kopf. »Was kommt als Nächstes, Sternzeichen?«

Wir kamen gut voran an diesem Dienstagmorgen. Den Plan, bei der Pastorenfamilie zu frühstücken, hatten wir verwerfen müssen. Jens hatte etwas von drohendem Waldbrand erzählt und wiederholt, dass wir uns besser früher als später auf den Weg machen sollten. Ich wusste nicht, ob das stimmte oder er uns einfach nur loswerden wollte, war aber nicht traurig darüber, wieder unterwegs zu sein.

»Ernsthaft, Jacob. Aus meiner Sicht macht das wenig Sinn, dass du das so komisch findest, mit dem Beten vorm Frühstück.«

»Dein zweifelndes Herz und dein eigensinniger Geist sind mir nicht fremd.« Er nickte.

»Das ist ja seltsam, dass du das sagst.« Unweigerlich berührte ich das Stück Papier in meiner Hosentasche. »Genau das ... stand auch in Luis' Brief.«

Jacob warf mir einen Blick zu. »Lukas fünfzehn achtzehn.«

»Was?«

»Stammt aus der Bibel. Lukas fünfzehn achtzehn. Ist ganz bekannt.«

»Aha.«

Doch während ich noch überlegte, ob die Sache das Interesse wirklich wert war, knallte aus dem Nichts ein Motorrad an uns vorbei. Ich zuckte zusammen und verriss beinahe das Steuer.

»Ho, Buddy, ganz ruhig!« Jacob klammerte sich an seinem Sitz fest. »Ist doch nur ein Biker.«

»Sorry.« Ich keuchte. »Es ist nur so, ich hasse diese Dinger.«

»Aber warum denn?« Er beugte sich vor und rieb sich den Rücken.

»Lange Geschichte.«

Jacob grinste. »Ich hab grade nichts anderes vor.«

»Na schön.« Ich atmete aus. »Als mein Vater damals noch bei uns war ... Jedenfalls hatte er ein Motorrad. Damit sind wir immer in unserer Straße rumgefahren. Ich auf seinem Schoß. Nicht schnell, aber ohne Helm und so. Jedenfalls bin ich einmal runtergeflogen und ...« Ich brach ab.

»Hast du dich dabei verletzt?«

»Zum Glück nicht.« Auf einmal kamen die ganzen Erinnerungen hoch. »Nur ein paar Schrammen. Er hat mich nicht richtig festgehalten. Danach meinte er, echte Männer weinen nicht.«

»Und«, fragte Jacob, »hast du geweint?«

»Wie ein Baby. Von da an war er ... anders zu mir. Nur noch enttäuscht. Mama hat sich fürchterlich aufgeregt. Es gab einen Riesenstreit.«

»Tut mir leid, das zu hören.«

»Aber Luis war da.« Ich lächelte Jacob zu. »Obwohl er noch so klein war, hat er mich umarmt. Und Ei-Ei über das Au-Au gemacht, so hat er das genannt. Schon damals stand er immer auf meiner Seite.«

Eine dunkle Masse drückte mir die Schultern zusammen. Jacob schaute mit geöffnetem Mund zu Boden. Ich fuhr einfach nur, und Onkel Herbert spielte sein klappriges Lied.

»Arbeitest du eigentlich Vollzeit in der Gemeinde?« Nach einer halben Stunde peinlichen Schweigens war mir jedes Thema recht.

»Genau. Aber erst seit Kurzem.«

»Was hast du vorher gemacht?«

»Unternehmensberatung.« Jacob winkte ab. »Hab zwar einen Haufen Geld verdient, aber es war furchtbar.«

»Inwiefern?«

»Zahlen, Zahlen, Zahlen.« Er griff sich an den Hals. »Zahlen, die dich durch den Tag treiben. Das war Terror!«

»Kann ich mir vorstellen.« Was ich mir jedoch nicht vorstellen konnte, war dieser Kerl im Anzug mit halbwegs gepflegtem Vokabular.

»Weißt du, was ich früher mal werden wollte?«

»Erleuchte mich.«

»Comedian!«

»Echt?« Ich hatte an Priester gedacht. Oder Mönch. Oder Papst. Aber nicht an Comedian.

»Klar!«

»Wie kommt man denn darauf?«

»Ist doch logisch«, sagte er, als wäre es das wirklich. »Ich wollte den Menschen Freude und Hoffnung bringen. Und jetzt habe ich endlich einen Job, bei dem das geht.«

Ich bremste ab und ließ einen Drängler überholen. »Du als Spaßmacher?«

»Ich bin ein superlustiger Typ, ehrlich.«

»Dann erzähl doch mal einen Witz, du superlustiger Typ.«

»Ich kenne keine.«

»Du kennst keine Witze? Nicht einen einzigen?«

»Warum sollte ich denn Witze kennen?«

»Na ja, weil du ... oder ist das grad einer?«

»Ist das ein was?«

»Vergiss es.« Ohne den Fuß vom Gas zu nehmen, raste ich durch eine winzige Siedlung. Wer hier lebte, hatte eh nichts zu verlieren. »Ich erzähl dir einen, dann kennst du wenigstens den.«

»Dann steht meiner Karriere ja nichts mehr im Weg!« Jacob klang, als würde er das ernst meinen. Kopfschüttelnd ließ ich ihn in seinem Glauben.

»Also: Einmal im Monat fahren die Nonnen im Hof des Klosters Fahrrad. Dabei lachen und kichern sie ganz aufgeregt. Bis die Obernonne irgendwann genug hat und sagt: Schluss jetzt! Sattel drauf!«

Wie zwangsgestört wandte ich mich alle zwei Sekunden nach rechts. Jacob regte sich nicht, sondern blickte angestrengt aus dem Fenster.

»Jacob?«

»Ach, schon zu Ende?«

»Natürlich. Was soll da noch kommen?«

»Keine Ahnung.« Er zuckte mit den Schultern. »Woher kennst du den denn?«

»Hab ich vergessen«, log ich. Ich wollte nicht wieder über meinen Vater reden. Nicht darüber, wie er mir den Witz erzählt und erklärt hatte, als ich gerade einmal fünf Jahre alt gewesen war. Und schon gar nicht wollte ich darüber reden, dass diese miese Geschichte traurigerweise auch noch zu den besten Erinnerungen gehörte, die ich an ihn hatte.

»Okay!« Jacob schnalzte mit der Zunge. »Dann habe ich jetzt meinen ersten Gag. Das ist dann quasi der Opener. Da liegen die Leute direkt am Boden. Danke!«

»Ja, was auch immer«, sagte ich. »Aber ich glaube, es wäre gut, wenn du ihn auch einmal vorträgst. Dann hast du ihn besser abgespeichert.«

»Absolut.«

Es entstand eine fünf Kilometer lange Pause. Felder und Felder und verbrannte Felder.

»Nur zu, Jacob, nur zu.«

»Bitte stress mich nicht, Buddy. Das geht nicht einfach so, ich muss erst mal in die Rolle finden.«

»Herrgott, Jacob, du sollst nur einen schlechten Witz nacherzählen und kein Theater spielen.«

»Deggah! Ich bin Entertainer. Das ist eine Kunstform, die alle lieben, aber deren Wesen nur die wenigsten begreifen.«

Ich seufzte. »Kommt der Witz jetzt, oder was?«

Jacob holte tief Luft, als würde er gleich auf den Grund des Meeres tauchen. Er atmete gleichmäßig aus, wobei er mit geschlossenen Augen den blonden Kopf meditativ kreisen ließ. »Also. In diesem besagten … Kloster. Da sind Fahrräder. Und Nonnen. Und jeden Morgen fahren die … im Kreis … manchmal auch … eher im Rechteck –«

»Meine Fresse, Jacob!«

»Wenn du so negativ bist, wird das nichts!«

»Ist gut!« Ich gab mir alle Mühe, locker zu bleiben. »Versuch's nochmal.«

»Also ... die Nonnen haben Mountainbikes und machen eine Tour ...«

»Aber das kam in dem Witz doch gar nicht vor!«

»Das nennt sich künstlerische Freiheit, Theo, ein hohes Gut für Profis wie mich!«

»Jacob.« Ich wusste, dass er mich nicht verarschte. Er gab sein Bestes. »Ich erzähle den Witz noch mal. Und dann du, genau in meinem Wortlaut und in aller Kürze. Okay?«

Er nickte und ich wiederholte den Witz.

Jacob hielt sich die Augen zu. »Auf dem Hof des besagten ... Klosters. Da stehen Fahrräder. Und Nonnen. Also die stehen da nicht immer! Die sind meistens eher ... im Gebäude ...«

»Okay, Jacob, okay. Wir belassen es erstmal dabei. Das reicht für den Anfang.«

Er legte einen Arm auf meine Rückenlehne. »War doch gar nicht so schlecht, was?«

Zur Antwort trat ich auf die Bremse. »Pinkelpause und Fahrerwechsel.«

25

»Jacob, bitte guck auf die Straße.«

»Entspann dich, Buddy. Ich hab alles im Griff.«

Das bezweifelte ich und sah besorgt dabei zu, wie er am Radio rumfummelte. Er hatte seine Box bei Jens und Rebecca aufgeladen und dann dort vergessen. Ich war nicht traurig darüber. So war wenigstens die Gefahr, seine Ballermann-Playlist hören zu müssen, gebannt.

»Ein bisschen Mucke, wenn ich am Cruisen bin!«

Plötzlich wurde das Rauschen unterbrochen. Wildes Stöhnen schallte uns entgegen und dann: »Keine Lust mehr auf das immer gleiche Gesicht? 5. Sinner-Gebot: Du sollst nicht töten deine Lust und Leidenschaft!« Es folgte der Anfang einer Melodie, dann rauschte es wieder.

»Oh Mann.« Kopfschüttelnd drehte Jacob das Radio aus.

»Was?«

»Diese App ...«

»Ja?«

»Ist nicht in Ordnung, dass die einfach die zehn Gebote nehmen. Das ist Blasphe..., Blasde... Gotteslästerung, das ist das.«

»Das findest du nicht in Ordnung?« Grunzend begann ich damit, mir die Reste des Frühstücks einzuverleiben. »Das stört dich, aber das Fremdgehen ist okay?«

»Das habe ich doch gar nicht gesagt!« Jacob legte den fünften Gang ein und Onkel Herbert quietschte widerspenstig. Bei dem Tempo fühlte sich selbst eine glatte Straße wie diese nach einem Kiesweg an. »Das ist natürlich auch nicht richtig. Es ist sogar eine Sünde!«

»Wahrscheinlich heißt die App deswegen auch so, Herr Kommissar.«

Trotz Rechtskurve beschleunigte er weiter. »Das ist mir klar.«

»Ihr seid vermutlich nicht besonders aufgeschlossen gegenüber Onlinedating, was?« Ich griff nach dem letzten Brötchen.

»Deggah! Natürlich sind wir das. Was glaubst du denn, wie ich Julia kennengelernt habe?«

»Wie denn?« Das wollte ich wirklich wissen.

»Bei Holy Matches.«

»Holy was?«

»Holy Matches. Eine christliche Dating-App.«

Noch bevor ich darüber nachdenken konnte, prustete ich los. Jacob warf mir einen bösen Blick zu.

»Und bei einem Match macht die dann Halleluja, oder was?«

Seine Hände verkrampften sich am Lenkrad. Da ich keine große Lust verspürte, wegen der Sache draufzugehen, beschwichtigte ich ihn. »Es gibt also eine christliche Dating-App?«

»Logisch. Mehrere sogar.«

»Und wann habt ihr euch da kennengelernt?«

»Vor etwa zwei Jahren.« Sein Griff lockerte sich und die Welt raste etwas gedrosselter an uns vorbei. Ich fühlte mich wieder sicherer. »Haben ein bisschen gechattet, paar Emojis, paar GIFs, und schon saßen wir im Café.« Er grinste. »Ziemlich einfach.«

»Zu einfach.« Ich wischte mir die Krümel vom Mund.

»Und du und Marie? Wie lange seid ihr schon?«

»Wir haben bald Jahrestag. Unseren dritten. Oder ist es der vierte?«

»Das weißt du nicht?«, fragte Jacob.

»Ähm … Auf jeden Fall haben wir Jahrestag.«

»Und wie sieht's aus bei euch? Schon Familienpläne?«

»Marie will unbedingt. Zusammenziehen, Kinder bekommen. Aber sie weiß nicht, was Familie bedeutet.«

»Wieso denn das?«

Ich seufzte. »Weil sie keine hat. Ist im Heim großgeworden. Babyklappe.«

»Das ist ja furchtbar!«

Ich nickte. Plötzlich schämte ich mich dafür, sie neulich im Café deswegen so angegangen zu haben. Wir hatten schon länger nicht mehr darüber gesprochen. Ich nahm mir vor, sie nach dem Trip zu fragen, wie es ihr aktuell damit ging. »Sie sagt, ihre Mutter hätte sie dort hingelegt, bevor sie zurück nach Afrika abgeschoben wurde. Damit Marie hierbleiben konnte.«

»Ein Akt der Nächstenliebe«, flüsterte Jacob.

»Hm.«

»Aber ist das denn sicher mit der Abschiebung?«

»Nein. Wir wissen gar nichts, obwohl wir schon ziemlich viel versucht haben. Aber das ist die einzige Erklärung, mit der sie leben kann.«

»Verständlich.« Jacob kniff die Augen zusammen. »Es ist ein furchtbares Gefühl, nicht gewollt zu werden. Ein ganz furchtbares Gefühl.«

Ich schwieg eine Weile, dann sagte ich: »Aber Marie hat damit abgeschlossen.«

»Mit so was schließt man nicht ab, Theo. Niemals.«

Es war mir unangenehm, das weiter zu vertiefen. »Auf jeden Fall arbeitet sie jetzt als Aushilfe in einer Kanzlei, fährt einen guten Gebrauchten und macht Fernuni.«

»Beachtlich. Eine krasse Leistung für ein Waisenkind.«

»Das stimmt«, sagte ich, dabei war es mir bisher nie aufgefallen.

»Wahrscheinlich will sie deshalb auch eine Familie.«

»Wahrscheinlich.«

»Und was willst du?«

Ich lachte. »Ich überlege eher, mir auch Sinner zu holen.«

»Deggah!« Sein Entsetzen traf mich heftig.

»Straße, Jacob, Straße!«

»Jaja.«

Ich kurbelte mein Fenster ein Stück runter. In der Hitze schien der Gestank des Wagens zu kondensieren.

»Also nein. Keine Familienpläne.«

»Ich will Kinder mit Julia. Das volle Programm. Eine christliche Familie. Wenn ich Jens und Rebecca sehe, weiß ich das ganz genau.«

»Ja?«

»Ja.« Er trommelte mit den Fingern auf das Lenkrad. »Wobei ich schon zugeben muss, dass da auch Druck ist.«

»Von Julia?«

»Nein, überhaupt nicht! Eher so ... von Freunden.«

»Das war gestern auch übergriffig.«

»Danke!« Jacob atmete auf. »Ich meine, das geht die doch überhaupt nichts an, oder?«

»Nein, gar nicht. Ich verstehe auch nicht, warum du dich von solchen Leuten beeinflussen lässt.«

»So sind halt alle in meinem Umfeld. Hochzeit, Haus und Kinder. Das macht es schwer.« Er zuckte mit den Schultern.

»Willst du es, weil es von dir erwartet wird, oder weil du es wirklich möchtest?«

»Ich möchte es.« Er nickte in seiner speziellen Art vor und zurück, einen beseelten Ausdruck auf dem Gesicht. »Ein schöner Gedanke, dem Herrn mit Julia zusammen Kinder zu schenken.«

»Mag sein.« Ich sah aus dem Fenster. Die Landschaft draußen war trostloser, als sie es hätte sein müssen. Doch die Sonne ließ ihr keine Wahl. »Mich schreckt's eher ab.«

»Hm. Aber Sinner? Das ist gar nicht cool, Buddy.«

»Freund von mir macht das. Der hat da richtig Spaß mit.«

»Es geht nicht immer um Spaß.«

»Wer hat das gesagt? Jesus?«

»Nein, Theo, das ist nur meine Meinung. Aber Fremdgehen verstößt auch gegen das sechste Gebot.«

»Um Gottes willen.«

»Eben.«

»Was ist denn falsch daran, Spaß haben zu wollen?« Ich hatte keine Lust mehr, mich zurückzuhalten. »Warum darf ich nicht machen, was ich will, mein konservativer Gefährte?«

»Du darfst schon machen, was du willst. Es ist nur die Frage, ob du es solltest.«

»Aha. Und du bist der Meinung, ich sollte es nicht tun, weil es in einem uralten Buch steht?«

»Ich denke, du solltest es nicht tun, weil es ein krass mieser Move ist. Weil es die verletzt, die betrogen werden. Und zwar so richtig.«

Ich sah ihn an. Wenn das Tränen in seinen Augen waren, ging mir das eindeutig zu weit. »Und was ist dein Vorschlag?«

»Zeit reinstecken in die Beziehung. Richtig viel Zeit.«

»Klingt scheiße«, sagte ich und glotzte vor mich hin.

»Ist es aber nicht. Ist vielleicht nicht immer einfach. Aber ich denke, heutzutage werfen zu viele Leute ihre Beziehung zu schnell weg. Arbeite dran! Hard work, hard progress!« Er hob den Zeigefinger. »Konzentration auf den Menschen, der bei dir sein will, und nicht auf die, die nicht da sind. Sonst läuft es sowieso auseinander.«

»Hm.«

»Bruder Luis hat das übrigens auch so gesehen. Er hat immer versucht, zu reparieren, statt zu ersetzen.« Er tätschelte Onkel Herberts Armaturenbrett und wirbelte Staub auf. »Überleg doch mal. Sonst könnten wir gar nicht fahren.«

Jaja, dachte ich. Luis wusste es besser. »Manchmal passt es aber einfach nicht mehr.«

»Stimmt. Aber die meisten geben zu früh auf. Das sehe ich immer wieder.«

»Na und? Wenn es einen Menschen gibt, der besser zu mir passt, warum sollte ich mich dann mit weniger zufriedengeben?«

»Alle suchen was Besseres als das, was sie haben.«

»Ist doch völlig legitim, dass man nur das Optimum will!«

»Schon.« Jacob strich sich mit einer Hand durch den Bart. »Aber diese Selbstoptimierung geht mir oft zu weit. Vor allem dann, wenn versucht wird, über das eigene Selbst hinaus zu optimieren.«

Ich musste mich stark zurückhalten, ihm laut zuzustimmen. Doch im Stillen tat ich es.

»Vielleicht wird besser mit perfekt verwechselt. Und den perfekten Partner gibt es nicht, weil niemand perfekt ist.«

»Dafür zahlst du ins Phrasenschwein.«

Jacob ließ sich nicht beirren. »Ich sehe es so: Als Erstes musst du mit dir selbst im Reinen sein. Das ist das Fundament für jede

Beziehung. Und dann erst kannst du jemanden kennenlernen. Das kommt sozusagen on top, verstehst du? Weil ohne Beziehung darf die Welt nicht zusammenbrechen.« Überraschend sportlich zog er an einem tiefergelegten Schlitten mit aufgeklebten Rallyestreifen vorbei. »Und das ist es, was ich nicht checke: Für viele ist ihre Beziehung der Mittelpunkt. Aber gleichzeitig suchen sie was Besseres.«

Ich fühlte mich mattgesetzt. Doch das letzte Wort wollte ich ihm nicht überlassen. »Spaß haben ist nichts Schlimmes.«

»Auf keinen Fall. Aber irgendwann sollte es schon um mehr gehen.«

»Du sprichst da sicher aus Erfahrung?«, fragte ich.

»Ich hatte ein paar wilde Zeiten, Buddy. Aber als ich dann geheiratet habe ...« Er schien sich regelrecht zu winden. Ich wollte unbedingt wissen, was es mit seiner ersten Ehe auf sich hatte, doch Jacob wechselte das Thema. »Auf jeden Fall ist es mit Julia ernst. Ich liebe sie, sie liebt mich und wir lieben unseren Gott.«

Ich bekam eine Gänsehaut, die unangenehm prickelte. »Und dann seid ihr immer in der Gemeinde und betet zusammen?«

»Julia richtet sich allein an den Herrn. Am Anfang haben wir ein paar Mal zu zweit gebetet, aber sie braucht die Zeit für sich.« Er klang deprimiert, doch seine Stimmung hellte sich sogleich wieder auf. »Eines Tages werden wir wieder gemeinsam zu Gott sprechen. Wenn sie dafür bereit ist.«

»Und woher weißt du das? Das könnte sie ganz schön unter Druck setzen.«

»Richtig. Deshalb wird sie es mir zeigen. Wenn sie ihre Kette wieder trägt.« Er hielt das kleine WWJD-Kreuz hoch.

Ich wusste nicht, was ich dazu sagen sollte. Irgendwie kam ich mir schlecht vor. Selbst neben einem bibeltreuen Christen sah ich alt aus. »Ich hatte auch so meine Erlebnisse!«

»Ja?«, fragte Jacob auf höfliche Distanz.

»Da war zum Beispiel diese eine damals ... kurz vor Marie natürlich ... die hab ich im Club geklärt ...«

Jacob hob eine Hand vom Steuer und streckte sie mir entgegen. »Okay, alles klar.«

»Da habe ich noch zu Hause gewohnt, das war ganz in der Nähe«, ging ich darüber hinweg und deutete auf ein Schild am Straßenrand. »Ist ja komisch.«

»Was denn, Buddy?«

»Warum sind wir schon wieder hier? Was haben wir für eine Route, fahren wir etwa im Kreis, oder was?«

»Na ja, also ...« Jacob räusperte sich. »Was war denn jetzt mit der Dame?«

»Ja richtig.« Im Vorbeifahren begaffte ich ein paar Kühe mit dicken Eutern. »Wir waren so besoffen, dass wir es mit dem Kondom voll verkackt haben. Mann! Ich hatte nur das eine und hab's erst beim Aufwachen gemerkt!« Die Erinnerung ließ mich hohl lachen. »Aber sie hat noch geschlafen. Also hab ich das kaputte Gummi im Klo runtergespült und die Biege gemacht.«

»Wie bitte?«

»Das war im nächsten oder übernächsten Dorf. Wir sind gar nicht weit weg. Hauptstraße neunundsechzig, das weiß ich noch genau. Verstehst du?«

»Was?«

»Nummer neunundsechzig!«

»Okay, aber was?«

»Das war eine Nacht, meine Güte!«

»Deggah ... Du hast mit einer Frau geschlafen, danach gesehen, dass das Kondom gerissen ist, es ihr nicht gesagt und bist einfach gegangen?«

Langsam dämmerte es mir, worauf er hinauswollte. »Ja.«

Zum Glück war niemand hinter uns. Jacob legte eine Vollbremsung hin, mitten auf der Straße. Er starrte mich auf seine schleppende Art an. »Verdammt nochmal, Theo. Du hast die ja komplett verarscht!«

»Aber, die war ja nicht ... das war so ... also ich –«

»Und du hast sie nie wieder gesehen?«

Ich schüttelte den Kopf.

»Alter.« Jacob schnallte sich ab und drehte sich ganz zu mir. »Und was, wenn du ein Kind gezeugt hast?«

»Nein!«, rief ich. Meine Stimme zitterte. »Nein, wir haben ja nicht so ... oder doch?« Ich sah ihn an. Anscheinend hatte ich diese Geschichte so erfolgreich verdrängt, dass mir erst jetzt klar wurde, was da hätte passieren können. Oder mit Pech sogar passiert war. »Das ist doch Quatsch!«

»Vielleicht hast du schon eine Familie gegründet.«

»Nein, Jacob, das glaube ich nicht, ich glaube ...«

»Ich glaube, du weißt es nicht.«

Ich schluckte. Das Herz pochte mir bis zum Kehlkopf.

»Theo. Wir fahren hin.«

»Was?«, schrie ich.

»Wir fahren hin. Jetzt sofort.« Er ließ den Motor an. »Das geht so nicht. Du musst das wissen. Und vor allem musst du dich entschuldigen.«

»Vergiss es. Ich will da nicht hin!«

»Zu dumm«, sagte er, »dass ich am Steuer sitze.« Und er gab Gas, bevor ich etwas dagegen tun konnte.

26

Jacob hielt den Wagen an. Ich zitterte.

»Nummer neunundsechzig.«

Er deutete auf einen der schwarz-grauen Betonklötze, der noch hässlicher war als in meiner Erinnerung. Wie ein Schwamm hatte die Fassade Abgase aufgesogen. An einigen Stellen bröckelte der Putz ab.

»Auf geht's!«

Er stieg aus und ich rutschte tief in meinen Sitz hinab. Ich hatte die absurde Hoffnung, er würde mich so nicht mehr sehen können und die ganze Geschichte vergessen.

»Theo, mein Freund, nun komm schon«, sagte er durch die Scheibe und öffnete die Tür. »Wir müssen Klarheit schaffen. Dann kannst du auch wieder befreiter aufspielen.«

»Diese Fußball-Metapher hilft gerade gar nicht!«

»Na los, Buddy.«

Ich schnallte mich ab und kletterte aus dem Auto. Machte unsicher ein paar Schritte. Plötzlich knallte es hinter mir. Erschrocken wirbelte ich herum.

»Zu ist schon besser.« Jacob zwinkerte. »Sollen wir?«

»Jetzt oder nie!« Woher ich die Worte nahm, wusste ich nicht. Wieder legte Jacob mir seine Hände auf die Schultern und fixierte mich. Das Frühstück lag mir wie ein Stein im Magen.

»Jetzt chill mal. Das ist Jahre her. Hättest du ein Kind gezeugt, würdest du es vermutlich wissen. Und es kann genauso gut sein, dass sie hier nicht mehr wohnt. Aber das finden wir heraus. Du entschuldigst dich und wir fahren weiter. Alles klar?«

Mehr als ein Schnauben brachte ich nicht zustande, doch das reichte ihm. Er gab mir eine sanfte Backpfeife und ging über die Straße auf die Neunundsechzig zu. Ich schlich ihm nach.

»So, wie war der Name?«

»Kim.«

»Der ganze Name.«

»Kimberley.«

Jacob stöhnte. »Der Nachname, Theo.«

»Keine Ahnung.«

»Deggah!« Er legte den Kopf in den Nacken. »Dann guck auf die Schilder.«

Ich brauchte mehrere Versuche. »Ich weiß nicht mehr.«

»In welchem Stockwerk war es denn?«

»Unterm Dach.«

Sofort drückte er auf Hofmann an oberster Stelle. Als hätte man uns erwartet, setzte direkt der Summer ein. Jacob schritt die Stufen empor, während ich mich am Geländer festklammerte und hinter ihm hertorkelte. Im stickigen Treppenhaus konnte ich kaum atmen. Staub lag in der Luft und Schweiß floss mir gefühlt aus jeder Ritze. Doch ausnahmsweise hatte das nichts mit der Hitze zu tun. Im sechsten Stock angekommen öffnete sich die Tür links.

»Was?« Ein riesiger Muskelberg türmte sich vor uns auf. Sein Name war Maik. Das stand zumindest auf der Goldkette, die um seinen Hals baumelte. Vielleicht hieß aber auch nur der Mann so, den er gerade verspeist hatte.

»Entschuldigen Sie die Störung, werter Herr. Wir suchen eine gewisse Kimberley.« Jacob klang so fröhlich und freundlich, als würde er ständig wegen potenziellen Müttern mit potenziellen Kindern bei deren potenziellen Nachbarn klingeln.

»Kimberley?« Die tätowierten Brustmuskeln des Riesen spannten sich und das Goldkettchen machte einen Satz. Bis auf einen pinken Slip, unter dem sich abzeichnete, was sich abzeichnen konnte, war er praktisch nackt. »Nie gehört.«

»Sonst kennt man die junge Dame auch unter dem Namen Kim.«

»Kim?« Er kratzte sich am Kopf. »Ewig nicht gesehen.«

»Heißt das, sie wohnt nicht mehr hier?« Erleichterung breitete sich in mir aus, aber dann sagte der Riese:

»Doch. Wohnt hier. Da.« Er zeigte über uns hinweg zur gegenüberliegenden Tür. »Hab sie nur ewig nicht gesehen.«

Mein Magen begann zu brennen.

»Vielen Dank, sehr nett von Ihnen.« Jacob streckte ihm die Hand entgegen. Maik schüttelte ihn durch und grinste dabei wie ein grenzdebiler Gorilla, dann schlug er die Tür zu.

Jacob richtete sich die Haare und zog seine Cap auf. Wir drehten uns um. »Ready?« Er wartete nicht auf meine Antwort und klingelte.

Die Tür wurde aufgerissen. Erstarrt blickte ich Kim in die Augen. Ihr Gesichtsausdruck wechselte in einem Sekundenbruchteil von genervt zu verblüfft. Und ohne hinzusehen spürte ich, wie Jacob seine Coolness verlor. Im Hintergrund schrie aus vollen Leibeskräften ein Kind.

27

»Du bist schöner als wie Kunst«, sagte Cedrik mit k.

»Bin ich wirklich?«, fragte Shanice ohne c zwischen s und h.

»Ich schwöre.« Er hob zwei Finger. »Für immer bis ewig.«

»Baby, wie übertrieben glücklich du mich machst!«

Da tauchte Schanice mit c auf. Werbung.

Wir saßen im Wohnzimmer auf einer Couch mit Plastiküberzug, vor uns ein versiffter Glastisch. Kim beruhigte nebenan den Verursacher des Schreiens. Jacob war leichenblass und mied jeden Blickkontakt mit mir. Im Fernsehen lief auf voller Lautstärke Scripted Reality.

Kim kam zurück. »Sorry, Kevin ist schnell zu beruhigen, aber Enrico braucht immer ewig, um runterzukommen.« Sie zündete sich eine Zigarette an.

»Kevin ... und Enrico?«

Das Frühstück kam mir wieder hoch.

»Ja. Die Twins.« Kim klang abwesend.

»Die ... Twins«, wiederholte ich.

Sie sah mich an. Plötzlich wirkte sie wie ausgewechselt. »Theo, du Lutscher! Was machst du hier? Und wie heißt dieses Sahneschnittchen noch gleich?«

Wir schauten zu Jacob, der noch kein Wort gesagt hatte. Und dabei blieb es vorerst auch.

»Das ist Jacob, mein ...« Ich suchte nach dem passenden Wort. »Mein Partner, quasi, und wir sind –«

»Dein Partner? Also Partner-Partner oder Partner?« Kim schnippte etwas Asche aus dem Fenster.

»Ein Bekannter sozusagen. Also mehr so einer, den ich erst kennengelernt habe ...« Ich stotterte wie blöd.

»Sicher? Ich meine, wär ja nicht schlimm. Also mir egal. Würde auf jeden Fall einiges erklären.« Sie pustete mir Rauch ins Gesicht. Die Werbung war zu Ende.

Für einen Moment vergaß ich, warum wir hier waren. Cedric mit c erklärte gerade, er habe sich schon immer »einen Plasma« gewünscht. Schnitt, nun sah man, wie ihm Blut abgenommen wurde.

»Wie meinst du das?«

»Na ja. Du warst damals nicht der große Frauenflüsterer. Ging eher Richtung Resteficken, wie das ab vier halt so ist. Hätte mich nicht gewundert, wenn du schwul wärst.«

Ich spähte zu Jacob und der zu mir zurück. Der Schock machte aus seinem Gesicht eine Grimasse. Ich schien ihn auf unbestimmte Zeit verloren zu haben. Schanice mit c zwischen s und h sah nach ihrem Umstyling schlimmer aus als je zuvor.

»Ja, das war was! Aber egal.« Kims Stimmung kippte wieder. »Jetzt sag schon, was du willst.«

»Also, deshalb bin ich hier, wegen unserer, ähm, gemeinsamen Nacht.«

»Und die willst du jetzt wiederholen? Und bringst deinen schwulen Freund mit? Oder was?«

»Was? Nein, natürlich nicht!«

»Schade.« Kim grinste, und ich wusste nicht, wie es gemeint war.

»Ich bin hier, weil ...«

Doch ehe ich es aussprechen konnte, schrie Kevin oder Enrico oder sonst wer aus dem Nebenzimmer.

Kim stöhnte. »Die Blagen geben heute keine Ruhe.« Sie drückte die Zigarette auf der Fensterbank aus, warf den Stummel hinaus und verließ das Zimmer.

»Jacob? Jacob, bist du da?« Ich rüttelte an seinem Arm. Er guckte Cedrik mit k dabei zu, wie er Shanice ohne c zwischen s und h einen überdimensionalen Teddybären schenkte. »Jacob, hörst du mich? Wir müssen –«

Doch weiter kam ich nicht, denn Kim war wieder da, auf jedem Arm ein Kind.

»Halleluja!«, rief Jacob wie von den Toten erweckt und sprang dabei geräuschvoll vom klebrigen Sofa auf. »Halleluja, sie sind ...«

»Sie sind was?« Kim wurde sofort zu einer Bärin. Eine Bärin, die ihre Jungen bis aufs Blut verteidigte. Shanice ohne c zwischen s und h hatte Cedrik mit k den Laufpass gegeben.

»Sie sind ...« Jacob rang um Worte, gestikulierte, nickte, sah zu mir, zu Kim, den Kindern und dann, in keine bestimmte Richtung, flüsterte er: »schwarz.«

»Was soll das heißen?« Das Funkeln in ihren Augen war eindeutig tödlich. »Du kommst hierher, nach all den Jahren, nur damit dein scheißschwuler Quasipartner mir sagt, meine Kinder sind schwarz? Überraschung, das weiß ich selber!«

Ich versuchte, sie zu beruhigen, doch Jacob grätschte dazwischen. »Er wollte wissen, ob das Kind, ich meine die Zwillinge, also die Twins, ob die von ihm sind, weil damals das Kondom gerissen ist und er dann einfach weg war, ohne was zu sagen.«

»Bist du total bescheuert? Geht es nicht noch dämlicher?«, fuhr ich ihn an. Cedrik mit k versuchte es nun bei Schanice mit c, doch die war jetzt mit Timethy mit e zusammen.

»Du hättest es sonst nie gesagt, was sollte ich denn tun?«

»Was denkst du eigentlich, was du hier –«

»RUHE!« Kims Stimme donnerte auf uns nieder. Kevin und Enrico, beide noch leicht am Quengeln, verstummten mit einem Schlag. Kim setzte sie eine Handbreit vor dem Bildschirm ab und kam auf mich zu. »Was hat er da gerade gesagt?«

»Ich hab nur –« Mit einem Klatschen traf Kim mich im Gesicht. Sie war stärker, als sie aussah.

»Du feige Sau! Aber ich hab Neuigkeiten für dich: Wenn nichts passiert, ist kein Kondom nötig!«

»Was?« Ich war noch dabei, ihre Ohrfeige zu verarbeiten, und kam nicht hinterher.

»Wir haben nur rumgemacht, mehr lief nicht. Du warst voll besoffen!«

Noch ehe ich das begreifen konnte, klatschte es ein zweites Mal, jetzt in Jacobs Gesicht. Seine Cap trudelte ihm vom Kopf.

»Und du nenn meine Kinder noch einmal schwarz, dann vergesse ich mich völlig.«

»Es tut mir leid, mir ist kein anderes Wort –«

»Raus hier, ihr verdammten Wichser, raus!«

Cedrik mit k genehmigte sich auf den Schreck erst mal Bier aus einer Plastikflasche. Jacob schnappte seine Mütze und wir stürmten an Kevin und Enrico vorbei in den Flur. Ich riss die Wohnungstür auf und wir eilten die Stufen hinab. Kim brüllte uns über alle sechs Etagen wüste Beschimpfungen hinterher, und als wir unten die Haustür öffneten, kamen die Schreie aus dem Fenster.

»Hast du dich jetzt eigentlich entschuldigt?«, rief Jacob mir zu, während er mich überholte.

»Nein, verdammt!«

»Dann mach das noch, deswegen sind wir hergekommen!«

»Dein Ernst?«

»Theo, los jetzt!«

Ich drehte mich um und sah zum Fenster hoch. Jeder, der Kim dort auch nur kurz gesehen hätte, hätte gewusst, was los war. Zumindest ungefähr.

»Kim! Es tut mir leid!«

»Was?«

»Es tut mir leid, dass ich es damals mit dem Kondom verkackt habe und abgehauen bin! Und es tut mir leid, dass er deine Kinder schwarz genannt hat!«

Leute blieben stehen und ringsherum öffneten sich Türen. Die Chancen, dass uns irgendwer mit dem Handy filmte, standen nicht schlecht. Kim verschwand vom Fenster.

»Jetzt verstehe ich!«, rief Jacob aus dem Nichts. »Neunundsechzig, alles klar.«

»Die Typen da!«

Wir wandten uns um. Kim stand in der Haustür, zusammen mit Maik im pinken Slip. Sie zeigte zu uns herüber. Schwerfällig setzte sich der Muskelberg in Bewegung.

»Lass uns besser weiter«, sagte Jacob.

Wir rannten zu Onkel Herbert.

»Bleibt stehen, ihr Penner!«

»Jetzt pass bloß mit der Kupplung auf!« Mir war ganz schlecht.

»Oh Herr, bitte lass mich das Auto nicht abwürgen.«

»Jacob, los!« Der Riese wurde im Rückspiegel immer größer.

Jacob drehte den Schlüssel herum und fuhr geschmeidig an. »Na, wer sagt's denn.«

Und wir sausten die graue Straße entlang davon.

28

Nach einer halben Stunde auf der Straße wurde mir klar, was da eben passiert war. Und da setzte sich das Frühstück endgültig gegen meinen Magen durch.

»Halt an, halt sofort an!«

Jacob stieg in die Eisen. Ein Hupen zog an uns vorbei. Ich riss die Tür auf, stürzte halb aus dem ausrollenden Wagen und übergab mich in einer riesigen Ladung ins Gras. Dann kam noch eine, voll mit Bröckchen. Und dann noch eine, jetzt nur noch Flüssigkeit.

Jacob klopfte mir auf den Rücken. »Deggah. Alles okay?«

Ich konnte nicht direkt antworten und sah mich um. Eine abgeschiedene Landstraße. Keine fünfzig Meter entfernt ein Teich. Die Nachmittagssonne brannte sich mir schmerzhaft tief ins Fleisch.

»Ob alles okay ist?«, schrie ich ihn an. »Wegen dir dachte ich, ich wäre Vater! Von Zwillingen!«

»Von Twins.« Jacob grinste, so breit sein Mund es zuließ.

»VON TWINS!«

»Kevin und Enrico.«

»Jetzt hör mir mal gut zu, das war nicht lustig, das war viel zu krass, das war ...«

Da platzte es aus Jacob heraus. Er prustete los und brüllte vor Lachen, er brüllte wirklich. Noch nie hatte ich jemanden so lachen gehört. Er schrie und stützte sich erst auf die Knie, ging dann in die Hocke und kugelte sich schließlich auf dem Boden in Onkel Herberts schmalem Schatten hin und her.

»Jacob, was geht denn bei dir?« Ich beugte mich zu ihm hinunter.

Jacob schrie und schrie. Und obwohl ich es nicht wollte, musste auch ich lachen. Es war unmöglich, ihm zu widerstehen, und auch mein Körper gab nach. Mein Lachen verstärkte seins und seins verstärkte meins. Wir johlten und drehten uns durch den Staub.

»Und dann hat sie ... und du hast ... und ich ...« Wir brüllten uns alles aus der Lunge und der ganze Stress der letzten Tage fiel von mir ab.

Langsam wurden wir ruhiger. Rangen um Luft. Tränen liefen uns über die Gesichter. Manchmal gluckste einer. So lagen wir da, bis die Sonne eine Vierteldrehung um den Wagen gemacht hatte und nun senkrecht auf uns herunterknallte.

»Lass mal zum Teich da.«

Ich rappelte mich auf. Ein Steg führte rund zehn Meter raus aufs Wasser. Vorne angekommen stellten wir fest, dass der Teich nur ein Ausläufer eines Sees von der Größe eines Fußballfelds war. Ich wäre gerne gesprungen, traute mich aber nicht.

»Gib mal dein Handy. Ich muss diesen Moment für die Ewigkeit festhalten.«

Ohne darüber nachzudenken, reichte ich es ihm. Jacob schoss ein paar Bilder.

»Ja, wunderschön! Die Kotze ist gut sichtbar.« Zufrieden betrachtete er seine Werke.

»Schön. Gib's wieder her.«

»Was ist denn das?«, rief Jacob und deutete auf irgendetwas hinter mir.

Ich drehte mich um, sah aber nichts. »Was denn?« Doch in diesem Moment spürte ich seine Hand auf meinem Rücken. Plötzlich kam mir mein verdutztes Gesicht im sich spiegelnden See entgegen und da klatschte ich schon hinein.

Das Wasser war ein kalter Schock. Zunächst schien meine Lunge zu blockieren, doch dann löste sich ein Knoten von meinem Hals und machte mich vollständig frei. Langsam sank ich hinab und drückte mich wieder an die Oberfläche.

»Du Penner!«, rief ich und wollte noch »Jetzt ziehe ich dich rein!« hinzufügen, doch da hörte ich ein »Arschbombe!« und im nächsten Augenblick schlug Jacob direkt neben mir ein.

»Fresh, Deggah, wow!«

Wir planschten etwas, machten ein paar Züge, tauchten immer wieder ab und schauten, wer länger die Luft anhalten konnte. Ich gewann jedes Mal.

Auf dem Steg trocknete uns die Sonne. Ich legte den Kopf in den Nacken: Schau in den Himmel und sag mir, was du siehst.

»Wie spät ist es eigentlich?«

Ich sah auf mein Handy. »Fünf, kurz nach fünf.«

»Wir müssen gleich weiter. Sind aber gut in der Zeit.« Jacob streckte sich. »Alles klar, Buddy?«

»Jetzt wieder, ja.« Ich fühlte mich leichter. Ein massives Gewicht, von dem ich fast vergessen hatte, dass ich es mit mir herumschleppte, war von mir abgefallen. Von nun an würde es für immer auf dem Grund des Sees liegen.

»War gut, dass wir das geklärt haben, was?«

»Absolut.«

»Aber mach so eine Scheiße nie wieder!« Er schlug mir gegen den Arm. Sofort setzte ein Tuckern ein. Das würde einen blauen Fleck geben. Aber den hatte ich mir auch verdient.

»Versprochen!«

»All right!« Jacob stand auf. »Ich bin fast trocken. Weiter geht's. Du fährst.«

29

»Liebe Schwestern, liebe Brüder!« Jacob hob die Hände und gewann die Gemeinde sofort für sich. Der Kreis war etwas übersichtlicher als tags zuvor, doch auch hier klebten sie an seinen Lippen.

»Lasst uns über Gott sprechen. Immer wieder.«

Ich stand am Rand des Podests und schaute in die Menge. Viele von ihnen, jung und alt, beugten sich auf ihren Stühlen vor. Niemand sagte ein Wort. Niemand griff zum Handy.

»Wir sprechen über Gott, wir sprechen mit Gott. Jeden einzelnen Tag in unserem Leben. Und wenn ich mich so umblicke, hier und jetzt, dann sehe ich: Gott spricht zu mir zurück. Er antwortet mir auf meine Gebete heute nicht mit einem Wort, sondern mit etwas Besserem: mit euch.«

»Und uns antwortet er mit dir!«, rief ein Mann aus der vorletzten Reihe und kurz darauf hallte Beifall von den Wänden wider.

Jacob nickte mit geschlossenen Augen. »Ich danke dir, mein Bruder. Nichts packt mich so, wie in erfüllte Gesichter zu sehen. Am Ende geht es nur darum: Menschen ziehen Menschen an. Denn wenn wir uns einander egal werden ... ist wirklich alles verloren.«

Ein Leuchten schien von ihm auszugehen. Ein Leuchten, dem man sich nur schwer entziehen konnte.

»Doch jetzt kommt mein Aber. Und es ist ein großes Aber. Ein Aber, das die Kraft hat, das zu gefährden, was die Grundlage all unseren Handelns ist: die Herzen der Menschen.«

Er machte eine Pause und ich meinte zu hören, wie ein Staubkorn auf den Boden schlug.

»Die Welt dreht sich weiter. Sie dreht sich immer schneller. Vielen von uns gefällt das nicht, aber der Welt ist das egal. Sie wartet nicht. Es mag uns leichtfallen, zu kritisieren. Doch wie offen sind wir dafür, Kritik an uns selbst zu üben? Denn auch wenn wir Gottes Ebenbilder sind und auf seinen steten Pfaden wandeln – wir bleiben so unperfekt, wie wir es schon immer waren.«

Der Raum war erfüllt von kollektiver Konzentration.

»Und was ist die Antwort, die Jesus uns gibt, auf jede Frage, die wir ihm stellen?« Jacob trat an den vorderen Rand der Bühne. Über die Lautsprecher war zu hören, wie er Luft holte. »Nächstenliebe.«

Ein Blinder hätte annehmen müssen, im Saal wären mehr als tausend Leute. Jacob ließ den Applaus herabfallen und erntete ihn mit ausgebreiteten Armen ab.

»Doch diese Nächstenliebe darf kein exklusives Gut sein, keine knappe Ware. Gerade in Zeiten, in denen sich so viele Menschen sorgen, müssen wir in Aktion kommen. Das Gespräch mit dem Herrn ist unabdingbar. Doch es ist die Tat, die die vermeintlichen Christen von den wahren unterscheidet!«

Er streckte eine Bibel in die Höhe.

»Nächstenliebe, darum geht es hier. Und ich sage euch, Nächstenliebe endet nicht dort, wo sich die Türen der Gemeinde hinter uns schließen. Sie beginnt, wo sich diejenigen befinden, die hiervon nichts wissen wollen. Die ihr Leben auf eine Weise leben, die viele konservative Christen ablehnen. Doch Jesus unterteilt nicht in gut und schlecht. Nächstenliebe ist ein Geschenk, das wir allen Menschen machen sollen. Allen, ohne Ausnahme, und genau dafür stehen wir!«

Da erhoben sich sämtliche Anwesende zu Standing Ovations. Jacob war eine Säule, die Bibel in den Händen.

»Lasst uns unsere Werte leben und geben. Lasst uns Brücken bauen und auch denen einen dauerhaften Platz in unserer Mitte bieten, die nicht auf das Wort des Herrn vertrauen.«

Ein Beamer wurde eingeschaltet. Auf der Leinwand erschien das Thumbnail des Videos.

Jacob zückte eine Fernbedienung. »Seht, was wir vorhaben.«

Er drückte auf Play. Es folgte eine zehnsekündige Werbung über eine Zeichentrickfigur, die in einem Auto gegen einen Baum raste. »Schließen Sie jetzt eine Unfallversicherung ab!«, stand da. »Vorsicht ist besser als Nachsicht!«

Dann begann das Video, die gleichen Bilder wie tags zuvor: das Meer, Baupläne, eine Tabelle. Und wieder nannte Jacobs Stimme den Namen der Gemeinde. Hör weg, sagte ich mir. Hör es dir nicht an.

Keuchend tauchte Jacob neben mir auf. Die Rede schien ihn völlig ausgelaugt zu haben. Er stützte sich auf seine Oberschenkel. »Was meinst du, Buddy? Besser als gestern? War das ein Fortschritt?«

»Ja«, antwortete ich wahrheitsgemäß. Sein Auftritt war deutlich charismatischer. Doch ich wusste nicht, ob ich das wirklich als »Fortschritt« bezeichnen wollte.

»Sehr gut!« Er hielt die Hand zum Abklatschen hoch.

»Nimm's mir nicht übel, aber ich muss mal telefonieren«, log ich und eilte zur Tür. Dort angekommen drehte ich mich noch einmal kurz um und sah auf die Leinwand. Mittlerweile lag die Zahl der Aufrufe bei weit über dreihundert.

30

Durch einen wilden Garten gingen wir auf ein schiefes Häuschen zu. Ich hatte nie besonders viel für Pflanzen übriggehabt, doch die bunte Vielfalt an Formen und Größen gefiel mir gut. Nur ein Gewächs passte nicht wirklich hierher: eine eingetopfte Pilea auf einem Stein neben der Haustür.

Jacob läutete. Auf der Klingel stand »Müller«.

Eine rundliche Frau mittleren Alters öffnete. Sie lächelte wie eine Tante, die man nur zu besonderen Anlässen trifft. Und obwohl ihre geröteten Züge verlebt wirkten, war in ihren Augen etwas Junges und Frisches.

»Hallo! Wie schön, dass ihr da seid!« Sie machte eine einladende Geste. »Bitte entschuldigt, wie ich aussehe. Ich habe noch etwas gejätet.« Sie deutete auf die mit Erde beschmierte Arbeitskleidung.

»Kein Problem!« Jacob nahm sie in den Arm.

»Und du musst Theo sein, nicht wahr?« Ohne eine Antwort abzuwarten, herzte sie mich ausgiebig.

»So ist es«, sagte ich, leicht überfordert.

»Ich bin Ulrike. Immer nur hinein mit euch, Jungs!«

Sie führte uns durch den kühlen Flur, an dessen Wänden bis oben hin gefüllte Bücherregale standen. Es roch wie in einer Bibliothek. Dahinter kam das Wohnzimmer, in dem ein mächtiger Flügel vor einer Fensterfront glänzte. Ulrike zog eine Schiebetür beiseite und wies uns auf die Terrasse. Dort stand eine weiße Plastikgarnitur aus Stühlen und einem Tisch. Der Garten ging hier weiter und grenzte an ein Feld, über das man bis zum Horizont blicken konnte.

»Setzt euch doch!«

Ohne zu zögern folgten wir der Einladung.

»Ich hole uns erst mal eine Erfrischung.« Und sie verschwand wieder im Haus.

»Die ist ja supernett«, flüsterte ich.

»Klar!«, stimmte Jacob zu, ebenfalls flüsternd.

»So, da bin ich wieder.« Ulrike stellte einen Krug und Gläser auf den Tisch.

»Ihr seht aus, als würdet ihr verdursten. Also runter damit!«

Unter ihrem prüfenden Blick tranken wir jeder zwei eiskalte Gläser Limonade. »Schmeckt's?«

»Ist köstlich!«

»Selbst gemacht.« Sie sah zufrieden aus. »Gleich ist das Essen fertig. Ihr wartet hier.« Und schon war sie wieder weg.

Ich schaute mich um. Auf der Terrasse lagen Werkzeuge verstreut. Ulrike hatte mehrere Beete angelegt. Ich erkannte Zucchini, Radieschen und Tomaten. Im Garten selbst durften alle Pflanzen sprießen, wie sie wollten. Das Gras stand knöchelhoch und Unkraut war wohl schon länger nicht mehr gejätet worden. Ein Brombeerbusch wucherte ungebändigt vor sich hin und weiter hinten stand ein Apfelbaum, dessen Äste sich unter dem Gewicht der Früchte zu Boden neigten.

Ulrike musste dreimal gehen, so viel Essen hatte sie gekocht. Vehement wehrte sie unsere Versuche zu helfen ab. »Was wäre ich für eine Gastgeberin!«

Jacob sprach ein Gebet und wir aßen. Es gab Salat und selbst gebackenes Brot, dampfenden Auflauf und pikant gewürzte Gemüsespieße. Dazu Reis und Kartoffeln, Pasten und Rohkost. Die Tischplatte bog sich gefährlich nach unten durch. Zum Nachtisch, ich war kurz vorm Platzen, stemmte Ulrike einen Bottich Vanillepudding auf den Tisch mit Datteln zum Dippen.

Gut gesättigt versanken wir in unseren Stühlen und sahen der Sonne dabei zu, wie sie gemächlich Richtung Horizont wanderte.

»Ich habe Sie in der Gemeinde gar nicht gesehen«, sagte ich und unterdrückte einen Rülpser.

»Dich, ich habe dich nicht gesehen, Theo.«

Ich nickte.

»Ich wollte kommen, habe mich aber etwas in der Gartenarbeit verloren. Außerdem musste ich euch noch die Gästebetten herrichten und eine Kleinigkeit zubereiten.«

»Das nennst du eine Kleinigkeit?«

Jacob grinste mir zu.

»Sonst wäre ich sicherlich dabei gewesen. Ich lasse es ja nur ausfallen, wenn es nicht anders geht.«

»Ich hoffe, das war jetzt nicht schlimm?«, fragte ich.

»Ach nein, das geht schon in Ordnung.« Ulrike nahm einen Schluck Limonade. »Und, Theo, erzähl mal. Wie findest du es bisher?«

»Was?« Ich zuckte. »Den Abend oder was genau?«

Sie lächelte. »Eure gemeinsame Reise. Als Jacob mir davon erzählt hat, war ich ganz begeistert, dich kennenzulernen. Luis hat immer nur in den höchsten Tönen von dir geschwärmt!«

»Du … kanntest meinen Bruder?« Mich fröstelte.

»Aber ja. Er hat mich gefunden, damals in der Seelsorge.«

»Seelsorge?« Ich wusste nicht, was los war.

»Eine Selbsthilfegruppe. Luis hat dort als freiwilliger Gesprächspartner gearbeitet.

»Wann soll das denn gewesen sein?«, fragte ich.

»Vor drei Jahren«, antwortete Jacob. »Ich war damals auch am Start, als Helfer. Darüber haben wir uns kennengelernt. Er wollte sich unbedingt einbringen in der Gemeinde.«

»Genau.« Ulrike nickte. »Luis hat mich unterstützt, im Alltag und bei Kleinigkeiten. Aber das läppert sich!« Sie hustete. »Entschuldigung, das klingt so dramatisch. War es ja auch. Für mich zumindest.«

Ich konnte nicht ganz folgen. Luis hatte was gemacht?

»Was ist denn passiert?«, fragte ich, all meinen Mut zusammennehmend.

»Ich war ziemlich am Trinken.« Ulrike winkte ab. »Ach. Nach Rainers Tod … mein Mann … habe ich nichts mehr auf die Reihe bekommen.«

»Das tut mir leid.« Ich sah zu Jacob, der mir behutsam zunickte.

»Danke, mein Junge. Es ist lieb, dass du das sagst. Es tut mir auch für dich leid, wegen Luis.«

»Danke«, sagte ich.

»Er war immer so fürsorglich. Aufmerksam, bescheiden. Ein guter Kerl, dein Bruder.«

Es stimmte. So war Luis gewesen.

»Und ständig hat er von dir geredet, die ganze Zeit über. Sein Bruder, der Psychologiestudent! Da war er stolz drauf, man glaubt es gar nicht. Und damit hat er mich gekriegt.«

»Womit?« Offenbar hing ich wieder einen Schritt hinterher. Luis hatte von mir geschwärmt? Anscheinend hatte ich einiges verpasst.

»Mit Psychologie. Ich bin auch Psychologin, musst du wissen.«

»Ach was!«, rief ich. »Was genau machst du denn?«

»Früher hatte ich meine eigene Praxis. Konnte mich vor Klienten kaum retten. Heutzutage sind die Leute ja alle mehr oder weniger verloren.« Sie seufzte. »Aber für Rainer war irgendwann kaum noch Zeit. Als Sanitäter musste er oft im Schichtdienst ran, meistens nachts. Deshalb habe ich angefangen, Bücher zu schreiben.«

»Augenblick mal!« Ich sprang so hastig auf, dass mein Plastikstuhl umfiel. »Sie sind doch nicht … Bist du etwa … U. Müller?«

»So ist es.« Sie strahlte mich an.

»Ich … Das gibt's nicht! Ich … ich dachte –«

»Du dachtest, es sei ein Mann, richtig?«

Ich druckste etwas herum. »Ja«, flüsterte ich, stellte den Stuhl wieder hin und setzte mich.

»Kein Problem, mein Junge. Das war auch immer so gewollt.«

»Wieso denn das?« Ich verstand die Welt nicht mehr. Luis hatte als Freiwilliger bei der Seelsorge gearbeitet, und die Frau vor mir war U. Müller.

»Nun ja. Als ich damit angefangen habe, waren die Zeiten noch andere. Man hat uns Frauen nicht viel zugetraut in der Psychologie. Und mit nicht viel meine ich gar nichts.«

»Aber ist das heute nicht anders?«, erkundigte Jacob sich, bevor ich es konnte. Ich fragte mich, was Paul wohl dazu sagen würde.

»Nicht so sehr, dass ich das Risiko eingehen würde.« Sie zwinkerte uns zu. »Die Bücher verkaufen sich gut. Und wer im Internet recherchiert, findet es sowieso raus. U. Müller ist eine Marke geworden. Solange es läuft, ist es mir egal.«

Ich konnte es nicht glauben. Das war die Frau, die mich mit ihren Büchern durchs Studium gebracht, die mich motiviert hatte, dranzubleiben. Sie hatte Luis gekannt. Und mir Pudding gemacht. Und Limonade.

»Und wie läuft das Studium?«

»Geht so.« Ich gestikulierte etwas. »Dauert ziemlich lange.«

»Verstehe.« Sie legte die Hände zusammen. »Ich hab einen Tipp für dich, wenn du ihn hören möchtest.«

»Auf jeden Fall!«

Sie beugte sich zu mir vor. »Hinsetzen und machen.«

Jacob lachte und Ulrike fiel mit ein. Um nicht ganz so dumm dazustehen, lachte ich auch.

»Und was ist der richtige Tipp?«, fragte ich.

Ulrike nickte nur.

»Oh.« Ich hatte etwas Originelleres erwartet.

»Wunderdinge geschehen nicht, selbst den Gläubigen nicht. Du musst sie dir erarbeiten. Aber vertrau mir, Theo, das fühlt sich besser an als jedes Geschenk. Du wirst sehen.«

Wir schwiegen für ein paar Minuten. Die Sonne war fast verschwunden. Nur noch ein oranger Halbkreis.

»Nur zu. Was beschäftigt dich?« Ulrike sah mich an.

»Wie ... kann es sein, dass eine Frau wie du, eine Psychologin und angesehene Wissenschaftlerin, gläubig ist? Ist das nicht ein Widerspruch?«

»Wissenschaft und Glaube stehen nur dann in Widerspruch, wenn sich Vertreter einer oder beider Disziplinen zu ernst nehmen. Meistens sind es beide.«

»Aber es sind doch Fakten gegen Gefühle, oder nicht?«

»Der Gläubige wird immer einen Grund finden, warum es Gott war. Und der Ungläubige wird immer eine Erklärung dafür haben, warum es alles andere war, außer Gott. Aber die Frage ist nicht, wer von beiden recht hat, sondern wie sie sich gegenübertreten.« Sie lächelte. »Außerdem bist du selbst nicht frei davon.«

»Wie meinst du das?«

»Dein Bruder ist gestorben. Das ist ein Fakt. Aber deine Gefühle sind noch nicht bereit dafür. Deshalb scheinst du diesen Gedanken auch nicht zu Ende zu denken.«

Beschämt sah ich zu Jacob, der versunken in die Luft starrte.

»Aber wenn du so erfolgreich bist in der Psychologie, wie kann es sein, dass du so große Probleme hattest?«

»Mein lieber Junge, du sprichst schnell ein Urteil, nicht wahr?« Mit geschlossenen Augen wandte sie sich den letzten Sonnenstrahlen zu. »Das Leben macht halt, was es will. Ich bin auch nur ein Mensch.«

Gedankenverloren zog sie ein Foto aus der Tasche. Ich erkannte einen stattlichen Mann Anfang sechzig. Er hatte ein Lächeln, das dem Betrachter sagte, am Ende würde alles gut werden.

»Wie ist er denn … gestorben?«

Ulrike faltete die Hände um das Bild. »Bei einem Einsatz. Jemand ist durchgedreht. Er stellte sich dazwischen.« Sie schluchzte. »So war er, mein Rainer.«

»Oh Gott«, flüsterte ich.

Die Sonne ging unter. Jacob erwachte aus seiner Trance und schenkte sich plätschernd Limonade nach.

»Das ist ein schöner Flügel, der da im Wohnzimmer steht.«

»Rainer hat mir immer etwas vorgespielt. Jeden Tag. Er war so begabt. Ich weiß nicht einmal, was die schwarzen von den weißen Tasten unterscheidet.«

Mit dem Handrücken wischte sie sich über die Augen. »Aber er musste sauber sein. Ich bin nicht die Ordentlichste, wie man vielleicht sieht. Für meinen Mann war das in Ordnung, außer wenn es um seinen Flügel ging. Lag da auch nur ein Staubkorn, konnte er nicht spielen.« Sie lachte. »Er hat ihn jedes Mal gründlich abgewischt, bevor er beginnen konnte. Nach Rainers Tod habe ich ihn ... stehen lassen. Die Schicht wurde immer dicker. Bis dein Bruder kam. Er sagte mir, ich solle wieder anfangen, ihn abzuwischen. Jeden Tag. Und das tat ich dann auch. Nur für den Fall, dass er ... den Weg zurück zu mir findet.«

Jacob nahm ihre Hand. Es war jetzt fast dunkel. Ulrike sammelte sich.

»Der Glaube, Theo ... Es ist besser, Teil einer Gemeinschaft zu sein, als einsam an der Flasche zu hängen. Und es tut gut zu hören, dass ein geliebter Mensch nicht einfach so verschwindet, sondern an einen besseren Ort geht. Das ist eine schöne Vorstellung. Sie hält mich davon ab, wieder zum Alkohol zu greifen.«

Ich wusste nicht, was ich sagen sollte. Ulrike sah zu mir herüber. Obwohl die Finsternis sich über uns herabsenkte wie der Vorhang in einem Theater, glänzten ihre Augen klar und hell dagegen an.

»Fändest du es nicht auch schön zu wissen, dass Luis noch da ist? Dass seine Seele irgendwo da draußen existiert?«

Ich erwiderte ihren Blick mit aller Kraft. In mir zerbrach und heilte etwas zugleich. »Ich glaube nicht, dass es so ist. Es tut mir leid, aber ich kann es nicht.«

»Mein lieber Junge. An schlechten Tagen fällt es mir auch schwer, das zu glauben.« Tränen liefen ihr über die Wangen. »Aber schön ist die Vorstellung doch trotzdem. Oder nicht?«

31

Am Mittwoch verließen wir das Haus vor Sonnenaufgang. Jacob hatte höchstpersönlich angeordnet, frühzeitig aufzubrechen. Pünktlichkeit schien ihm gerade an diesem Tag besonders wichtig. Ulrike drückte uns zwei riesige Tüten mit Stullen in die Hände, dann betete sie mit Jacob für eine sichere Fahrt. Über den Rückspiegel beobachtete ich, wie sie am Horizont schrumpfte und schließlich verschwand.

Nachdem ich eine Stunde auf dem Beifahrersitz gedöst hatte, tauschten wir Plätze und Jacob schloss die Augen. Gegen neun waren wir halbwegs ausgeruht und hatten bereits ein Viertel der Strecke geschafft.

»In etwa zwanzig Minuten müssen wir auf die Autobahn«, sagte Jacob und faltete eine Karte zurecht. Empfang war auch hier Fehlanzeige. »Kannst du das fahren?«

»Natürlich«, antwortete ich pikiert, aber unsicher, ob das auch wirklich so war. »Gib mir nochmal die Limonade.«

Er reichte mir die Flasche. Ulrike hatte uns auch damit versorgt.

»Die ist megalecker.«

Jacob nickte und nahm ebenfalls einen Schluck. »War ein schöner Abend, nicht wahr?«

»Sehr.« Ich stellte den Außenspiegel zurecht. In Onkel Herberts winzigem Innenraum machten die drei Zentimeter, die Jacob größer war, einiges aus.

»Ich komme immer noch nicht drauf klar, Ulrike Müller zu kennen. U. Müller. Wahnsinn!«

Jacob rülpste. »Warum studierst du eigentlich Psychologie?«

Ich warf ihm einen Blick zu. »Keine Ahnung. Find's halt interessant.«

»Echt? Ich dachte, wegen eurem Dad damals.«

»Was?« Ich verbarg meinen Ärger nicht. »Nein, was soll das denn jetzt?«

»Sorry, Deggah.« Jacob hob die Hände. »Konzentrieren wir uns auf das Positive: Jetzt kennst du Ulrike Müller.«

Ich nickte. »Das ist unglaublich. Und Luis hat sie auch gekannt.«

»Sie mochte Bruder Luis sehr. Seine Ideen für die neue Gemeinde hat sie von Anfang an unterstützt. Und auf der Beerdigung hat sie ein paar schöne Worte gesagt.« Jacob zögerte. »Theo, Buddy, kann ich dich was fragen?«

»Was denn?« Sein Tonfall ließ nichts Gutes erahnen.

»Also ... Luis hat dich praktisch angehimmelt. Selbst noch nach eurem ...« Er stockte. »Deshalb haben wir uns auch so gewundert, warum du ihn nicht im Krankenhaus besucht hast. Und warum du nicht ... bei der Beerdigung warst.«

Ich starrte nach vorne. Meine Nägel gruben sich in das Lenkrad. Jacob schwieg. Obwohl ich es zu ignorieren versuchte, kam ich nicht umhin zu bemerken, wie er mich aus den Augenwinkeln heraus beobachtete.

»Weißt du, Jacob ...« Ich wurschtelte kurz am Radio rum, ließ aber gleich wieder davon ab. »Weißt du ...«

Es war still. Nur Onkel Herbert klapperte vor sich hin. Ein unregelmäßiger Rhythmus wie der Herzschlag eines alten Mannes.

»Wir müssen auch nicht darüber reden«, sagte Jacob, als wir eine Brücke überquerten. »Es ist nur so ... Es ist wirklich so ...«

Mehr kam nicht. Er schien noch weniger zu wissen, wie er damit umgehen sollte, als ich. Zwei Blinde im Dunkeln, dachte ich.

Ich verstand, dass er für mich da sein wollte. Und auch wenn ich es mir vor zwei Tagen nicht im Ansatz hätte vorstellen können, wollte ich ihn nicht in der Luft hängen lassen.

»Ich weiß es nicht«, sagte ich schließlich, nur um irgendetwas zu sagen.

Jacob reagierte nicht. Doch ich spürte, wie sich mein guter Wille ins Gegenteil verkehrte.

32

Auf dem ersten Autobahnrasthof machten wir halt. Ich tankte Onkel Herbert voll, der den Sprit gierig schluckte.

Jacob fluchte. »Wenn's noch teurer wird, können wir gleich die Bahn nehmen.«

Rücken an Rücken stellten wir jeder eine Stange Wasser in die Ecke. Dann setzten wir uns wortlos auf steinerne Bänke und aßen dick belegte Ulrike-Müller-Brote. Bis Jacob wieder mit dem Reden anfing.

»Sag mal, Buddy, was hat es eigentlich damit auf sich?« Er hielt den Schlüssel samt Anhänger hoch und ließ ihn hin und her baumeln: »Bällende Hunde.«

»Ach das.« Ich war nicht in der Stimmung, es ihm zu erklären. Alles, was unmittelbar mit Luis zu tun hatte, bereitete mir seit gestern Abend noch mehr Schmerzen.

»Das habe ich mich schon die ganze Zeit gefragt.« Jacob grübelte vor sich hin. Er machte ein paar Vorschläge, die alle falsch waren. Ich schwieg.

Dröhnen und Donnern rissen mich aus meiner Trance. Eine Gruppe von Rockern nahm mit ihren schwarzen Bikes den Parkplatz ein. Die Rücken ihrer Kutten waren mit einem Hai verziert. Er trug, ganz klischeehaft, ein rotes Bandana um die Stirn und grinste mit scharfen Zahnreihen. Darüber stand in weißen Buchstaben: »Ostsee-Rocker.«

Immer wieder ließen die Kerle ihre riesigen Maschinen aufheulen. Schließlich stellten sie sie in einer Reihe ab, etwa fünfzig Meter von Onkel Herbert entfernt, der seelenruhig vor sich hindöste.

Ihre Unterhaltung führten sie brüllend, sodass alle auf dem Parkplatz sich ein paar schöne Beleidigungen anhören durften. Einige Rocker stiefelten breitbeinig in die Gaststätte. Der Rest von ihnen markierte mit verschränkten Armen das neu eroberte Revier.

»Theo?«

»Ja, ist ja gut.« Ich seufzte. »Als wir Kinder waren ... hatten wir so eine Art Geheimsprache. Also nicht wirklich eine Sprache, sondern Codewörter. Wir haben damals vielen Leuten Streiche gespielt.«

Jacob grinste. »Was für Leuten?«

»Vor allem unserem einen Nachbarn. Hasskötter, der alte Nazi. Wenn der Fußball oder das Frisbee über den Zaun geflogen ist, hat er die Sachen erst Tage später wieder rausgerückt. Manchmal gar nicht. Da mussten wir uns natürlich rächen.«

»Das gefällt mir.« Jacob schürzte die Lippen.

»Der hatte eine kleine Dackelarmee, die von morgens bis abends durch seinen Garten patrouilliert ist, immer in Reih und Glied. Vier oder fünf Stück waren das. Wenn die einen gesehen haben, sind die komplett ausgerastet.«

»Und was habt ihr dann gemacht?«

»Wir haben gewartet, bis er mit den Hunden spazieren war, und sind dann heimlich rübergeklettert. Aber der war nie lange weg, der war ja damals schon uralt. Wir haben uns unser Zeug geholt und ihn noch irgendwie geärgert. Eier ans Haus geworfen, in seinen Teich gepinkelt oder so.«

»Ihr habt in seinen Teich gepinkelt?« Jacob lachte.

»Das waren alles Luis' Ideen. Er hat sich immer wieder neue Streiche ausgedacht, um Leuten wie dem Hasskötter eins auszuwischen.«

»Aber das mit dem Pinkeln hat der doch gar nicht gemerkt.«

»Er nicht. Aber die Hunde konnten es riechen.« Auch ich lachte und genoss die Erinnerung. »Und wenn seine Dackel ausgeflippt sind, ist der Hasskötter durchgedreht.«

»Klingt nach einer guten Zeit!«

»War es auch.« Ich nickte.

»Also daher kommt der Spruch?«

»Damit haben wir uns gewarnt, wenn der mit seinen Kötern wiederkam. Es gab noch ein paar andere Begriffe, aber ›Bällende Hunde‹ hat sich durchgesetzt. Auch weil wir unbedingt selbst einen wollten.«

»Und, habt ihr einen bekommen?«

»Mutter konnte sich von ihrem Gehalt als Krankenschwester keinen leisten. Geld war immer knapp.«

»Verstehe.«

»Luis war überzeugt davon, sie umstimmen zu können. Also haben wir den Schlüsselanhänger gebastelt, zum Muttertag.« Ich musterte die krakelige Schrift, mit der ich vor etwa siebzehn Jahren den Anhänger versehen hatte. »Ich war mir ganz sicher, dass es mit ä geschrieben wird.«

»Buddy?« Jacob beugte sich zu mir vor.

In diesem Augenblick brach auf dem Parkplatz ein kleiner Tumult aus. Die Rowdys gingen auf zwei Typen los, die es gewagt hatten, ihre Motorräder zu berühren. Sie schubsten sich gegenseitig, dann ließen sie voneinander ab. Ich fragte mich, was passieren würde, wenn man ihnen den Rückspiegel streifte. Einer der Rocker machte eine winkende Handbewegung, als würde er eine Fliege verscheuchen. Für einen kurzen Moment glaubte ich fast, er bekreuzigte sich.

Ich schüttelte den Kopf. Mittlerweile sah ich Christen wohl schon überall.

»Kann ich dich irgendwie aufmuntern, Buddy?«

Ich zuckte die Schultern.

»Wie wär's damit!« Jacob erhob sich. »Nonnen, die in einem Kloster leben. Sie fahren Fahrrad, manchmal länger, manchmal kürzer. Und dann radeln diese besagten Nonnen ... nach Frankreich.«

»Lass gut sein, Jacob.« Ich wusste nicht, was schlimmer war. »Lass gut sein.«

»Hm.« Er setzte sich wieder und wir blickten über den Gasthof hinweg. Die Rocker äfften die Kerle nach, die sie eben so tollkühn in die Flucht geschlagen hatten.

»Was hätte Bruder Luis damals gemacht, um dich auf andere Gedanken zu bringen?«

Ich sah ihn an. »Er hätte sich irgendwas überlegt, um diese Kerle zu verarschen.«

»Verstehe«, sagte Jacob und nickte auf seine schleppende Art vor und zurück.

33

Ich lehnte an Onkel Herbert und sah Jacob dabei zu, wie er die Gaststätte verließ. Er ging direkt auf die Rocker zu, blieb stehen und fing an, mit ihnen zu reden. Ich beugte mich vor. Doch das Rauschen der Autobahn war so stark, dass ich kein Wort verstand.

Noch während ich mich fragte, was zum Teufel er da tat, machte einer der Kuttenträger einen Schritt auf Jacob zu. Der wich ihm aus und ließ den Riesen ins Leere laufen. Der Mann stolperte und stieß dabei blindlings gegen die äußerste und größte Maschine der Reihe. Das Bike kippte in Zeitlupe, dann klatschte es zu Boden. Glas splitterte und Metall knirschte über Asphalt.

Für drei langgezogene Sekunden war es komplett still. Jacob sah zu mir herüber. Hinter ihm standen die Rocker wie schockgefrostet. Ich öffnete den Mund, doch Worte fielen mir nicht ein.

Jacob war der Erste, der aus seiner Trance erwachte. »Theo!«, schrie er und rannte durch die parkenden Autos auf mich zu. »Fahr los, fahr los, fahr los!«

Ich sah ihn näherkommen, sah die ersten Rocker die Verfolgung aufnehmen, doch obwohl ich wollte, ich konnte mich nicht rühren.

»Los, los!« Jacob erreichte mich und knallte mir eine Backpfeife ins Gesicht. »Theo, Bällende Hunde!«

Da funktionierte ich. Wir rissen die Türen auf und sprangen ins Auto. Ich ließ den Motor an – und würgte ab.

»Kupplung nicht zu schnell kommen lassen, Buddy!«

Im Rückspiegel sah ich, wie der erste Rocker fast am Auto war.

»Onkel Herbert, wach auf!«, schrie ich und schaffte es, den Wagen zu starten, gerade als der Mann neben meiner Tür auftauchte, und wir sausten davon.

»Keine Zeit für ein Gebet!«, rief ich, während es Jacob in den Sitz presste. Wir schossen über den Parkplatz und direkt auf die Autobahn.

»Los, gib mehr Gas!«, befahl Jacob, der sich nach hinten gedreht hatte, und ich gehorchte.

»Wir haben sie abgehängt, wir haben sie abgehängt!«, rief ich nach ein paar Hundert Metern auf der Mittelspur. »Wir haben ... Fuck!«

Von links zogen die Autos zu uns herüber. Die Autobahn wurde plötzlich zweispurig. Vor Aufregung musste ich die Schilder übersehen haben. Ich trat auf die Bremse, um nicht in einen Transporter zu krachen.

»Theo, weg da!«

Ich riss das Lenkrad herum und fädelte uns gerade so rechts zwischen zwei Lkws ein. Jemand hupte.

»Puh, das war knapp!«

Ich warf einen kurzen Blick zu Jacob, doch der deutete auf den Rückspiegel. Wie Haifische an der Meeresoberfläche schlängelten sich die Rocker durch die dichte Strömung des Verkehrs. Zwischen den Lastern schmolz unser Vorsprung mit jeder Sekunde.

»Scheiße, ich hasse Motorräder, ich hasse sie!«

»Du musst wieder rüber!«

Ich schaltete einen Gang runter und zog nach links. Ein Sportwagen bremste ab und verhinderte so die Kollision.

»Sorry!«, schrie ich und legte den Fünften ein, doch wir wurden direkt ausgebremst. »Weg da, Mann!« Der Kleinwagen vor uns ging nach rechts. Die Oma am Steuer streckte mir den Mittelfinger entgegen.

»Theo, pass auf!«

Ein Rocker schoss plötzlich von rechts zu uns herüber. Kaum war er auf unserer Spur, bremste er ab. Ich riss das Lenkrad nach links. Wir überholten das Motorrad um wenige Zentimeter, wobei wir die Leitplanke streiften. An meinem Fenster flogen Funken auf.

»Direkt hinter uns!«

Ein anderer Biker wollte an uns vorbei. Ich fuhr im Zickzack und schnitt ihm so ein ums andere Mal den Weg ab.

»Sehr gut, Deggah!«

»Shit!«

Unsere linke Bahn wurde zur Mitte. Die Autobahn lief nun wieder über drei Spuren. Durch unser beklopptes Fahren hatten wir einen Großteil des Verkehrs ausgebremst. Auf rechts die Lkws, daneben wir und sonst nur die Bikes. Bevor ich reagieren konnte, hatten sie uns eingekreist.

»Was jetzt?«, schrie ich Jacob zu.

»Oh Herr, lass uns hier sicher rauskommen, ohne dass sich jemand verletzt.«

»Jacob, ich brauche echte Hilfe!«

»Ich tu mein Bestes!«, rief er und küsste das Kreuz an seiner Kette. Da tat sich rechts zwischen den Rockern eine Lücke auf und ich scherte aus. »Siehst du!«

Doch die Idee war schlecht. Zwischen den Lkws saßen wir in der Falle. Ich hatte uns in eine Sackgasse manövriert.

»Theo, was hast du vor?«

Ich schüttelte den Kopf, da sah ich ein Schild: »Ausfahrt in fünf Kilometern.«

»Wirst du schon sehen.« Ich nahm den Fuß hoch und ließ den Laster vor uns davonziehen.

»Von hier aus sehe ich gar nichts!«, schrie Jacob.

Wir wurden immer langsamer. Noch drei Kilometer. Rocker vor, hinter und links von uns. Noch zwei. Meine Halsschlagader war kurz vorm Platzen. Noch ein Kilometer.

»Buddy!«

Ich schaltete runter in den dritten Gang und fuhr mit siebzig auf den Standstreifen. Unter uns dröhnte das Getriebe. Ich sah die steile Kurve der Abfahrt und trat aufs Gaspedal. Die Rocker, die mit dem Manöver anscheinend nicht gerechnet hatten, fielen kurz zurück, dann hefteten sie sich an unsere Stoßstange. Der Lkw vor uns kam wieder näher.

»Theo!«

Vierter Gang. Achtzig, neunzig, hundert.

»Komm schon!«

Fünfter Gang, hundertzehn. Onkel Herbert zitterte und krachte, als würden wir mit einer Rakete die Atmosphäre durchbrechen. Noch dreihundert Meter bis zur Abfahrt. Wir waren wieder gleichauf mit dem Laster links.

»DEGGAAAH!«

»Festhalten und beten!«

Wir überholten den Lkw auf dem Standstreifen. Ohne zu blinken zog ich über die rechte Spur auf die komplett freie Mitte. Dann trat ich die Bremse durch und riss gleichzeitig die Handbremse hoch. Der Laster hupte dröhnend und segelte rechts an uns vorbei, wobei er die ebenfalls ausgescherten Rocker vor sich hertrieb und zwang, ihr Tempo zu halten, um nicht überrollt zu werden. Wir schlingerten etwa hundert Meter und schrien uns die Lunge aus dem Hals, dann löste ich die Handbremse, riss das Steuer herum und ihm letzten Moment fuhren wir von der Autobahn ab.

»Wuhu!«, rief Jacob und da hatten wir es geschafft.

34

Gegen frühen Nachmittag stellten wir Onkel Herbert vor einem kleinen Supermarkt ab. Die Schrammen auf der Fahrerseite sahen aus wie Narben durch die Zähne eines monströsen Hais. Als Beweis unseres Abenteuers befanden wir sie für cool. Drinnen gingen wir vor der Tiefkühltruhe auf die Knie, steckten unsere Köpfe hinein und atmeten wohlig aus.

»Denen hast du es gezeigt, Buddy!« In der Kälte formten seine Worte rauchige Wölkchen.

»Wir haben es denen gezeigt!«

Jacob trommelte gegen die Innenwand. »On the road sind wir unschlagbar.«

So verweilten wir für ein paar Minuten.

»Was hast du eigentlich zu denen gesagt?«

Jacob grinste. »Das weiß nur der liebe Gott.«

»Verzeihung, dürfte ich mal?« Ohne unsere Haltung zu verändern, rückten wir näher zusammen. »Danke.« Neben mir fuhr eine Hand zielstrebig zum Erdbeersorbet.

»Ich glaub, ich nehme mir auch eins.«

»Ich auch! Welche Sorte?«

»Sagen wir es gleichzeitig! Auf drei? Eins, zwei drei«, zählte ich und wir riefen beide: »Vanille-Schoko!«

»Gute Wahl.« Jacob fischte zwei Eis empor und wir zogen unsere Köpfe aus dem Gefrierschrank. Über uns baute sich eine Mitarbeiterin auf. Kopfschüttelnd schaute sie auf uns herab.

Wieder im Freien vertraten wir uns die Beine. Zwei Jungs im Teenageralter schlenderten an uns vorbei und auf einen blauen

Kastenwagen zu. Der größere steckte sich eine Zigarette an und öffnete die Fahrertür.

»Sagt mal, dürft ihr überhaupt schon fahren?«, rief Jacob.

»Alter Finne, was will der denn?« Die Jungs grinsten sich zu. »Wir machen einen Roadtrip in die Walachei, was dagegen?«

»Viel Spaß!« Ich lachte. »Wie krass sind die denn?«

Jacob nickte vor und zurück. »Von denen können wir noch was lernen, Buddy.«

Ans Auto gelehnt zelebrierten wir unsere Erfrischung. Dabei beobachteten wir alte Leute, die sich träge wie Schnecken über den Parkplatz schoben. Onkel Herbert stand im Schatten, und da wir durch das unerwartet schnelle Fortkommen früh dran waren, ließen wir ihn weiter abkühlen.

Am Himmel kreisten ein paar Möwen. Wir waren nicht weit weg vom Meer, doch warum das so war, fragte ich Jacob nicht. Seine komische Route musste nicht mein Problem sein.

Ich sah sie zuerst. »Jacob.«

»Hm?«

Sein Blick folgte meinem. Sie, etwa Mitte dreißig, betrat auf der anderen Seite den Parkplatz. Die Turnschuhe weiß, der Rock kurz, das Top bauchfrei und mit Ausschnitt. Tätowierungen auf Schenkeln, Armen und Hals, ein symmetrisches Muster über den ganzen Körper. Glattes, schimmernd rot gefärbtes Haar bis zur Hüfte.

»Holy Moly.«

Sie schaute sich um, doch da die Leute hier so alt waren, dass sie maximal noch für eine Woche einkauften, beachtete sie niemand. Niemand außer uns. Sie hängte sich ihre Sporttasche über die Schulter und kam federnd auf uns zu. Ich leckte schneller.

»Hey, Männer. Na, wie geht's euch so?« Sie sagte es nicht, sie schnurrte es.

Ich schluckte und ließ mein Eis sinken. »Super.«

Jacob war nicht so leicht aus der Ruhe zu bringen. »So weit ganz gut, danke. Und selbst?«

»Mir auch.« Sie legte den Kopf schief. »Und wie heißt du, du Model?«

»Ich bin Jacob. Und das ist Theo.«

»Jacob, was für ein schöner Name.« Meinen schien sie nicht gehört zu haben. Auch sonst beachtete sie mich nicht groß.

»Danke, danke.« Jacob lächelte. »Und wie ist dein Name, werte Frau?«

»Ich bin Magda.« Sie reichte ihm die Hand. Er ließ sich Zeit, sie zu nehmen und zu schütteln.

»Können wir dir irgendwie weiterhelfen, liebe Magda?« Jacob sprach zwar freundlich, aber es war zu spüren, dass er diese Episode möglichst schnell hinter sich bringen wollte. »Oder bist du einfach nur zum Plaudern gekommen?«

»Du lässt nichts anbrennen, was?« Sie biss sich auf die Unterlippe. »Ich hatte eine Panne und wollte fragen, wohin ihr fahrt. Vielleicht ist in dieser Limousine noch ein Platz für mich frei.«

»Klar, wir wollen nach –«

»Wohin musst du denn?«, unterbrach Jacob mich.

Sie grinste uns perfekte Zahnreihen entgegen. »Nur bis ins nächste Dorf. Eigentlich sollten meine Jungs mich mitnehmen. Aber die kommen nicht.«

Jacob sah mich kopfschüttelnd an. Gewollt gleichgültig zuckte ich mit den Schultern. »Da müssen wir tatsächlich auch hin.«

»Na, wenn das mal kein Zufall ist.« Sie warf sich eine Strähne über die Schulter. »Dann bist du wohl mein Retter in der Not.«

»Ich muss das mit meinem Co-Piloten besprechen«, sagte Jacob. Er trat einen Schritt von der kichernden Magda weg und nahm mich beiseite. »Was meinst du?«

»Mir egal.« Es gefiel mir nicht, wie Luft behandelt zu werden.

»Dir fällt doch sonst immer ein Grund dagegen ein«, flüsterte er, »warum jetzt nicht?«

»Keine Ahnung.« Ich hob die Arme und deutete auf seine Kette. »Was würde Jesus tun, Jacob?«

Er nahm das Kreuz in die Hand und musterte es. Dann seufzte er. »In Ordnung. Du kannst nach hinten.«

»Perfekt.« Sie zwinkerte ihm zu.

Zurück auf der Straße erforderte das Fahren meine ganze Konzentration. Magda drückte sich so weit vor, dass sie praktisch zwischen uns saß. Einen Arm um den Beifahrersitz gelegt, berührte sie Jacob wie zufällig bei jeder sich bietenden Gelegenheit.

»Und, warum seid ihr so unterwegs?«

»Fahren in die Gemeinde.«

»Oh, ihr seid Christen? Also so richtige?«

»Ich schon. Er nicht.« Jacob antwortete wie der Befragte in einem Verhör.

»Ich kenn auch ein paar Christen«, flüsterte sie. »Aber die sind ein bisschen anders drauf.«

»Aha.«

»Aber warum kommt er dann mit, wenn er nicht gläubig ist?«, fragte Magda, als sei ich gar nicht da.

»Wir machen einen Roadtrip. Von Gemeinde zu Gemeinde. War der letzte Wille seines verstorbenen Bruders.«

»Oh!« Magda sah mich tatsächlich an. »Das tut mir leid.«

»Danke«, sagte ich. »Und wohin geht es für dich? Willst du auch in die Gemeinde?«

Jacob räusperte sich.

»Arbeiten. Muss heute Abend eine Freundin vertreten. Hat sich den Knöchel verstaucht.«

»Wo arbeitest du denn?«

»Im Sodom und Gomorrha.«

»Im was?«

»Im Stripclub.«

Jacob machte ein Geräusch wie eine getretene Katze.

»Alles in Ordnung, mein Liebling?«, fragte Magda. Sie nahm ihm die Cap ab und setzte sie sich auf.

»Ja, Liebling, was ist denn los?« Ich hatte Mühe, mir das Lachen zu verkneifen.

»Aha«, wiederholte Jacob. Er sah aus, als hätte man ihm ein Betäubungsmittel gespritzt.

»Und da arbeitest du heute Abend, die ganze Nacht?«, fragte ich, einer plötzlichen Eingebung folgend.

»Um zehn geht's los und dann wahrscheinlich bis vier oder fünf. Je nach Kundschaft.«

»Verstehe.« Ich drosselte das Tempo. »Aber wenn du erst um zehn anfängst, was machst du bis dahin?«

»Ich weiß nicht.« Magda überlegte. »Mit den Mädels chillen. Sonst geht da nicht viel.«

»Klar«, sagte ich, als würden wir über allgemein bekannte Themen reden. »Aber andererseits kannst du ja auch, bevor du zum Stripclub gehst ... Wie heißt der noch gleich?«

»Sodom und Gomorrha.«

»Sodom und Gomorrha!« Ich lachte. »Wenn du noch Zeit hast, kannst du mit in die Gemeinde kommen. Oder, Jacob?«

Jacob drehte sich zu mir, langsam, den Mund geöffnet. Mit zusammengekniffen Augen starrte er mich an.

»Spricht doch nichts dagegen, oder?«

Er regte sich nicht.

»Ich meine, es ist das Haus Gottes, und das steht doch all seinen Kindern offen, nicht wahr? Stichwort Nächstenliebe …«

Jacob nickte in Zeitlupe.

»Siehst du, Magda? Er möchte, dass du dabei bist.«

»Das lasse ich mir nicht entgehen.« Sie schnurrte wieder und wuschelte Jacob durchs Haar, der mich noch immer anstarrte.

35

Zu dritt betraten wir die Gemeinde. Jacob blickte umher und fuhr sich durch den Bart, wobei er mehrfach Magdas Hand wegschob, die ihn ein ums andere Mal befummelte.

»Jacob, mein Freund!«

Ein Mann um die fünfzig, im Dunkeln mit einem Maulwurf zu verwechseln, kam uns entgegen. In der Robe erkannte selbst ich den Pastor.

»Daniel, wie schön!« Jacob sprang von Magda weg und auf ihn zu, wobei er ihn beinahe umriss.

»Nur die Ruhe, mein Sohn.« Daniel tätschelte ihm den Rücken. »Und du musst Theo sein?«

»Der bin ich.« Wir schüttelten einander die Hand. Pastor Daniel strahlte eine Herzlichkeit aus, von der Jens sich gleich zwei Scheiben hätte abschneiden können. »Freut mich.«

»Die Freude ist ganz meinerseits.« Er wandte sich zu Magda. »Und wen sehe ich da?«

»Das ist …«, fuhr Jacob dazwischen, stockte aber. »Eine Bekannte. Magda, nur eine Bekannte.«

»Aha.« Pastor Daniel schmunzelte. »Nun gut. Hier sind alle willkommen.«

Während Daniel vorging, rückte Magda sich ihre Oberweite zurecht und sah Jacob glühend an.

In der leeren Aula setzten Jacob und ich uns in die erste Reihe, während Daniel sich gegen die Erhöhung des Podiums lehnte. Magda rekelte sich im hereinfallenden Sonnenlicht. Das störte nur einen von uns.

»Jacob. Du möchtest heute dein neues Gemeindekonzept vorstellen?«

»So ist es.« Er schnappte nach Luft.

»Ich habe mir eure Ideen durchgelesen. Gute Absichten, das muss ich sagen. Längst überfällig.«

Jacob strahlte wie ein Geburtstagskind. »Wirklich?«

»Absolut.« Daniel tippte gegen seine Brille. »Jedoch rate ich dir, nicht allzu viel zu erwarten. Hier sind alle noch recht …« Sein Blick fiel auf Magda, die ausführlich ihre langen Nägel betrachtete. »… von gestern. Neues hat es in dieser Gemeinde traditionell schwer.«

»Ich weiß. Wird schon.« Jacob lächelte gequält.

Der Pastor nickte. »Aber was mich interessiert: Wie geht es dir, Theo?«

Ich zuckte zusammen. »Mir?«

»Ja.« Er nickte. »Du hast deinen Bruder verloren. Und er war so ein erfrischender Geist. Voller Leben, wie man so schön sagt. Und anscheinend auch voller Gedanken.«

Eine Gänsehaut strich mir den Rücken herab. War Luis etwa zum Heiland mutiert? »Mir geht es gut.«

»Sicher?«

»Ja«, antwortete ich mit Nachdruck und rutschte auf meinem Stuhl herum.

»Es ist keine Schande, Schmerz zu empfinden.«

»Ich weiß«, sagte ich. Plötzlich stieg Hitze in mir auf. »Ich muss mal kurz, wo sind denn hier …«

»Dort entlang.« Pastor Daniel wies mir den Weg und ich eilte davon.

Ich verriegelte die Kabine von innen. Ließ mich auf die kalte Klobrille fallen. Drückte die Augen zu. Presste zitternd meine

Hände gegen die Wände und lehnte mich vor. Unregelmäßig tropften Schweißperlen über meine Nasenspitze zu Boden. Auf die Atmung konzentrieren, wies ich mich zurecht. Nase ein, Mund aus.

Nach ein paar Minuten wurde es besser. Ich öffnete die Augen. Zu meinen Füßen hatte sich eine kleine Pfütze gebildet. Ich sah auf. An der Kabinentür vor mir hing ein Schild: »Freies WLAN unter 123Bibeltreu.«

Jacob polterte in den Toilettenraum. »Deggah?«

»Ja?«

»Alles in Budda?«

»Jo.«

Ein Strahl plätscherte ins Pissoir. »Geht gleich los. Kritisches Publikum. Wie Pastor Daniel gesagt hat. Und dazu noch gut betucht.«

Ich nickte, bis mir auffiel, dass er mich nicht sehen konnte. Doch er schien es gehört zu haben.

»Genau. Also wenn du nichts dagegen hast, hab bitte ein Auge auf Magda. Tust du das für mich, Buddy?«

»Klar.« Meine Stimme hallte hohl durch den Raum.

»Super!« Die Spülung gurgelte. »Dann bis gleich!« Er verschwand, ohne sich die Hände zu waschen.

Ich wollte aufstehen. Doch mein Hintern war wie an die Klobrille geklebt. Die ständigen Fragen nach meinem Bruder malträtierten mein Innerstes. Sie meinten es alle gut mit mir, doch auf seltsame Weise traf mich diese Herzensgüte unerwartet tief.

Was würde eine Psychologin raten, fragte ich mich. Was würde Ulrike Müller sagen? »Denk den Gedanken zu Ende.« Das tat ich. Etwa fünf Minuten lang. Dann stand ich auf.

Im Saal fand ich mich unter mehreren Hundert Leuten wieder. Jacob stand schon auf der Bühne und gestikulierte mich durch die plaudernde Menge hindurch, bis hin zu Magda, um die alle einen Bogen machten.

»Da bist du ja«, sagte sie und zwirbelte ihr Haar.

»Da bin ich.« Ich schaute mich um, auf der Suche nach Pastor Daniel. Doch der Maulwurf musste sich in der Menge vergraben haben. »Setzen wir uns doch da an die Seite.«

Auf dem Weg zu den von mir ausgewählten Plätzen folgten uns argwöhnische Blicke. Das munterte mich mehr auf als alle gutgemeinten Worte zusammen.

»Nun«, sagte Jacob und die Gläubigen wurden still. Er machte eine Pause. Die Knöchel seiner ums Mikrofon gelegten Hand traten deutlich hervor. »Ich freue mich, dass ihr, meine Brüder und Schwestern, mich hier und heute mit solch offenen Armen empfangt.«

»Uns«, rief ich und zeigte dabei vor allem auf Magda.

»Uns.« Jacob ruckte mit dem Kopf. »Okay. Ich freue mich, hier sein zu können. Um in der Bibel zu lesen. Um über unseren Gott zu sprechen. Um –«

»Babylon!« Eine zugeknöpfte Frau deutete mit ausgestrecktem Finger auf Magda. »Sie ist eine Hure!«

Ein Aufschrei ging durch die Menge und alle redeten durcheinander. Jacob warf mir einen panischen Blick zu.

»Bitte, liebe Leute, beruhigt euch!« Pastor Daniel kämpfte sich vor und schaffte es, den Aufruhr zu ersticken. »Liebe Freunde. Wir sind hier in Frieden miteinander. Theresa, was bedrückt dich?«

Die Krawallmacherin zeigte noch immer auf Magda. »Sie schafft an im Hurenhaus!«

»Das ist nicht wahr!« Eine weitere Frau, Glasbausteine statt Brillengläser, sprang auf. »Sie ist keine Hure, sondern Stripperin. Sie arbeitet im Sodom und Gomorrha!«

»Woher weißt du denn, wo sie arbeitet, Renate?« Der Mann neben ihr war rot wie ein reifer Apfel.

»Ja, Renate, woher weißt du das?«

»Ich, ich ...« Renate, sichtlich überfordert mit der ungewollten Aufmerksamkeit, rang um Worte.

Da erhob sich Magda neben mir. »Na, weil Renate jeden Dienstag bei uns vorbeischaut. Girlsnight! Kein Mann hat mir je so viel Trinkgeld gegeben!«

»Dienstags hast du doch immer deinen Buchclub!«, schrie der Apfelmann.

»Es gibt keinen verdammten Buchclub, du elender Mistkerl!«

Chaos brach aus. Die Gemeinde tobte. Funken und Fetzen flogen vertikal durch den Raum.

»Da ist dieses Kloster mit Nonnen«, zitterte Jacobs Stimme über die Lautsprecher durch den Raum. »Und die lachen halt so. Also nicht einfach so, sondern weil sie fahren, auf ihren Rädern. So. Aber jetzt kommt der Clue. Warum lachen die wohl?«

Mit sanfter Gewalt nahm Pastor Daniel Jacob das Mikrofon ab. Er führte ihn am Arm von der Bühne zu Magda und mir.

»Ich denke, es ist besser, ihr macht euch wieder auf den Weg.«

»Aber ich hab doch gerade erst angefangen.« Jacob hielt sich eine Hand vor die Stirn. »Gibt es keine Möglichkeit?«

»Ich sage, diese Verräter gehören an den Pranger!«, keifte jemand und andere stimmten ein.

»Wir müssen dann auch mal«, sagte Jacob und drehte sich einer Glastür zu, die direkt hinter uns auf den Hof führte.

»Warte, nicht!«, rief Daniel, doch es war zu spät. Jacob drückte die Klinke und stieß die Tür auf. Augenblicklich brach ein wahnsinniger Lärm über uns herein.

»Jesus Christus!«, schrie der Pastor, »die ist doch alarmgesichert!«

Alle pressten sich die Hände gegen die Ohren. Doch die Wut in ihren Blicken übertönte selbst die Sirene.

»Raus hier!«, rief ich und zu viert stolperten wir ins Freie. »Wo lang?«

»Da rüber!« Wir folgten Daniel, während sich hinter uns der Mob auf den Weg machte. Nur die Mistgabeln hatten sie vergessen.

»Los!« Er öffnete ein Tor, das auf den Parkplatz führte, und schloss es hinter uns ab. Die Christen rüttelten an den Eisenstangen.

»Ihr solltet fahren, die kommen bestimmt gleich durch den Vordereingang.« Trotz allem lächelte Pastor Daniel. Auf meinen fragenden Blick antwortete er: »Der Glaube kann manchmal emotional sein. Nichts, was ich noch nicht gesehen hätte.«

Wir quetschten uns in Onkel Herbert. Jacob übernahm das Steuer und kurbelte sein Fenster runter.

»Tut mir leid, dass es so gelaufen ist.«

»Muss es nicht, Jacob. Wirklich nicht.«

»Daniel, du Schuft.« Magda beugte sich vor. »Wirst du dich heute bei uns blicken lassen?«

»Ich denke, das ist keine gute Idee. Nächste Woche vielleicht. Wenn sich die Gemüter beruhigt haben.«

»Pastor Daniel!« Jacob wurde oblatenbleich. Da hörten wir Schreie. Wie ein Schwarm Heuschrecken zog die Gemeinde über den Parkplatz hinweg.

»Jetzt aber schnell.« Daniel zwinkerte sein Maulwurfzwinkern. »Möge der Herr euren weiteren Weg segnen.«

»Amen«, flüsterte Jacob, legte den ersten Gang ein und wir rollten los.

36

Von außen betrachtet hätte das Sodom und Gomorrha auch eine Gemeinde sein können. Mit etwas Fantasie wurden aus den zu Frauenkörpern modellierten Neonröhren Kreuze. Dazu ein »Sankt« vor den Schriftzug. Der Spruch »Und führet euch jetzt in Versuchung« war sicher diskutabel. Doch vielleicht hatte ich noch nicht genug Gemeinden und Stripclubs gesehen, um das beurteilen zu können.

»Ob Renate wohl wiederkommt?« Magda kicherte. »Stammkunden zu verlieren tut weh. Zumal Frauen viel spendabler sind.«

Jacob klammerte sich ans Lenkrad und schwieg stur vor sich hin.

»Ach komm, hab dich nicht so, mein Hübscher.« Sie strich ihm über den Nacken. »So was passiert. Aufstehen, Dornenkrone richten, weitermachen. Was glaubst du, wie viele Männer sich freuen würden, wenn das Erste, was sie nach ihrer Kreuzigung sehen, ich wäre?«

Jacob schnallte sich ab, stieg aus und knallte die Fahrertür zu. Onkel Herbert wackelte wie bei einem Erdbeben.

»Was hat er denn?« Sie wartete keine Antwort ab und folgte ihm. Um nicht wie blöd alleine zu bleiben, ging ich auch hinterher.

Die Straße vor dem Stripclub war frei von Autos. Vermutlich, weil noch alle in der Gemeinde waren. Jacob stand ein paar Schritte weiter, die Fäuste in die Hüften gestemmt, den Blick in die Ferne gerichtet. Magda schmiegte sich an ihn.

»Süßer?« Hilfesuchend sah sie zu mir.

»Jacob. Was ist los?«

Er drehte sich um. »Das war ein echt wichtiges Meeting. Da sind uns Geld und Glaubensbrüder durch die Lappen gegangen.«

Ich nickte. »Aber ist das so schlimm?«

»Wenn du wüsstest.« Er spuckte aus.

»Schatzi.« Magda fummelte wieder an ihm rum, doch dieses Mal riss er sich los.

»Ihr versteht das nicht! Und zu pennen haben wir auch nichts.«

»Oh, da wüsste ich was.«

»Denk nicht mal dran.« Die Hände in den Taschen kickte er gekonnt ein paar Kiesel weg.

»Dafür hast du den Witz erzählt.«

Das half tatsächlich. »Stimmt!« Jacob grinste. »Wenn Pastor Daniel mich nicht abgegrätscht hätte … Ich war so kurz davor, das Ruder rumzureißen! Oder?«

»Klar.« Ich verlor beinahe die Beherrschung über meine Mimik. »Ist nur die Frage, ob sie den verstanden hätten.«

»Meinst du? Hast du ihn gecheckt?« Er wandte sich an Magda.

»Wie geht der denn aus?«

»Ja, das ist so eine Sache …« Er baute sich auf und schloss für einen Moment die Augen. »Die besagten Nonnen, meine liebe Magda, die fahren Fahrrad. Und lachen. Aber Achtung, jetzt wird's wichtig!« Jacob hob den Zeigefinger. »Wenn die Obernonne genug hat, sagt sie …« Wir warteten einen imaginären Trommelwirbel ab. »Schluss jetzt, Reifen aufpumpen!«

Magda lachte. Zum ersten Mal wirkte sie nicht künstlich.

»Also ist er lustig?«

»Na ja. Ich glaube, der geht anders. Aber dein mieses Timing war gut.« Sie strich sich ein paar Strähnen zurecht. »Meine Jungs würden sich totlachen! Vorausgesetzt, du erzählst ihn richtig. Die sind zu dumm, um sich das Ende selbst zu denken.«

»Was für Jungs sind das eigentlich?« Die Frage hätte ich genauso gut meiner pissgelben Karre stellen können.

»Ich muss jetzt. Obwohl es mir das Herz zerbricht, von dir zu gehen.« Sie drückte eine Hand auf Jacobs Brust.

»Magda, Mensch.«

»Kommt ihr wenigstens noch auf einen Drink mit rein? Der geht aufs Haus und ich stelle euch die Girls vor.«

Meinem Kopfkino machte Jacob einen Strich durch die Rechnung. »Hat mich gefreut.«

»Na gut.« Jetzt schnurrte sie wieder. »Wir sehen uns. Das spüre ich. Ganz tief in mir.«

Wir schauten Magda dabei zu, wie sie ihre Tasche aus dem Wagen holte. Sie pustete einen Handkuss in Jacobs Richtung und verschwand im Sodom und Gomorrha, hinter dem die Sonne unterging. Ein Hauch von Schwefel lag in der Luft.

»Wie machst du das, Alter?«

Jacob sah mich an, die Stirn in Falten gelegt. »Was meinst du?«

»Das weißt du ganz genau.«

Er schüttelte den Kopf. »Keine Ahnung, wovon du sprichst, mein Freund.«

Zurück in Onkel Herberts Muff kurbelten wir die Fenster runter.

»Und jetzt?«

»Suchen wir einen Platz zum Pennen.«

Eine halbe Stunde später stellte Jacob den Wagen auf einer Lichtung im Wald ab.

Ich sah mich um. »Wer wohnt hier?«

»Wer soll hier wohnen?«

»Was?«

»Buddy, ich versteh dich nicht.«

Ich rollte die Augen. »Das merke ich. Aber wer lebt hier, dass du anhältst?«

»Niemand.« Er lachte. »Wir schlafen im Auto.«

»Kommt nicht infrage«, protestierte ich, doch zu mehr Gegenwehr war ich nach der heutigen Odyssee nicht imstande.

»Brot?«

Stumm teilten wir uns Ulrike Müllers letzte Stulle. Durch die fleckige Frontscheibe sahen wir zu den Sternen auf. Mit vollem Magen schien die Erdanziehungskraft stärker auf meine Lider zu wirken. Ich war froh, dass morgen unser Pausentag war.

»Deggah?«

»Hm?«

»Wie kann man an nichts glauben?«

Ich öffnete die Augen einen Spaltbreit. Jacob blickte in den Himmel. Die Dunkelheit des Waldes brachte die Lichter am Firmament besonders stark zur Geltung.

»Ich würde es gerne, Jacob. Aber ich kann es nicht.«

»Warum nicht?«

Ich überlegte. »Es kommt mir einfach nicht logisch vor.«

»Wie kommt es dir denn vor?«

Kurz glitt ich in den Schlaf hinüber, fand aber wieder zurück. »Es ist alles ein Zufall. Jetzt sind wir da. Und bald wieder weg. Mehr ist das nicht.«

»Das glaube ich nicht.« Er schüttelte den Kopf.

»Ich weiß.« Gähnend kugelte ich mich auf dem harten Sitz zusammen. »Aber im Himmel, da ist nur das Universum.«

»Und die Seelen der Toten? Wo sollen die sein?«

Ich wusste es nicht.

»Da ist doch Leben in uns, Buddy. Da ist doch etwas Größeres, oder nicht?«

»Schon.«

»Und von all den Sternen und all dem Leben sind wir hier und jetzt. Das kann doch kein Zufall sein. Das ist doch unfassbar.«

»Find ich auch.«

Die Nacht legte eine Kuppel der Stille über uns. Aus dem Wald kamen keine Geräusche. Jacob schien die Luft anzuhalten.

»Ich glaube, Gott hat uns zusammengeführt. Ich glaube, es gibt einen Plan für uns.«

Ich konnte nicht mehr zwischen Traum und Realität unterscheiden. Ob er die folgenden Worte sagte oder sie meiner Fantasie entsprangen, sollte ich nie erfahren. Doch woher sie auch kamen, ich hörte klar und deutlich:

»Vergib mir, oh Herr. Ich habe schwer gesündigt.«

37

Ich durchlebte einen ungewöhnlichen Traum. Wir waren im Zoo und ich hatte mich dazu überreden lassen, die Patenschaft für den letzten bellenden Hund zu übernehmen.

»Jesus ist stolz auf dich!«, rief Jacob und küsste seine Kette, während ich mit dem Tier für ein Foto posierte.

»Denken Sie, der Aufwärtstrend ist nur eine Momentaufnahme, oder kann man von einer langfristigen Steigerung sprechen?« Ein Reporter hielt mir einen Brokkoli als Mikrofon entgegen.

»Nun«, sagte ich, darauf bedacht, keinen Fehler zu machen, »wir müssen die Ergebnisse im entsprechenden Kontext betrachten.«

Jacob applaudierte. Im Hintergrund stellte ein Typ, der aussah wie Paul, einen Galgen auf. Mir blieb die Luft weg und wir rasten mit Onkel Herbert auf der Autobahn quer durchs All, dem Mond entgegen.

»Wir haben eine Audienz beim Herrgott!«, rief Jacob. »Aber nur, wenn du deine Klausur bestehst.«

»Aber ich habe noch nicht gelernt!«, schrie ich.

»Na klar hast du das.« Jacob nahm die Hände vom Steuer und plötzlich war ich der Fahrer. »Drei mal acht Stunden, das reicht locker.«

Wir schossen auf den Mond zu, da tauchte hinter uns ein gewaltiger Hai auf einem Motorrad auf. Er trug ein rotes Bandana um die Stirn, sein Maul war weit aufgerissen.

»Deggah, fahr schneller!«, rief Jacob, doch die Angst schnürte mir die Kehle zu und da verschluckte der Hai uns schon. Wir fielen in einen Strudel, drehten uns tiefer und weiter hinab ins Schwarz.

Unser altes Zimmer. Die Wände voll von Fußballpostern, Sticker in den Zwischenräumen. Ein einziges Chaos. Ich lag in meinem Kinderbett. Es war zu eng und ich wurde langsam größer.

»Entspann dich, Bro. Das macht es nur schlimmer.«

Luis saß mir gegenüber. Sein vierjähriges Selbst von unserem Bild beim Wolkenspiel mit seiner erwachsenen Stimme. »Du musst Vertrauen haben, Theo.«

»Will ich ja, aber ich kann es nicht!«

»Vertrau nicht in Gott. Vertrau nur in mich.«

»Ich vertraue dir, Luis, ich vertraue dir!«

»Und warum spüre ich davon nichts?«

Ich wollte etwas sagen, schreien, doch es ging nicht.

»Schau in den Himmel, Theo. Dann sag mir, was du siehst.«

Da merkte ich, dass nicht ich größer, sondern das Bett kleiner wurde, auch das Zimmer kam von allen Seiten näher, es drückte mich zusammen, die Wände pressten auf mich ein, unser Zimmer, das wir uns fast zehn Jahre bis nach Vaters Verschwinden, davongefahren auf seinem Motorrad, geteilt hatten, um seine Werkstatt freizulassen, falls er doch wiederkommen würde, bis ich irgendwann, pubertierend und alle Hoffnung verlierend, seine grauenhafte Nachfolge antrat, umzog und Luis zurückließ, ich ersticke, dachte ich, ich habe ihn zurückgelassen, meinen Bruder, und jetzt ersticke ich –

Da schlug ich die Augen auf. Unförmig hing ich auf dem Sitz. An meinem Hals lag der Gurt und drückte mir gegen den Kehlkopf. Mein Körper schmerzte an Stellen, von deren Existenz ich gar nichts wusste.

»Einen wunderschönen Donnerstag, Buddy!«

»Jacob. Wo sind wir? Was ist los?«

»Du glaubst nicht, was passiert ist.«

»Das glaube ich auch.« Ich kämpfte mich in eine aufrechte Position.

»Und zwar war das so.« Während seiner gedehnten Pause nahm ich verschwommen die vorbeiziehende Landschaft wahr, die sich immer öfter mit Beton mischte. »Ich habe in der Nacht noch ein langes Gespräch mit dem himmlischen Vater geführt. Also ich habe es versucht, aber er hat nicht geantwortet.«

»Play hard to get«, flüsterte ich.

»Das war nötig, weil«, fuhr er hin und her wippend fort, »ich war mega frustriert, wie das gestern gelaufen ist. Ich brauchte die Connection, verstehst du? Ein Zeichen, dass wir noch auf dem richtigen Pfad sind.«

»Logisch.« Ich beugte mich vor und rieb mir die Augen.

»So. Und dann kam: nichts.« Zur Unterstreichung dessen schwieg er. »Aber irgendwann ... kam doch etwas.«

»Und was?« Ich war nicht halb so gespannt wie mein Rücken.

»Eine SMS.«

»Gott hat dir eine SMS geschickt?«

»Ja.«

In meinem Kopf dröhnte es. »Verstehe.«

»Also nicht persönlich. Sondern ein alter Freund von mir. Der Gerold. Aber der Herr wirkt natürlich durch die Menschen.«

»Natürlich.«

»Jedenfalls«, sagte Jacob, als wir an einer Reihe von Autohäusern vorbeikamen, die seltsam bekannt wirkten, »hat uns Gerold spontan für seine Gemeinde angefragt. Dort predigen und so weiter.« Er machte eine ausladende, von Weisheit zeugende Geste. »Und jetzt rate mal, wo diese Gemeinde ist.«

Ich sah aus dem Fenster und da wurde es mir bewusst. Für einen Moment dachte ich, wieder kotzen zu müssen. »Bei mir zu Hause.«

»Genau!« Er jubelte. »Ist das nicht fantastisch?«

Mit Jacob durch meine Stadt zu fahren war noch merkwürdiger, als mit ihm irgendwo übers Land zu fahren. Obwohl sein Fuß das Gaspedal nicht scheute, bewegten wir uns wie durch unsichtbare Knetmasse.

Es waren die gleichen Straßen und Geschäfte, Imbissbuden und die verhasste neue Mall »Shopping in Paradise«, die gleichen Baustellen und Parks und sogar die Universität, die ich sonst zu Gesicht bekam. Doch Jacobs Gegenwart ließ das Vertraute in einem anderen Licht erscheinen. Es war, als werfe er selbst eben jenes Licht auf einen Ort, den man zu kennen glaubte, doch der nun erst bereit schien, sein wahres Wesen preiszugeben.

»Kennst du diese Adresse?«

Ich sah auf sein Handy und verneinte.

»Schmeiß das mal ins Navi. Hier sollten wir ja Netz haben. Oder hast du da andere Erfahrungswerte?«

Wenige Minuten und Abzweigungen später rollten wir durch einen Teil der Stadt, den ich nie zuvor betreten hatte. Und das nicht nur, weil Hugelmeyer-Stubenbrock dort lebte. Hier gab es Platz zwischen den Häusern und Vorgärten, die der sengenden Sonne trotzig entgegenblühten.

»Das ist also deine Hood?«

»Nein.« Ich fühlte mich wie ein Fremder.

»Wohnst du nicht schon seit vier Jahren hier?«

»Seit fünf.«

Jacob schüttelte den Kopf, wobei er gleichzeitig nickte. »Wegen Uni, ne?«

»Ja.«

»Schon Pläne, was danach kommt?«

»Eins nach dem anderen«, antwortete ich.

»Aber man kann nicht ewig studieren. Irgendwann muss man raus ins richtige Leben, muss richtig was erleben.«

»Ja. Irgendwann.«

Er hielt an einer Ampel und sah zu mir herüber. »Bist du nicht zufrieden mit dem, was du machst?«

»Doch.« Unter uns pulsierte der Wagen gleich einem Herz kurz vorm Kollaps. »Aber wozu soll ich mich abhetzen? Studieren muss man so lange wie möglich. Das richtige Leben kann warten.«

Von hinten gab uns jemand die Lichthupe und Jacob fuhr weiter. Laut Navi waren wir fast da. Ich konnte mir beim besten Willen nicht vorstellen, wie sich eine Gemeinde in dieses Villenviertel hatte verirren können.

»Der Punkt wird noch kommen, an dem du davon genug hast. An dem du richtig Bock bekommst, Verantwortung zu übernehmen.«

»Von mir aus«, sagte ich und legte eine Hand vor die Augen, »kann es noch ewig so weitergehen.«

Wir bogen um eine Ecke und fanden uns in einer bis auf den letzten Grashalm gepflegten Allee wieder. Eine Sackgasse, wie sich herausstellte, an deren Ende ein monumentaler Neubau thronte. Auf der schneeweißen Front prangte über die gesamte Höhe ein pechschwarzes Kreuz. Murmelnd gab Jacob sich die Dreifaltigkeit, dann stellte er Onkel Herbert zwischen zwei SUVs ab.

Vor der Pforte blieb er stehen und legte mir mal wieder die Hände auf die Schultern. »Deggah. Wie genial ist es eigentlich, dass wir jetzt in deiner Hometown sind?«

»Ich wusste gar nicht, dass es hier eine Gemeinde gibt.«

»Eine?« Er lachte. »Gott ist überall, also sind wir es auch.«

Reflexartig fuhr meine Hand zum Hals. Doch der Gurt, den ich dort zu spüren meinte, befand sich noch in Onkel Herbert.

»Ich hab dir doch gesagt, der Schöpfer meint es gut mit uns. Das sind nicht alles bloß Zufälle. Das ist von oben so vorgesehen.«

Ich folgte seinem Blick ins eben jene Oben zu eben jenem Schöpfer: Schau in den Himmel und sag mir, was du siehst. Doch während er dort jemanden oder etwas sehen konnte, war da für mich nur blau. Ich fragte mich, wie schön das Leben sein musste, wenn man so leicht zu beeindrucken war.

»Let's go, wir rocken das!« Er stieß das Tor auf und trat ein.

Ich wartete noch einen Augenblick. Als ich die glatte Klinke drückte, erkannte ich, dass das, was ich für ein unrhythmisches Muster gehalten hatte, allerlei kurze, in verschiedenen Handschriften auf dem Holz platzierte Sätze waren. Direkt vor mir auf Augenhöhe stand geschrieben:

»An ihren Taten sollt ihr sie erkennen.«

Da stoppte mich etwas. Denn etwas sagte mir, dass die vom Asphalt zurückprallende Hitze hier draußen nur ein laues Lüftchen im Vergleich zu dem sein würde, was mich im Inneren erwartete. Und dass ich diese Gemeinde auf keinen Fall betreten sollte.

All das kam mir surreal vor. Ich kniff mir in den Arm. Doch bis auf Schmerz erzeugte das nichts. Der Traum war längst zu Ende.

38

Ich konnte nicht glauben, wen ich als Erstes in der Gemeinde traf, denn es war Marie. Sie fiel mir um den Hals und ich war froh, sie an mir zu spüren, ihren vertrauten Duft einzuatmen.

»Was machst du denn hier?«

»Jacob hat mir geschrieben, dass ihr spontan herkommt. Das darf ich mir doch nicht entgehen lassen!« Sie knuffte mir in die Seite und winkte Jacob entgegen, der zusammen mit Julia auf uns zukam. Es gab ein großes Hallo.

»Woher hast du die Nummer meiner Freundin?« Meine Empörung war nur halb gespielt.

»Haben wir auf der Beerdigung ausgetauscht, nachdem wir uns was unterhalten haben. No worry, Buddy!« Er hob die Hände und alle lachten.

»Ich muss hier zum Auswärtigen Amt. Montag geht's in die USA.« Julia ließ wieder die Sonne aufgehen. Doch auch wenn sie umwerfend war, kam ihre volle Strahlkraft erst neben Jacob zur Geltung. Das Lächeln, zu dem er sie brachte, war noch eine Spur einnehmender als ohnehin.

»Was machst du denn da?«, fragte Marie.

Doch bevor Julia antworten konnte, rief Jacob: »Gerold! Mensch, Gerold, komm mal her!«

Da war er. Der Mann aus der Fußgängerzone. Wir erkannten uns gleichzeitig. Er blieb stehen, hob den Finger in meine Richtung und schrie: »Das ist er! Das ist der Kerl, der mich umgeschubst hat!«

Es war vollkommen still. Alle Augen waren auf uns gerichtet, wie wir dort als Gruppe standen, Gerold wenige Meter entfernt.

»Du warst das, Theo? Echt jetzt?« Jacob sah mich an, als sei es das erste Mal.

Ich richtete mich auf und machte einen Schritt auf den Mann zu, der zuckte. »Hallo, Gerold.«

Ich schaute mich um. Nahm jeden Augenkontakt wahr, eine volle Drehung lang. »Ich möchte einfach nicht missioniert werden und Teil einer Religion sein, hinter der ich nicht stehe. Das müsst ihr akzeptieren.« Ich wandte mich an Gerold. »Aber ich muss auch euch und euren Glauben akzeptieren. Ich hätte dich nicht schubsen dürfen. Es war respektlos und demütigend. Ich schäme mich dafür und möchte dir sagen, es tut mir leid.«

Wie bei unserer ersten Begegnung starrte Gerold mir durchdringend in die Augen. Doch dieses Mal blieb ich ruhig und streckte ihm die Hand entgegen.

»Danke, mein lieber Junge!« Er nahm meine Hand und zog mich in die Umarmung. »Der Herr vergibt dir und so vergebe ich dir natürlich auch!«

Jacob begann zu klatschen. »Ein Hoch auf die Vergebung, meine Brüder und Schwestern!«

Die Gemeinde fiel in den Applaus mit ein. Gerold hielt mich gedrückt, für eine ganze Minute. Die Hände hebend ließ er ab.

»Vergebung und Liebe. Mehr braucht es nicht.«

»Amen«, kam es aus allen Richtungen.

Marie legte einen Arm um meine Schulter und küsste mich auf die Wange. »Genau so.«

»Gut gemacht, Deggah!« Jacob klopfte mir mehrmals auf die Schulter und Julia nickte.

»Es wird Zeit für mich.« Jacob ging ein paar Stufen empor und man reichte ihm ein Mikrofon.

»Ihr Lieben«, dröhnte seine Stimme aus den Boxen, sodass sie in dem hohen Saal widerhallte. »Ihr Lieben. Das war ein wunderbarer Moment, nicht wahr? Das ist die Vergebung, von der in der Heiligen Schrift die Rede ist. Wir können stundenlang darüber sprechen, aber nichts zeigt uns das Prinzip so wie eine wirkliche Tat.«

Überall flüsterten die Gläubigen zustimmend.

»Und genau darüber wollte ich mit euch reden. Doch in solchen Momenten zeigt mir der Herr, was er von Plänen hält. Wir machen es anders.«

Beamer und Leinwand wurden aufgebaut.

»Hier kommt ein Clip, den wir gedreht haben. Der ist leider noch nicht fertig. Aber ich habe mich trotzdem dazu entschieden, ihn hochzuladen.«

Das Video hatte mittlerweile über tausend Aufrufe. Jacob drückte auf Play. Eine laszive Frauenstimme schallte durch den Raum: »Oh, Baby! Du machst es mir besser als mein Freund!«

Vergeblich versuchte Jacob, die Werbung zu überspringen. Ein Auberginen-Emoji flog durchs Bild. »Das ist jetzt natürlich nicht das, was ich euch zeigen wollte!«

Er kam nicht auf die Idee, den Ton abzustellen, und so hörten wir alle: »1. Sinner-Gebot: Du sollst auf keiner anderen Dating-App swipen neben mir!«

Vereinzelte Buhrufe unterstrichen das allgemeine Kopfschütteln. Marie strafte mein Grinsen mit einem ihrer missbilligenden Blicke.

Jacob spielte das Video ab und hielt seine Rede. Ich bekam nicht viel davon mit. Der Traum kämpfte sich durch mein Bewusstsein. Obwohl ich die Deutung im Schlaf erzeugter Bilder nie ernst genommen hatte, ertappte ich mich dabei, ihnen etwas abgewinnen zu wollen.

Applaus riss mich zurück in die Realität.

»Sehr interessant, dieser offene Ansatz«, sagte Marie. »Und das mit dem Namen ist eine schöne Geste.«

Ich nickte, dabei hatte ich das Konzept immer noch nicht verstanden. Wahrscheinlich, weil ich an den entscheidenden Stellen weghörte. Überall begannen Unterhaltungen und Jacob mischte sich unters Volk.

»Ich hole mir was zu trinken, möchtest du auch?«, fragte Marie.

»Gerne.«

Lächelnd sah ich ihr nach. Dabei brannten die Muskeln um meinen Mund herum. In den letzten Tagen hatte ich sie ungewohnt häufig beansprucht. Aus meiner Tasche zog ich den Autoschlüssel, den Jacob mir vor seiner Predigt zugeworfen hatte, und betrachtete ihn.

All meine Sorgen waren weggewischt. Ich fühlte mich innerlich gereinigt. Und ich musste mir eingestehen, mich getäuscht zu haben. Sehr sogar. In Jacob und seiner Art zu glauben. Aber allen voran in Luis. In meinem Bruder, der sich zwar Gott zugewandt, aber als Mensch nicht verändert hatte. Mir war, als würde ich ihn sehen, aber nicht mit den Augen. Als würde ich ihn verstehen, aber nicht mit dem Verstand. Als wäre er endlich wieder an dem Platz in meinem Herzen, an den er gehörte. Ich war kurz davor, zu weinen. Bällende Hunde.

»Darf ich dir Gesellschaft leisten?«

Ich blickte auf. Julia stand vor mir und spendete Licht und Hoffnung.

»Natürlich.«

Sie setzte sich. »Dir geht bestimmt viel durch den Kopf, was?«

»Allerdings. Mit deinem Freund wird's nie langweilig.«

»Ja, das glaube ich.« Sie lachte. »Ich finde es übrigens toll, dass du mitgefahren bist. Wir hatten wirklich Bedenken, wie du reagierst.«

Ich sah sie von der Seite her an. »Was meinst du?«

»Na ja, ich hätte es verstanden, wenn du es nicht bis hierhin durchgezogen oder direkt wieder abgebrochen hättest. Ich habe Jacob von Anfang an gesagt, dass es nicht in Ordnung ist, den Brief unter Luis' Namen zu schreiben und dann auch noch das Erbe dranzuhängen. Zumal du ja sowieso erbst.«

Es war, als würde mich etwas nach hinten schleudern. Ein Gummiband, das mir die ganze Zeit um die Brust geschnallt gewesen war und das ich bis hierhin hatte spannen können. Jetzt riss es mich ohne Vorwarnung zurück auf Anfang, zurück in die Realität. »Was?«

»Na, dass Jacob sich das nur ausgedacht hat, um dir deinen Erbanteil abzukaufen. Für die neue Gemeinde, die er mit Luis aufbauen wollte. Das hat er dir doch gesagt, oder nicht?«

Alles rückte in weite Ferne. Flackerte wie unter Stroboskop. Als würde jemand das Licht ständig ein- und ausschalten. Mein Blick fiel auf Jacob, der mir aus einer Gruppe von Menschen heraus zuprostete. Auf Marie, die sich, zwei Getränke in den Händen, lächelnd näherte. Und dann hörte ich meine eigene, fremdgesteuerte Stimme, die zu meiner Überraschung sagte: »Ja.«

»Theo? Bist du okay?«

»Ja«, sagte ich mit ganzer Kraft. »Klar, das wusste ich. Hat er mir gesagt.«

»Ah, das ist gut!« Julia atmete auf. »Ich dachte gerade schon, er hätte es dir doch nicht erzählt. Wie sage ich immer: Sechstes Gebot, du sollst nicht lügen!« Ihr entwich ein schriller Lacher.

»Doch. Ich weiß Bescheid.«

»Puh!« Sie griff nach meinem Arm. »Ich sag's dir, Theo, ich kann diese ganzen Geheimnisse nicht alleine für mich behalten! Das stresst mich, verstehst du?«

»Sicher«, sagte ich und nickte, obwohl ich am Ende ihres Satzes den Anfang schon wieder vergessen hatte.

»Oh, ich muss da mal Hallo sagen. Entschuldige mich.« Und sie schwebte davon.

»Soll ich dir was verraten?«, flüsterte Marie ein paar Minuten später in mein Ohr, während wir dem Treiben zusahen.

»Klar.« Ich klammerte mich an meinen Apfelsaft. Er war abgestanden.

»Ich habe fest damit gerechnet, dich nach zwei Tagen wiederzusehen.« Ein Schmunzeln umspielte ihre Lippen. »Dass du nach einem Grund suchst, abzubrechen. Aber ich habe dich unterschätzt.« Sie schmiegte sich Kopf an Kopf. »Ihr zieht es durch, auch wenn es bestimmt nicht leicht ist. Ich bin sehr stolz auf dich.«

»Klar«, wiederholte ich.

Jacob und Julia schlenderten zu uns herüber. »Na, Buddy, alles fresh?«

»Wartet, nicht bewegen!« Julia zog eine Kamera aus ihrer Tasche und richtete sie auf Marie und mich. »Fröhlich, Theo, na komm schon.«

»Ich will auch mit drauf!« Jacob kniete sich neben mich. Da saß ich, eingekeilt zwischen meiner Freundin und dem Christen, und schnitt das Gesicht zu einer Grimasse, die einem Lächeln am nächsten kam. Nach drei Versuchen war die Fotografin zufrieden.

»Es ist wirklich nett hier.« Marie wies durch die Gemeinde.

»Marie, du bist jederzeit willkommen.«

»Man soll aufhören, wenn's am schönsten ist.« Sie zwinkerte Jacob zu, der lachte.

»Wo seid ihr heute untergebracht?«, fragte Julia.

»Wenn ihr schon hier seid, müssen wir alle bei Theo übernachten!« Marie sprühte vor Freude. »Wir zeigen euch die Stadt, gehen was trinken und morgen fahrt ihr weiter. Und Barney holen wir auch dazu!«

»Tut mir leid, das geht nicht.« Jacob schüttelte den Kopf. »Morgen haben wir einen weiten Weg und unsere Übernachtung liegt auf der Strecke. Heute sollte eigentlich unser Pausentag sein, der Besuch hier war ja spontan und nicht geplant …«

Marie klimperte mich mit ihren langen Wimpern an.

»Da kann man wohl nichts machen«, krächzte ich.

Ihre Lippen bebten. Sie senkte den Kopf.

»Marie, Mensch, das tut mir leid.« Jacob griff nach ihrer Hand. »Wir können das nachholen, was meinst du?«

»Schon.« Sie war kaum noch zu hören. »Aber dann wahrscheinlich ohne Barney.«

»Wieso?«, fragte ich, als mir die Erinnerung auf die Füße fiel.

»Frau Bellingham hat angerufen. Er wird am Montag wohl adoptiert.«

Maries Worte rissen das Loch in meinen Eingeweiden weiter auf. Etwas sagte mir, ich solle ausrasten, schreien, toben. Doch mein Inneres war kalt und taub gefroren. Da war nichts, was ich den äußeren Kräften der Welt entgegensetzen konnte.

Auf dem Weg zum Wagen turtelten Jacob und Julia wie Teenager. Marie und ich gingen etwas versetzt, da blieb ich stehen.

»Theo? Was hast du?«

Ich sah sie an. »Marie, was ist, wenn ich dir sage –«

Wie sollte ich es ihr sagen, fragte ich mich, ohne wieder der zu sein, der alles kaputtmachte? Es war doch nicht meine Schuld, oder? Dieses Mal nicht.

»Theo! Brother from another mother! Kommst du, oder was?«

In mir ratterte es lauter als in der Schrottkarre meines Bruders bei einhundertzehn Sachen gegen die Ostsee-Rocker. Die Hitze kochte mich aus. Ich sah mich nicht in der Lage, mit diesem Lügner auch nur einen einzigen Meter weiterzufahren. Meine Halsschlagader pulsierte hart und durchdringend wie die Schlagkombination eines Boxers. Ich nahm Jacob ins Visier. Es ging nicht mehr. Marie hin oder her. Ich würde ihn auflaufen lassen und hochjagen für das, was er mir angetan hatte. Ich würde es beenden mit einem Knall, der Himmel und Hölle erschüttern sollte. Ich würde ihn drankriegen und Marie beweisen, dass ich von Anfang an recht hatte, ich würde –

»Brother from another mother.« Marie gluckste. »Was für ein lustiger Typ.« Sie wandte sich mir zu. »Was wolltest du sagen, mein Süßer?«

Ihr warmes Lächeln brannte schmerzhaft in meiner Lunge. Es war nicht meine Schuld, dachte ich. Und dennoch hatte ich etwas zu verlieren. Mehr noch sogar als vor der Fahrt. Diesen Blick, den Marie mir schenkte, dieses wohlige Gefühl in meiner Brust, endlich der Freund zu sein, den sie verdiente. Ich wollte nicht, dass das aufhörte. Ich war es leid, sie zu enttäuschen, nie etwas zu Ende zu bringen. Genauso wie ich vor meiner Mutter nicht weiter versagen wollte. Es würde mir anhaften, hier und jetzt einen Schlussstrich zu ziehen. Obwohl ich im Recht war.

»Theo?«

»Was, wenn ... ich dir sage, wie sehr ich mich freue, dich bald wiederzusehen?«

Sie kicherte. »Nun musst du aber weiter, du kleiner Blödmann.«

Als wir wieder in Onkel Herbert stiegen, mehr Hochofen als Auto, winkten Marie und Julia uns nach. Jacob plauderte am Steuer vor sich hin. In seinem Frohsinn vergaß er sogar das übliche Gebet. Ich erinnerte ihn nicht daran, sondern starrte aus dem Fenster, nickte auf seine Worte oder sagte »Hm«. Auf einmal war alles schwer, wie in den Asphalt gegossen, über den wir hinwegrasten. Ich bekam zwar Luft, doch schien der Sauerstoff nicht bis in mein Blut zu gelangen. Eine dickflüssige Zirkulation am Rande der Verstopfung.

Die Straßen waren frei, doch in meinem Kopf staute es sich. Es gab nur noch einen Gedanken, den ich fassen konnte: Ich hatte es von Anfang an gewusst. Irgendetwas war falsch an der Sache. Und hier saß ich nun, neben einem unaufhörlich schwatzenden Christen, der mich getäuscht hatte wie einen Probanden in einem moralisch fragwürdigen Psycho-Experiment. Ich war seine Ratte, die er durch ein Labyrinth aus Lügen und Gemeinden scheuchte für ein angebliches Stück vom Käse des Erbes. Sie wollten mich blenden, wie Paul es vorausgesagt hatte. Nicht viel hatte gefehlt, und ich wäre dieser Sekte durch Gehirnwäsche zum Opfer gefallen. Wie mein Bruder. Wie mein toter Bruder, dessen Wille das hier alles gar nicht war.

Mein Herz raste, die Zähne knirschten mir übereinander und meine Hände waren in den Taschen zu harten Fäusten geballt. Ich würde warten auf den richtigen Moment. Und dann würde ich diesem Irren das Handwerk legen. Und seiner verfluchten neuen Gemeinde gleich dazu.

39

»Deggah!« Jacob haute mir mit Schmackes auf die Schulter und riss mich aus meiner Starre. Ich sah ihn an. Die ganze Fahrt über hatte ich fast kein Wort gesagt. Sein Monolog war an meinen Ohren vorbeigerauscht wie die Landschaft vor meinen Augen. Ich hatte es wahrgenommen, aber nicht gespürt. Einen Ort, den man körperlich besucht, ohne ihn geistig zu greifen. An den man sich nicht erinnert. Der Rausch, der seinen Tribut fordert. Jetzt standen wir in einer Gasse, Häuschen links und rechts.

»Wo sind wir?«

Jacob grinste. »Zu Hause.«

Er sprang aus dem Auto und machte sich am Kofferraum mit unseren Taschen zu schaffen. »Tu dir keinen Zwang an, Buddy, ich trage am liebsten alleine!« Onkel Herbert kenterte beinahe, als Jacob das Heck zuschlug. »Come on!«

»Come on!«, äffte ich ihn nach, stieg aus und nahm meinen Rucksack. Jacob hüpfte über das kniehohe Gartentor und einen grob gepflasterten Weg entlang. Er klingelte. Ich folgte, wobei ich zu seinem Gelächter gegen das Tor stieß und um ein Haar stürzte. Es war abgeschlossen. Ungelenk kletterte ich darüber und erreichte genau in dem Moment die Tür, als sie geöffnet wurde.

Die Frau war so klein und runzlig, als hätte man sie zu heiß gewaschen, zu lange geschleudert und dann in der Maschine vergessen.

»Wenn das nicht mein Bengel ist!« Ihre Stimme hingegen war frisch wie die einer Sechzigjährigen. »Komm her, Junge!«

Sie umarmte Jacob, der sie halb in die Luft riss.

»Wie geht es dir, Oma?«

»Wie soll es mir schon gehen mit meiner Gicht, meinem Rheumatismus und all den anderen Zipperlein?« Sie winkte ab. »Du stellst Fragen, junger Spund.«

»Das ist Theo. Theo, meine Oma Hilde.«

Mit zusammengekniffenen Augen zog sie ihre Brille hoch und steckte sie in ihr schneeweißes Haar. »Soso.«

Ich streckte ihr meine freie Hand entgegen. »Guten Tag, Hilde.«

»Bleiben wir lieber beim Sie.« Ihre Hände verschwanden in den Taschen ihrer Strickjacke. »Nun kommt rein. Ich hole mir hier draußen noch den Tod.« Auf Filzpantoffeln schlurfte sie eine knarzende Treppe hoch.

»Nimm's ihr nicht übel«, flüsterte Jacob, »die taut schon noch auf.«

Auf der schmalen Treppe ging es gemächlich voran. Hilde brauchte zwei Schritte für jede Stufe. »Eine alte Frau ist kein D-Zug«, krächzte sie, und »Alter vor Schönheit«.

Oben dauerte es eine Weile, bis ihr das Aufschließen der Tür gelang. Hilfe wollte sie dabei keine annehmen. »Pfoten weg!«

Die Wohnung war finster und stickig. Meine Augen brauchten einen Moment, um sich an die Lichtverhältnisse zu gewöhnen. Nur langsam nahm ich meine Umgebung wahr.

Dunkle Schwerholzmöbel verengten die Wege. An jedem freien Zentimeter der Wände hingen Kinderbilder. Jacob in einem Buggy schlafend, auf einem Fahrrad sitzend, mit einer Schultüte, beim Fußballspielen. Je weiter wir in die Wohnung vordrangen, desto älter wurde er.

Im Wohnzimmer angekommen setzte sich Oma Hilde in einen ledrigen Ohrensessel und zog sich eine Wolldecke über den Schoß.

Ich nahm am runden Tisch neben dem Schallplattenspieler Platz. Jacob ließ sich mir gegenüber nieder, unter einer hochwertigen Schwarz-Weiß-Fotografie von sich selbst, betend, fünf bis sechs Jahre jünger.

»Kann ich dir etwas Gutes tun?«

»Überschlag dich nicht, Kleiner.« Sie rang um Luft. »Das bisschen Bewegung haut mich nicht aus den Socken.«

»Ich hab den Schlüssel auf die Schnelle nicht gefunden.«

»Papperlapapp.« Sie richtete ihr Gebiss. »Man muss dagegen ankämpfen. Wie ich immer sage: Altwerden ist nichts für Feiglinge!«

»Das lob ich mir«, sagte Jacob, der zu ihren letzten Worten synchron die Lippen bewegt hatte.

»Wie seid ihr überhaupt bis zur Haustür gekommen? Das Gartentor ist doch immer abgeschlossen!«

Jacob seufzte. »Oma, wie oft denn noch? Da kommt man ganz leicht drüber, wenn man will.«

»Wenn man will!« Hilde reckte das Kinn in die Höhe. »Das weiß ich natürlich selber. Aber ein Hindernis ist ein Hindernis. Da sollen die bösen Buben sich das nochmal überlegen, wenn sie merken, mit wem sie es zu tun haben!« Sie ballte eine knorrige Faust, bei der die Finger den Daumen umschlossen, und fuchtelte drohend damit umher.

»Na sicher.« Jacob zwinkerte mir zu. »Aber ums Abendbrot kümmere ich mich. Was hast du da?«

Ein kurzes Tischgebet später aßen wir trockenes Graubrot mit Margarine und Streichkäse von klobigen Brettern. Dazu gab es saure Gurken. Den Heringssalat lehnte ich mehrfach ab, obwohl er mir als »das Highlight der Küche« angepriesen wurde. Das

Mineralwasser war so kalziumreich, dass ich es kaum runterbekam. Hilde schluckte eine Handvoll bunter Tabletten.

»Jacob, mein Junge«, sagte sie, als wir fertig waren. »Sei doch so gut und mach den Hörfunk an. Gleich geht meine Schlagerschau los.«

»Sofort. Erst muss ich euch etwas Wichtiges mitteilen.«

Unwillkürlich zuckte ich zusammen.

Jacob erhob sich. »Liebe Oma. Lieber Theo. Ich möchte ein Geständnis ablegen.«

Ich verzog das Gesicht. Wollte er mir allen Ernstes so sagen, dass er mich die ganze Zeit über verarscht hatte? Und das hier, vor seiner Oma, wo doch gleich die Schlagerschau im Hörfunk losgehen sollte?

»Ich gestehe, dass ich einen Menschen über alles liebe: Julia.«

Ich pustete einen Schwall Luft aus. Jacob und Oma Hilde wandten sich mir zu. »Sprich weiter.«

»Na jedenfalls«, fuhr Jacob fort, »möchte ich es euch nun exklusiv kundtun. In mir ist etwas gereift wie ein Samen in der Erde. Ein Samen, aus dem ein Entschluss wuchs zu einem Baum. Ein Baum, stark wie –«

»Nun komm zum Punkt, Bengel! Ich hab nicht den ganzen Tag Zeit.« Hilde hob den Zeigefinger.

»Also!« Jacob bildete mit ausgebreiteten Armen ein Kreuz. »Ich werde Julia vor Gott und der neuen Gemeinde fragen, ob sie meine Frau werden will!«

Er strahlte uns an. Diese Nachricht rief einen solchen Mix widersprüchlicher Emotionen in mir hervor, dass ich gar nicht reagierte.

»Ach.« Oma Hilde stand gekrümmt auf. »Auch das noch.«

Sie schlurfte davon. Jacob sah ihr auf seine typische Art nach, die Augen weit geöffnet, die Lippen in einem schiefen Winkel. Filz schleifte über Teppich, Hilde kam zurück und winkte ihren Enkel zu sich heran.

Zögerlich ging Jacob auf seine Oma zu. Sie nahm ihre Brille ab, legte ihre Hände auf seine Schultern und musterte ihn, ohne zu blinzeln.

»Und du bist dir dieses Mal ganz sicher?«

»Absolut.«

»Na gut. Aber falls es wieder schiefgeht, holst du mir den hier zurück. Sonst werd ich dir Beine machen!«

Aus der Tasche ihrer Strickjacke zog sie ein schwarzes Samtkästchen und drückte es Jacob in die Hand. Dazu bekam er eine leichte Backpfeife auf die eine, und einen Kuss auf die andere Wange.

»Danke, Oma!«

»Jaja.« Sie zog sich in ihren Sessel zurück.

»Was sagst du, Buddy?«

Innerlich zerriss es mich. Einerseits freute ich mich für ihn und hätte es vor vierundzwanzig Stunden auch vorbehaltlos zeigen können. Doch andererseits sah ich Jacob nun mit anderen Augen. Was konnte ich ihm überhaupt noch glauben?

»Theo?«

Ich stand auf. »Herzlichen Glückwunsch.«

»Danke!« Jacob drückte mich, wobei er mir immer wieder auf den Rücken klopfte. »Sonntag werde ich sie fragen. Oben an der Ostsee. Bist herzlich eingeladen, Buddy!«

»Okay.«

»Bist sowieso da. Unsere letzte Station: Wir legen den Grundstein für die neue Gemeinde und um zehn gibt's den Antrag!« Er zwinkerte. »Und für dich organisiere ich eine Mitfahrgelegenheit.«

Hilde, die in eine andere Richtung sah, nickte.

Mir fiel nichts Besseres ein als »Wow«.

»Yes!« Jacob mutierte bei seinen eigenen Worten zum Wackeldackel. »Das wird richtig gut. Perfekter Ort, perfektes Timing. Montag fliegt sie nach Amerika.«

»Ich weiß.«

»Ach, Theo, kannst du dir das vorstellen? Wir werden verlobt sein. Gott ist mein Zeuge. Die neue Gemeinde ist mein Zeuge. Ich sag's dir ehrlich, Buddy, alles andere ist nur Beiwerk. Alles andere kannst du ersetzen. Aber das hier«, er hielt das Kästchen hoch, »das gibt's nur einmal.«

»Manchmal auch zweimal«, murmelte Oma Hilde.

»Dieses Mal ist es anders!« Jacob bebte am ganzen Körper. »Wir werden den heiligen Bund eingehen. Wir werden für immer zusammen sein und Gott viele Kinder schenken. Es gibt nichts Größeres als das. Das ist next Level!«

Ich sah aus dem Fenster. Onkel Herbert stand ganz alleine da unten. Ich wollte nach Hause.

»Und alle werden da sein! Vielleicht kann deine Marie auch kommen? Frag sie doch, ich würde mich freuen!«

»Mach ich«, sagte ich wie ein Roboter.

»Gut!« Jacob sprang auf. »Entschuldigt mich bitte. Nach all der Aufregung brauche ich Zeit, um mich der Bibel zu widmen. Nichts gegen dich, Buddy, aber wenn ich zu lange ohne Qualitytime mit Gott bin, werde ich ganz nervös.«

»Logisch.«

»Außerdem suche ich nach Inspiration für meinen Antrag. Einladungen müssen verschickt werden. Ich bin in meinem Zimmer.«

Er klatschte mir wieder auf den Rücken, ging hinaus und ließ mich mit Oma Hilde in eisernem Schweigen zurück.

40

Auch ich wollte gehen, endlich allein sein und alles verarbeiten. Doch das traurige Gesicht der Großmutter, die ins Nichts starrte, machte mir einen Strich durch die Rechnung.

»Alles in Ordnung?«

Sie sah mich einen Augenblick lang an und seufzte. »Hoffentlich wird es dieses Mal besser.«

Ich setzte mich auf den Hocker neben ihrem Sessel. Das Leder war noch faltiger als sie selbst. »Meinen Sie, weil er schon einmal verheiratet war?«

Für einen Moment loderten ihre Augen kriegerisch auf. »Ich konnte sie nie ausstehen! Furchtbares Biest. Wie sie den Glauben gelebt hat ... und ihm ständig vorgehalten, sie würde ihm keine Kinder schenken, wenn er nicht mitzieht.«

»Eine Frau, zu gläubig für Jacob?«

»Aber ja! Je mehr er es versucht hat, desto mehr hat sie verlangt: War eins da, fehlte das Nächste. Er konnte es gar nicht richtig machen, es war unmöglich. Und als sie dann die Scheidung eingereicht hat, dachte er, er sei kein guter Ehemann und Christ. Obwohl sie es war, die ihn betrogen hat.« Sie schüttelte den Kopf. »So ein Blödsinn! Sie war von Anfang an eine falsche Schlange.«

Vergeblich schweifte mein Blick auf der Suche nach einem Foto von Jacob mit seiner Exfrau durch den Heizkessel von Wohnzimmer. Stattdessen blieben meine Augen erst an einer Kuckucksuhr und dann an einem Schild über der Tür hängen: »Gottes Zorn sind Blitze, die die Sünder in die Knie zwingen!«

»Und was halten Sie von Julia?«

»Ein nettes Ding, keine Frage. Nur ...«

»Nur was?«

Hilde hielt sich den Mund zu, als hätte sie etwas Unanständiges gesagt. Ich rückte den Hocker näher an den Sessel.

»Hin und wieder fehlt sie im Gottesdienst. Und dazu diese ständigen Reisen nach Übersee ...«

Ich hatte mit etwas Größerem gerechnet. »Bereitet Ihnen das Sorge?«

»Manchmal denke ich, sie ist nicht ganz ehrlich zu ihm.«

»Wie kommen Sie darauf?«

»Eine Großmutter weiß so etwas!«, sagte sie und schlug auf ihre Lehne.

»Vielleicht irren Sie sich.«

»Vielleicht! Ich bin auch vorsichtig geworden. Will doch nur, dass er eine gute, christliche Frau findet. Dem Bengel soll nicht noch einmal so wehgetan werden. Nicht nach allem, was er durchmachen musste, seit ich ihn bei mir aufgenommen habe.«

»Sie haben ihn großgezogen?«

»So ist es!« Es knackte, als sie ihren Rücken in eine aufrechte Haltung streckte. »Aber das sind olle Kamellen.«

»Erzählen Sie mir gerne davon.«

»Nun ... Meine Tochter war zu beschäftigt und der Vater, dieser verdammte Taugenichts, hat sich nur einmal im Jahr hier blicken lassen. Irgendwann kam er gar nicht mehr.«

»Das wusste ich nicht.«

»Es war besser so. Manche Männer geben keine guten Väter.« Sie zwinkerte mir zu.

»Und dann haben Sie sich um ihn gekümmert?«

»Was blieb mir denn übrig? Er wollte es immer verstehen, aber ich konnte es ihm nicht erklären. Bin selbst nicht die Schlauste. Nur die Bibel hat uns Halt gegeben. Und Antworten.« Sie räusperte sich. »Und in der Gemeinde ist er richtig aufgeblüht. Dort hat er den Vater gefunden, den er immer gesucht hat.«

»Das … klingt schön.«

»Ein toller Junge, mein Jacob. Ich habe bei Gott nicht alles richtig gemacht, doch der Herr weiß, dass er mir genug Kraft gegeben hat, um aus ihm einen anständigen Menschen zu machen.« Sie zog ein hölzernes Kettchen unter ihrer Strickjacke hervor und küsste das daran befestigte Kreuz: WWJD. »Finden Sie nicht auch?«

»Ja. Natürlich.«

Mein Zögern entging ihr nicht. Sie prüfte mich von oben bis unten. »Und Sie sind ein Freund von Jacob?«

»Nein«, antwortete ich, ohne darüber nachzudenken. Oma Hilde kniff die Augen zusammen. »Also nicht wirklich. Nicht so, wie Sie jetzt vielleicht meinen.«

»Soso …« Sie überlegte. »Erst dachte ich, Sie sind dieser Junge, mit dem mein Bengel so viel Zeit verbracht hat. Sie sehen ihm ähnlich, keine Frage.«

»Der ist gestorben«, flüsterte ich.

»Leider.« Sie schüttelte den Kopf. »Der hatte noch Manieren! Ein guter Kerl war das. Gibt es heutzutage kaum noch. Kein Wunder, dass mein Bursche zu ihm aufgesehen hat.«

Plötzlich beugte sie sich vor und ergriff meine Hand. Überrascht stellte ich fest, wie kraftvoll und lebendig sie war. Wir waren Auge in Auge.

»Manchmal sind die Dinge nicht so eindeutig, wie sie scheinen, nicht wahr?«

»Das stimmt.«

»Vergebung ist alles. Vergebung und Liebe sind das einzig Göttliche, zu dem wir Menschen imstande sind. Und wissen Sie, was der Trick dabei ist?«

»Nein?«

Sie lächelte. »Beides ist das Gleiche.«

Ich nickte, den Blick zu Boden gerichtet. Wir saßen noch einen Moment so da, dann stand sie auf.

»Ich müsste längst schlafen. Eine alte Frau gehört um diese Zeit mit ein paar Müdemachern und einem Magenbitter ins Bett. Sie finden sich zurecht?«

»Danke, ja.«

»Dann eine gute Nacht. Und schön die Hände über der Decke lassen, junger Mann!« Lachend schlurfte sie in den dunklen Flur.

Nachdem ich mich bettfertig gemacht hatte, klopfte ich bei Jacob an der Tür. Nur mit einer Unterhose bekleidet öffnete er und grinste mir breit entgegen. Auf seiner beeindruckend definierten Brust ruhte das Holzkreuz.

»Na, hat Oma dir Geschichten erzählt?«

»Ein bisschen. War nicht schlimm.«

»Ja, so ist sie. Freut sich immer, wenn sie jemanden zum Reden hat. Aber sie strapaziert es nie über!«

»Und du, hast du ein paar Worte finden können?«

»Ein paar? Ich ströme vor Glück!« Er warf eine Kusshand nach oben. Mit der anderen kratzte er sich ausführlich im Schritt. »Jeder Vers der Heiligen Schrift gibt mir heute noch mehr als sonst! Ich wünschte, du könntest spüren, was ich spüre.«

Er nahm die Bibel und wedelte damit vor mir herum. Da kam mir eine Idee.

»Sag mal … kann ich mir die heute Abend ausleihen?«

Jacob stutzte.

»Also nur, um reinzulesen. Aus Interesse. Ich konvertiere nicht, keine Sorge.«

»Na klar!« Er reichte sie mir. »Und vielleicht … trifft es dich ja doch.«

»Mach dir keine Hoffnung.« Ich nahm die Bibel und deutete mit einer umständlichen Geste an, mich zurückzuziehen.

Jacob nickte. »Ich wünsche dir eine gute Zeit mit dem Wort des Herrn und eine gesegnete Nacht, Buddy!«

»Danke. Dir auch.«

Peinlich berührt schlich ich in mein Zimmer. Mehrmals vergewisserte ich mich, ob richtig abgeschlossen war.

Eine Nachricht von Jacob. »Liebe Freunde! Es hat sich zugetragen …« Ich überflog die Einladung und warf das Handy in meinen Rucksack.

Dann legte ich mich hin. Im schummerigen, summenden Licht der Nachttischlampe öffnete ich die Bibel. Ich brauchte ein paar Minuten, um mich darin zurechtzufinden. Es war das erste Mal seit einer Ewigkeit. Die Seiten waren so dünn, dass ich bei jeder Berührung fürchtete, sie zu zerreißen.

Doch dann schlug ich gezielt eine bestimmte Stelle auf. Mein Herz tuckerte. Noch hoffte ich, Julia einfach nur falsch verstanden zu haben. Ich las nach: Lukas fünfzehn achtzehn. Las es erneut, um wirklich sicherzugehen. Doch es gab keinen Zweifel.

Ich klappte die Bibel zu und schaltete das Licht aus. Das Surren verstummte. Es war totenstill. Doch an Schlafen war nicht zu denken. Beinahe hatte ich mich auf diesem Trip verloren, doch spätestens jetzt wiedergefunden, wer ich war. Unbändige Wut stieg in mir auf.

41

»Gott segne eure Fahrt«, sagte Hilde. Ihre Stimme zitterte. Jacobs Protest hatte sie nicht davon abbringen können, uns bis ans Gartentor zu begleiten. Um ihr ein Auf- und Abschließen zu ersparen, stiegen wir erneut darüber hinweg.

»Gott segne dich, liebe Oma.« Jacob umarmte sie. »Ich hab dich lieb.«

»Erzählen Sie mir was Neues, Sie Schönling.« Sie streichelte ihm durchs Gesicht. »Und jetzt macht, dass ihr wegkommt!«

Ich gab Jacob den Schlüssel und er öffnete die Fahrertür. »Wir sehen uns schon übermorgen wieder. Am Sonntag. Ich ruf dich an und sag dir, wer dich mitnimmt.«

»Aber nicht von halb sechs bis viertel sieben! Da kommt mein Krimi im dritten Programm.«

»Weiß ich doch, Oma.«

»Und verlier mir den Ring nicht. Sonst setzt es ein so gewaltiges Donnerwetter, dass dir Hören und Sehen vergeht!« Wieder umschlossen die Finger den Daumen zur Faust.

»Ich hüte ihn wie meinen Augapfel«, rief Jacob. »Bis dann!«

»Jaja.« Sie schlappte auf Filz zurück zum Haus.

Im Schritttempo drehte Jacob eine Runde um den Block und hielt dann erneut. Durch das Fenster im ersten Stock war Oma Hilde zu sehen, wie sie mit einem Staubwedel herumfeudelte.

»Sehr gut.« Mit verschränkten Armen wartete ich sein Gebet ab. Dann fuhren wir los.

Die Wiesen und Felder waren gelb und schienen nach Wasser zu schreien. Laub hing braun und kraftlos an den Bäumen oder lag auf dem Asphalt wie ein knisternder Teppich. Es war nicht mehr so wie in den Sommern, die ich aus meiner Kindheit kannte. Onkel Herberts Thermometer zeigte neununddreißig Grad, und wären gebratene Hähnchen vom Himmel gefallen, hätte das niemanden gewundert. Ich musste an meine Pilea denken. Marie würde sicher gut für sie sorgen.

»Sag mal, Buddy, hast du eigentlich schon von diesem Kloster gehört, in dem man sich von Nonnen Inliner ausleihen kann?«

Ich sah auf mein Handy. Eine neue Nachricht. Hätte Jacobs Gelaber mir nicht derart an den Nerven gesägt, hätte ich ihm das Bild nicht gezeigt.

»Oha! Na, wenn das nicht Marie ist.« Er nickte vor und zurück, wobei er abwechselnd auf die Straße und den Bildschirm spähte. »Und wer ist der Racker da neben ihr?«

»Das ist Barney.« Ich steckte mein Handy wieder ein.

»Barney? Das ist ja mal ein Name.« Er schwang die Schultern zum Takt einer Melodie, die in seinem Kopf spielen musste. »Der ist ja riesig. Wenn du da nicht aufpasst, haut der dich mit einem Happs weg.« Er schnappte in die Luft. »Chap!«

»Hm.«

»Und der ist euer treuer Begleiter, oder wie?«

»Barney lebt im Tierheim. Wir gehen ab und zu mit ihm.«

»Ach, das ist der Hund!« Die Straße machte eine weite Kurve. Jacob schaltete trotz Wendung einen Gang hoch. »Hat der nicht eine neue Familie?«

»Ab Montag. Vielleicht.« Plötzlich war mir kotzübel, direkt am Scheitelpunkt. Aber auch eine gerade Spur hätte das nicht verhindern können.

»Buddy, was ich nicht checke: Warum habt ihr den Barney denn nicht adoptiert? Marie wirkte auf mich, als sei sie dafür bereit.«

»Bin ich doch auch.« Ich vergrub das Gesicht in den Händen.

»Aber warum macht ihr es dann nicht?«

Ich stöhnte. »Keine Ahnung, Jacob. Keine Ahnung.«

Aus den Augenwinkeln sah ich, wie er den Kopf schüttelte. »So geht das nicht. Mach das klar, solange du noch kannst.«

»Nein.«

»Komm schon, Theo, das ist eine gute Sache, das spüre ich doch! Du willst es, Marie will es und Barney hat bestimmt auch nichts dagegen.«

»Lass mich in Ruhe.«

»Los, Buddy, ruf jetzt an da. Ihr wolltet doch immer einen Hund, was würde Bruder Luis dazu –«

»Jetzt halt doch mal die Schnauze!«, brüllte ich.

Jacob zuckte so heftig, dass wir beinahe in einem entgegenkommenden Transporter unser jähes Ende gefunden hätten. Ein lang gezogenes Hupen und ein beharrter Mittelfinger.

»Was kümmert es dich, was mit Barney ist? Er ist irgendein narkoleptischer Hund aus irgendeinem abgefuckten Heim.«

»Es gibt Hunde mit Narkolepsie?«

»Was denkst du denn, warum er noch da ist? Kein Mensch will ein krankes Tier.«

»Aber wie lange macht ihr das schon?«

»Spielt das eine Rolle?«, schrie ich. »Ich kann mir die Medikamente eh nicht leisten. Es ist meine Entscheidung, nicht deine! Hast du keine eigenen Probleme?«

»Entschuldige.« Er saß kerzengerade da, das Lenkrad fest umklammert.

Ich schloss die Augen und stieß ein paar Flüche aus. Sanft legte sich seine Hand auf meine Schulter.

»Buddy, ist alles in Ordnung?«

»Überhaupt gar nichts ist in Ordnung, Jacob. Es ist nicht deine Aufgabe, anderen vorzuschreiben, wie sie ihr Leben zu leben haben. Die Leute können selbst entscheiden, was sie tun oder lassen wollen, und das sollten sie auch. Nicht alle wollen dir und deiner Bibel ins Paradies folgen. Begreifst du das oder war das zu schwer verständlich?«

Jacob zog die Hand wieder weg. »Wo kommt das denn auf einmal her, ich wollte doch nur wissen, warum –«

»Wenn ich Barney adoptiere, was glaubst du, was das für ein Zeichen an Marie ist?«

Er überlegte. »Ein Zeichen der Verbindlichkeit.«

»Eben.«

Jacob brauchte einen Moment. »Ah! Oh.« Es klang, als hätte er ein Rätsel gelöst, dessen Lösung ihn traurig machte. Er sah zu mir herüber. »Darf ich fragen, warum du dir unsicher bist? Marie ist doch eine tolle Frau.«

»Ja, das ist sie.« Ich senkte den Kopf. »Aber wir sind jahrelang zusammen. Ich muss auch noch mal was anderes erleben.«

»Hm.« Jacob strich sich durch den Bart. »Verbindlichkeit kann Angst machen. Aber vielleicht ist es genau das, was dir guttun –«

»Halt an.«

»Schon gut, lass mich nur noch diese eine Sache –«

»HALT AN!«

Jacob trat mit voller Wucht auf die Bremse. Onkel Herbert schrie vor Schmerzen. Wir schlitterten, schlingerten und kamen einen Meter vor der Absperrung zum Stehen.

»Verdammte Scheiße!«

»Herr, ich danke dir!«

Keuchend starrten wir auf das Schild: »Sperrung wegen Schwelbrand. Umleitung nutzen.«

»Guck mal auf die Karte.«

»Guck selber.« Ich klatschte sie ihm hin. »Fahrerwechsel, jetzt.«

Draußen prallten wir gegen eine trockene Wand aus Schrot und Staub. Schwarze Partikel ließen die Luft wie einen alten Röhrenfernseher flimmern und Körnchen legten sich mir auf die Lunge. Gott hatte unsere Fahrt wohl nicht gesegnet.

42

Das raue Steuer unter den Händen ließ meinen Atem ruhiger werden. Die Konzentration auf die Landstraße war genauso wohltuend wie Jacobs Schweigen. Er starrte sein Handy an, wobei er hin und wieder Notizen auf einen Papierfetzen kritzelte. So ging das etwa zwanzig Kilometer.

»Was dagegen, wenn ich meine Rede für heute Abend probe? Das neue Video ist eben fertig geworden, da muss ich was anpassen.«

Ich lugte auf seinen Bildschirm. »Bibel App To Go.« Mein Kiefer verkrampfte sich.

»Liebe Glaubensschwestern und Glaubensbrüder.« Ohne aufzusehen pausierte er von einem Ortsende bis zum nächsten. »Heute möchte ich mit einem Thema beginnen, das uns alle betrifft. Etwas, womit sich jede und jeder von uns beschäftigt. Mal mehr, mal weniger. Heute möchte ich mit euch über den Tod reden.«

Ich spürte seinen Blick auf meiner Wange.

»Was sagst du dazu?«

Ich sagte nichts.

»Das Reich und die Liebe Gottes sind unendlich. Für ihn gibt es keine Grenzen. Denn das Leben ist nur ein kleiner Teil der Existenz. Trotz unserer Sünden wartet auf uns etwas, dessen Güte wir niemals in Worte fassen können.« Er klatschte sich auf die Oberschenkel. »Garten Eden.«

Ich grunzte.

»Wie soll ich deine Reaktion werten, Buddy?«

»Das willst du gar nicht wissen.« Je schneller wir fuhren, desto lauter schepperte Onkel Herbert.

»Doch, es interessiert mich, was gerade in dir vorgeht.«

»Ach, lassen wir das.«

»Nein, Theo. Ich scheue den Dialog nicht.« Seine Beharrlichkeit ließ mir keine Wahl.

»Na gut.« Ich brachte mich in Stellung. »Du erzählst den Leuten Dinge, die du gar nicht wissen kannst. Ganz bewusst machst du das. Man könnte auch sagen, du lügst.«

»Deggah!« Er nahm seine Bibel aus dem Fußraum und hielt sie hoch. »Das steht so in der Heiligen Schrift. Ich muss das nicht wissen, ich glaube daran.«

»Ja klar.« Ich schnaufte.

»Kannst du das denn gar nicht verstehen?«

»Natürlich kann ich das. Es benötigt keine Tiefenpsychologie, um zu wissen, dass Menschen sich ihre Welt erklären und Teil einer Gruppe sein wollen. Dass sie nach Sinnhaftigkeit streben. Das sind absolute Grundlagen. Also ja, ich kann es verstehen.«

»Und wo ist dann das Problem, Theo? Wenn du es verstehen kannst, warum willst du es dann nicht?«

»Ist dir das wirklich nicht klar?« Mein rechter Fuß wippte auf dem Gaspedal auf und nieder. »Es geht darum, dass du Fakten vernachlässigst. Dass du Gefühle höher stellst als zum Beispiel die Evolution.«

»Ich glaube an das Wort des Herrn.« Jacob drückte sich die Bibel an die Brust.

»Mag sein, aber du weißt es nicht. Was, wenn es nicht so ist? Hast du kein Problem damit, den Menschen falsche Versprechungen zu machen?«

»Ich teile, was mein Leben bereichert.«

»Quatsch.« Spucketröpfchen flogen vor mir gegen die Frontscheibe. »Das ist so ein Quatsch, den du da erzählst.«

»Theo, was ist denn in dich gefahren?«

»Das fragst du mich?«, schrie ich, den Kopf starr nach vorne gerichtet. »Du lebst in einer Welt, die von konservativen Strukturen durchzogen ist. Die bestimmte Menschen systematisch benachteiligt. Nächstenliebe für alle? Dass ich nicht lache!«

»Das stimmt leider, Buddy. Aber genau deshalb wollen wir doch mit der neuen Gemeinde Impulse dagegen –«

Ich hupte einen Trecker an, den ich durch sein mittiges Fahren nicht überholen konnte. »Das macht mich wahnsinnig, bei dir wie bei Luis!«

»Hast du mir denn gar nicht zugehört? Genau deswegen haben Bruder Luis und ich –«

Wieder hupte ich, dieses Mal öfter und länger. »Nicht einmal Frauen sind bei euch gleichberechtigt!«

»Du bist es doch, der darüber nachdenkt, sich eine Fremdgeh-App zu installieren!«

»Was hat das denn damit zu tun?« Ich zog das Tempo an, überholte auf gut Glück den Trecker und wir rasten vorbei.

»Theo, calm down! Fahr langsamer!«

»Du hast mir nicht zu sagen, wie ich zu fahren habe!« Ich riss die Schaltung in den fünften Gang. Meine Aufmerksamkeit galt immer weniger der Straße. »Ich fahre, wie ich will, ich lebe, wie ich will, ich lasse mich nicht blenden!«

»Wovon redest du?«, rief Jacob und klammerte sich an den Haltegriffen fest.

»Und dazu eure ganzen Verbote!«

»Wir verbieten gar nichts, bei uns dürfen alle frei entscheiden!«

»Du lügst doch!«

»Theo!«

»WAS?«

»Bällende Hunde!«

»Was?«

Ich folgte seinem ausgestreckten Arm. Ein Streifenwagen war neben uns aufgetaucht. Die Polizistin auf dem Beifahrersitz wies mich unmissverständlich an, rechts ranzufahren.

»Bällende Hunde«, wiederholte Jacob flüsternd.

»Ach verdammt.« Ich seufzte. »So geht das doch nicht.«

43

Neben einem Kornfeld mit langen, goldbraunen Ähren kamen wir zum Stehen. Ich kurbelte das Fenster herunter und die Polizistin beugte sich zu uns vor. Ihr Kollege postierte sich hinter dem Wagen.

»Guten Tag.« Sie, eine Beamtin.

»Guten Tag.« Jacob, ein Diplomat.

»Sie wissen, warum –«

»Guten Tag!« Ich, ein Kind.

»Ja. Guten Tag. Sie wissen, warum wir Sie angehalten haben?«

Ich setzte ein Lächeln auf und schüttelte den Kopf.

»Sie sind zu schnell gefahren. Und dazu noch in Schlangenlinien.«

»Das tut uns wirklich leid, das war, weil …«

»Weil?« Die Polizistin sah Jacob prüfend an.

»Weil wir uns gestritten haben.«

»Sie fahren also hoch emotionalisiert?«

»Nein.« Jacob schlug einen kooperativen Ton an.

»Doch!«

»Theo!«

»Was denn nun?« Die Polizistin trommelte mit den Fingern auf das Autodach.

»Ja, wir sind hoch emotionalisiert gefahren. Wir sind schon die ganze Zeit so unterwegs.«

»Und warum?«

»Na, weil wir auf göttlicher Mission sind, Halleluja!« Ich strahlte sie an. Einen Moment lang regte sie sich nicht, dann wandte sie sich ab.

»Klaus. Hol mal den Alkomat. Wir haben hier zwei besondere Spaßvögel.«

»Alles klar, Sylvia.«

Jacob stieß mich in die Seite. »Was soll denn das?«

Doch bevor ich etwas erwidern konnte, klopfte es gegen die Fahrertür.

»Einmal aussteigen, Fahrzeugpapiere und Führerscheine, dazu die Ausweise. Und ein bisschen Tempo, die Herren, wenn ich bitten darf.«

Wir folgten der Anweisung. Jacobs hochrotes Gesicht ließ mein Grinsen breiter werden. Wir reichten die Papiere und erhielten sie kurz darauf wieder zurück.

»Scheint alles in Ordnung zu sein.« Für einen Moment ruhte ihr Blick auf den Kratzern, die die Leitplanke beim Rennen gegen die Ostsee-Rocker hinterlassen hatte. »Auch wenn ich bezweifle, dass Sie mit dieser Karre noch einmal durch den TÜV kommen.«

»Oh!« Ich legte einen Finger auf die Lippen. »Nicht so laut! Onkel Herbert ist sehr sensibel.«

»Onkel Herbert?«

»Ja.« Ich tätschelte den linken Rückspiegel. »Ist es nicht so, Onkel Herbert? Solange wir mit der Kupplung aufpassen, wirst du schon durch den TÜV kommen. Die Frau Polizistin meint es nicht so, keine Sorge! Was sagst du? Ja, mit einem Gebet und genug Willen von oben klappt es ganz bestimmt!«

»Klaus«, sagte die Polizistin mit Namen Sylvia erneut, diesmal ohne sich von mir abzuwenden, »mach mal den Test.«

Ich pustete in das Röhrchen. Wir schienen Sylvia so suspekt zu sein, dass sie ihren Kollegen anwies, Jacob gleich mitzutesten.

Doch die doppelte Null-Komma-Null verwirrte die beiden Gesetzeshüter offenbar.

»Irgendwelche Drogen oder sonstige Substanzen?«, fragte Klaus, der Polizist.

»Nein, danke, wir sind so weit versorgt.«

»Deggah!« Ich drehte mich zu Jacob um. Er war nicht mehr rot, sondern bleich.

»Ich check mal den Kofferraum. Hab du ein Auge auf die beiden.«

»Mach ich.«

Während Sylvia nach und nach das Auto absuchte, gab Jacob sich alle Mühe, Klaus zu erklären, was los war. »Es ist so, wir machen einen Roadtrip. Fahren von Gemeinde zu Gemeinde. Treffen Glaubensbrüder und -schwestern. Treten in den Dialog, sprechen das Gebet ...«

»Und eine Stripperin hatten wir auch dabei!«

»Sylvia. Ich glaub, die spinnen.«

»Die spinnen definitiv«, sagte Sylvia, die Onkel Herbert einmal umrundet und nichts gefunden hatte. »Jetzt stellen Sie sich freundlicherweise auf das linke Bein, schließen die Augen und führen die rechte Hand zur Nasenspitze.«

Wir machten diese und noch ein paar andere Spielereien und Verrenkungen mit. Ich brach andauernd in Gelächter darüber aus, wie schwer sich Jacob unter Anspannung tat.

»Nichts. Nichts, wenn man das so sagen kann.« Sylvia schien die Lust zu verlieren.

Klaus zeigte auf mich. »Wahrscheinlich hat der da einen Sonnenstich oder zu viel Hitze oder so.«

»Das kann gut sein.« Sie nickte. »Sie vollziehen jetzt einen Fahrerwechsel. Wechseln Sie sich regelmäßig ab, trinken Sie genügend Wasser und machen Sie um Himmels willen eine Pause, wenn Sie nicht mehr können!«

»In Ewigkeit, Amen!«

Sylvia strafte meinen Ausruf mit einem bösen Blick. Als die beiden an uns vorbeifuhren, winkte ich ihnen hinterher.

»Bist du jetzt fertig mit deiner Zirkusnummer?«

Ich wandte mich Jacob zu.

»Gib mir den Schlüssel. Wir müssen weiter.«

Ich verschränkte die Arme. »Ich fahre oder wir fahren gar nicht.«

»Du hast doch gehört, was sie gesagt hat! Also gib mir den Schlüssel, Buddy.« Er streckte mir seine Hand entgegen, doch ich regte mich nicht.

»Theo, komm schon. Wegen deiner Einlage haben wir ordentlich Zeit verloren.«

»Du willst den Schlüssel? Dann hol ihn dir doch, Buddy!« Und ich warf den Schlüssel mit aller Kraft und im hohen Bogen über Jacob und Onkel Herbert hinweg, mitten in das Kornfeld.

Jacob sah dem Schlüssel der Flugkurve entlang nach. Er seufzte. Dann drehte er sich zu mir mit einem Blick, aus dem ich ablesen konnte, dass er gerade um innere Ruhe betete.

44

»Der muss viel weiter vorne sein, als ob ich so weit geworfen hab.«

»Such du lieber weiter.«

Ich drückte ein paar Strohhalme zur Seite, die knisternd zerbröselten. Einige Meter vor mir teilte Jacob das Meer aus Ähren, wobei er eine breite Schneise hinterließ. Sein Nacken war feuerrot.

»Bete doch einfach kurz, dass wir den Schlüssel finden.«

Er drehte sich um und fixierte mich. »Gott ist kein Wunschautomat.«

Einen Moment lang war es still. Abgesehen von der Sonne, die ohrenbetäubend vom Himmel brüllte. Doch auf diesem Feld gab es keine Möglichkeit, sich vor den Strahlen zu schützen.

Jacob wandte sich ab und suchte weiter. Ich schüttelte den Kopf, da nahm ich eine glänzende Lichtreflexion vor meinen Füßen wahr. Leise bückte ich mich und steckte den Schlüssel in die Tasche.

»Ach nein?«

»Nein.«

»Sondern?«

»Er ist unser Licht in der Dunkelheit, er ist Erlösung, er ist Vergebung. Gott ist Liebe.«

Ich lachte aus trockener Kehle. »Wenn Gott Liebe ist, warum ist Liebe bei euch dann nicht für alle frei?«

»Dazu sage ich nichts mehr.«

»Und warum nicht? Ist dir dieses Thema zu heikel?«

Er antwortete nicht.

»Klare Standpunkte erfordern Prinzipien. Aber wer immer nur mit dem Strom schwimmt, hat nichts zu befürchten.«

Jacob hörte mit dem Suchen auf. Wir lieferten uns einen Stare-off à la Western.

»Was ist denn, Jacob? Ich dachte, du scheust den Dialog nicht.«

»Das ist kein Dialog, das ist ein Angriff!«, rief er. »Genau über diese Themen rede ich doch. Was soll ich machen, wenn du mir nicht zuhörst?«

Ich legte mir eine Hand in den Nacken. Meine Haut brannte. Mir fiel Maries Sonnencreme wieder ein, die ungeöffnet in meinem Rucksack lag. Es war ziemlich dumm, dass ich sie bisher nicht benutzt hatte. »Die Schuld kannst du mir zwar zuschieben, aber ändern tut das nichts.«

»Theo, was hast du heute für ein Problem mit mir? Lass es uns gemeinsam lösen. Aber bitte sprich es direkt an, anstatt mich über solche Themen in eine Ecke zu drängen, in die ich nicht gehöre.«

»Mein Problem ist, dass ich auf berechtigte Fragen keine Antworten bekomme!«

»Nein, das ist nicht dein Problem.«

»Und woher willst du das wissen?«

Jacob wischte sich den Schweiß von der Stirn. »Dich interessieren meine Antworten nicht. Du attackierst mich nur, den ganzen Tag schon. Denkst du, mir wurden noch nie solche Fragen gestellt? Weißt du, wie leicht es heutzutage ist, sich über meine Art zu leben lustig zu machen? Wie oft man mich allein schon fürs Beten belächelt hat? Herzlichen Glückwunsch. Jeder Idiot kann das.«

Ich schluckte, wollte aber nicht klein beigeben. »Es geht mir nicht darum, mich lustig zu machen. Es geht um Kritik.«

»Kritik ist auch okay. Aber keine Beleidigung.«

Da fühlte ich mich ertappt. »Ich hab dich nicht beleidigt, ich hab nur –«

»Doch, Theo, das hast du. Das ist doch der Sinn hinter deinen ganzen Spitzen, du willst mich bloßstellen.«

Ich wollte etwas erwidern, doch mir fiel nichts ein.

»Hast du bisher einmal versucht, in den tieferen Austausch mit mir zu gehen? Oder mit deinem Bruder? Hast du dich gefragt, warum wir die neue Gemeinde aufbauen wollen?«

»Jacob, ich –«

»Du willst gegen mich sein, Theo. Du willst derjenige sein, der sich fortschrittlich nennt. Du willst besser sein als ich.«

Jacob machte eine Atempause, doch es gab nichts, was ich zu meiner Verteidigung sagen konnte. Er hatte recht.

»Nur zu. Du bist frei zu denken und zu sagen, was du willst. Aber das bin ich auch. Ich lasse mich nicht von meinem Weg abbringen und bin offen für ein Gespräch, ganz egal, ob mein Gegenüber gläubig ist oder nicht.« Er schnappte nach Luft. Auf seiner Brust bebte das Holzkreuz auf und nieder. »Aber von diesem blinden Zorn habe ich genug! Hör auf, mich aus Prinzip als deinen Feind zu betrachten. Ist dir überhaupt klar, dass du es dir leisten kannst, ungläubig zu sein? Ich versuche doch nur, Wahrhaftigkeit und Hoffnung zu spenden in einer oberflächlichen, hoffnungslosen Welt, in der man richtig und falsch immer schwerer auseinanderhalten kann!«

Der Himmel donnerte. Wir blickten auf.

»Ein Löschflugzeug!«, rief ich.

Doch Jacob schüttelte den Kopf. »Nein.«

Ich sah genauer hin. Hinten am Flieger war ein Banner befestigt. Darauf stand in knallroten Buchstaben:

»7. Sinner-Gebot: Du sollst jetzt stehlen, untreu sein :-)«

Jacob pflügte sich weiter durchs Feld. Ich wartete eine Minute, dann zog ich schuldbewusst den Schlüssel aus der Tasche, warf ihn auf den Boden, bückte mich, hielt ihn hoch und rief: »Hab ihn!«

Jacob sah zu mir herüber. Wortlos kam er auf mich zu, nahm mir den Schlüssel ab, schlurfte zu Onkel Herbert und öffnete die Fahrertür.

»Komm jetzt«, sagte er. »Wir müssen weiter.«

45

Um der anschwellenden Peinlichkeit des Schweigens entgegenzuwirken, fummelte ich am Radio herum. Doch außer weißem Rauschen empfingen wir nichts.

»Wahrscheinlich liegt es am Gerät, dass wir keinen Sender reinkriegen, was denkst du?«

Jacob schwieg. Unter seinem Shirt zeichneten sich kontrahierende Muskeln ab. Er saß rechtwinklig da, die Straße fixiert, das Cap in Schräglage.

»Das mit den Bullen tut mir leid.«

»Passt schon.«

Ich wusste, dass ich mit meinen Anschuldigungen zu weit gegangen war. Doch die Last seiner Lüge lag mir wie Blei auf der Brust. Ich musste es ansprechen oder noch besser, ihn dazu bringen. Aber die Mauer, die er um sich aufgebaut hatte, war in diesem Moment unüberwindbar. Also ließ ich ihn in Ruhe und spähte aus dem Fenster.

Am Horizont nistete eine dunkle Wolke über sandigem Gebiet. Zum ersten Mal waren wir gezwungen, die Fenster über eine längere Strecke hinweg geschlossen zu halten. Es war, als würden wir mit Onkel Herbert durch eine Schneekugel fahren, doch anstatt Schnee fielen Asche und Staub vom Himmel.

»Gibst du mir bitte etwas Wasser?«

Ich griff nach der Flasche, schraubte den Deckel ab und reichte sie Jacob. Geräuschvoll wie in einem Werbespot ließ er ein paar Schlucke die Kehle hinunterlaufen. Er setzte ab und ich war an der Reihe.

»Gibt es einen Grund, warum du heute so drauf bist, Theo? Möchtest du über irgendetwas reden?«

Ohne hinzusehen spürte ich, wie sein Blick immer wieder herüberflackerte. Ich zog den Kopf in den Nacken. »Was denkst du denn?«

»Ich sehe, dass dich etwas umtreibt.«

Ich holte so tief Luft, wie meine zugeschnürte Kehle es zuließ. Er sollte es sagen, er musste es doch. »Und was könnte das sein?«

Er antwortete nicht.

»Was könnte das sein, Jacob?«

»Buddy ...«

Im Fluss der engen Kurven legte er ruckartig die Gänge ein. Sein sonst sicherer Fahrstil war nun hart und abgehackt. Meine Frage kondensierte ohne Antwort.

Der graue Niederschlag wurde stärker. Jacob schaltete die Scheibenwischer ein, die über das trockene Glas quietschten. Onkel Herbert beschlug von innen. Wir saßen in der Hitze fest.

Jacob schaltete runter und beugte sich vor. Wir konnten keine zehn Meter weit sehen. Hätte uns ein Schmetterling überholt, wäre das nicht verwunderlich gewesen. Vielmehr, dass überhaupt noch Leben existierte.

Da klarte das Bild vor der Frontscheibe auf. Wir durchbrachen das Dunkel und fanden uns im Licht wieder. Für einen Moment war alles im Gleichgewicht. Für einen kurzen, leichten Augenblick.

»Deggah ... Was ist das?«

Wir glitten über eine Brücke. Das Tal unter uns stand in Flammen. Zu beiden Seiten, links wie rechts, brannte die Welt. Grün, das zu Schwarz wurde, und Schwarz, das in Grau zerfiel. Plötzlich war der Horizont direkt über uns.

»Ist das das Ende?«, fragte Jacob.

Ich konnte nicht sprechen. Die Flammen verleibten sich alles ein. Das Pulverfass war explodiert, die Schwelle überschritten. Jacob flüsterte, doch bis auf sein letztes Wort, »Amen«, verstand ich nichts. Es fühlte sich an, als würden wir über einem Vulkan schweben.

»Jacob, gib Gas!«

Wir fuhren schneller und schneller, doch die Brücke wurde länger und länger. In der Gluthitze schwand mir beinahe das Bewusstsein.

»Der Teufel«, sagte Jacob. »Das Höllenfeuer.«

Und dann waren wir über die Schlucht hinweg.

Erst im Ort wagten wir es, die Scheiben herunterzukurbeln. Der Fahrtwind blies über Onkel Herbert und befreite ihn von Staub und Schmutz. Doch der Wärme konnte das nicht entgegenwirken.

Fünf Minuten später erreichten wir die Gemeinde. Jacob stellte den Wagen im Schatten eines Baums ab. Jemand hatte eine Taube mit einem Zweig im Schnabel in den Stamm geritzt.

»Frieden?« Lächelnd hielt er mir die Hand entgegen.

Ich sah in den Rückspiegel. Rauchschwaden zogen den Himmel zu. Wir waren beide klitschnass. Über meine Stirn lief der Schweiß in meine Augen, wo er salzig brannte. Die Luft klebte. Die alte Karre hatte sich über der Schlucht wie ein Kochtopf erhitzt. Und in mir brodelte es.

»Bringen wir es hinter uns«, sagte ich und ließ ihn mit ausgestrecktem Arm sitzen.

46

Als der Applaus wieder abnahm, fuhr Jacob mit seiner Rede fort. Seine Worte erreichten meine Ohren, aber nicht mein Gehirn. Ich hockte hinter der Bühne und fühlte mich wie durch den Fleischwolf gedreht. Über mir flackerte das Licht des Beamers, den ich von der falschen Seite aus sah, auf und nieder.

»Und nun möchte ich euch unser brandneues Video präsentieren. Das wurde heute frisch fertiggestellt.«

Ich zog die Knie an die Brust und drückte meinen Kopf dagegen. Nur ein Gespräch konnte noch helfen. Sobald wir hier raus waren, musste ich mit ihm reden. Der Gedanke an die Konfrontation bereitete mir Bauchschmerzen. Abermals konzentrierte ich mich aufs Atmen. Lass es nicht weiter eskalieren, sagte ich mir. Sei endlich besser als das.

Die vorgeschaltete Werbung rauschte an mir vorbei. Wahrscheinlich hätte ich gar nicht bemerkt, dass nun das Video begann. Doch gerade als so etwas wie Ruhe in mir einkehrte, hörte ich eine Stimme. Eine Stimme, die mir eine Schlinge um den Hals legte und sich zuzog:

»Meine lieben Freunde.«

Ich hob den Kopf und starrte auf die Rückseite der Leinwand. Es war Luis. Völlig ausgemergelt saß er auf einem Bett, einen weißen Kittel über den einst so starken, jetzt dürren Körper gelegt. Schläuche, an Gerätschaften angeschlossen. Haare, Bart und Brauen waren ihm ausgefallen. Adern traten grünlich schimmernd unter seiner dünnen Haut hervor. Da war mein Bruder. So, wie er gestorben war. Wie ich ihn nie hatte sehen wollen.

»Wenn ihr das hier seht, bin ich nicht mehr am Leben. Doch meine Grüße spreche ich euch trotzdem aus.«

Wie hypnotisiert stand ich auf und ging auf ihn zu. Das war es also, das neue Video.

»Auch wenn ich das Ende nicht sehen kann, freut es mich zu wissen, den Weg bereitet zu haben.«

Ich streckte die Hand nach seinem Gesicht aus. Licht glitt wie Wasser durch meine Finger. Ich wollte ihn festhalten, wie einer den Regen fangen will.

»Und das sollten wir alle gemeinsam tun. Der Anfang ist gemacht.« Er lächelte, und es war sein Lächeln. Schüchtern, aber durchdringend. Das waren seine blauen Augen, in denen immerzu Tränen zu stehen schienen. Seine Augen, in denen unsere Kindheit und das Leben stark und zuversichtlich funkelten, dem Kampf zum Trotz, der ihn sichtlich gezeichnet hatte. Und den er verlieren, der den Glanz ins Matt ziehen würde. Und das wusste er auch.

»Ich bin stolz auf euch. Ihr seid weit gekommen. Und ich bin überzeugt, dass ihr diesen Weg weitergehen müsst. Vergebung und Liebe sind uns gegeben. Warum lassen wir daraus nichts entstehen, was bleibt?«

Alles drehte sich. Ich schlich um die Projektion herum. Am Rand der Bühne hielt ich inne. Jacob sah mich an. Doch ich konnte den Blick nicht von meinem Bruder wenden.

»Geht ihn zu Ende. Traut euch, auch wenn es schmerzt. Tut es, solange es möglich ist. Denn manchmal …« Seine Züge verkrampften sich. »Geht es ganz schnell.«

Eine Träne lief ihm über das eingefallene Gesicht, während er mit aller Kraft sein Lächeln aufrechterhielt. Er öffnete den Mund, als wollte er zu einer Erklärung ansetzen, mir endlich sagen, was ich tun musste. Mein Herz erstickte.

»Amen«, sagte er.

»Amen«, kam es aus der Gemeinde zurück. Dann wurde das Bild schwarz.

Der Beifall rüttelte mich auf. Ich zitterte am ganzen Körper. Jacob sah mich weiterhin an. Stille kehrte ein.

»Das ... war sehr bewegend.«

Ich spürte, wie meine Hände gegeneinander schlugen. Alle Blicke trafen mich, wie ich auf Jacob zuging. Ich nahm ihm das Mikrofon ab.

»Wow. Einen großen Applaus für Jacob und sein tolles Video!«, rief ich hinein. Nur zögerlich kam die Menge meiner Aufforderung nach.

»Ja, was für eine Rede. Sehr bewegend. Was für eine Show!« Ich sah mir selbst dabei zu. Sah mich von außen. »Das ist die Kraft, die nur der Glaube entfalten kann, nicht wahr? Habt ihr sie gespürt?«

Sie stimmten mir zu. Jacobs Augen hüpften zwischen dem Publikum und mir hin und her. Er war mindestens genauso gespannt auf meine nächsten Worte, wie ich selbst.

»Der Glaube öffnet uns Türen, die fest verschlossen scheinen. Der Glaube lässt uns Dinge sehen, die andere nicht sehen. Aber manchmal kann er uns auch blenden.« Ich lachte über die Irritation, die ich mit meinem Geschwafel auslöste. »Doch die Bibel gibt uns Antworten. Sie ist voll davon, nicht wahr? Ein Licht in der Dunkelheit, das uns den Weg zu Gott leitet.«

Jacob öffnete den Mund, doch bevor er Widerworte formulieren konnte, schnitt ich ihn mit einer Handbewegung ab.

»Die Heilige Schrift ... da gibt es einen Vers, der mich in den letzten Tagen beschäftigt hat. Der hat mir wahrhaftig ... die Augen geöffnet.« Von einem Pult nahm ich eine Bibel und streckte sie den Christen entgegen. »Der Vers geht wie folgt.« Ich räusperte mich. »Doch dein zweifelndes Herz und dein eigensinniger Geist sind mir nicht fremd.«

Auf Nicken folgte Stirnrunzeln. Das Grinsen auf meinem Gesicht fühlte sich an wie ein ekelhafter Fleck.

»Nur ... ich konnte die Stelle nicht mehr finden. Ich konnte sie nirgendwo lesen.« Ich drehte mich zu Jacob. »Aber zum Glück habe ich in dir, Jacob, einen ... wirklichen Gläubigen gefunden. Einen guten Christen, rechtschaffen und treu. Ein Mann, der niemals gegen die heiligen Gebote verstoßen, der niemals etwas Unrechtes tun würde.«

Auf seinem Gesicht war keine Regung erkennbar.

»Ein Mann, der wusste, wo ich diesen Vers finde.« Unsere Blicke waren wie Magneten aneinandergezogen. Er Plus, ich Minus. »Wo steht der noch gleich, sagtest du?«

»Lukas fünfzehn achtzehn«, flüsterte Jacob.

»Richtig! Lukas fünfzehn achtzehn. Dann wollen wir doch mal sehen.« Ich hielt die Bibel ans Mikrofon und blätterte die Seiten um. Im Saal knisterte es. »Da heißt es: Ich will mich aufraffen und zu meinem Vater gehen. Dann werde ich ihm sagen: Vater, ich habe mich versündigt. Gegen den Himmel.« Ich hob den Kopf und sah Jacob an. »Und gegen dich.« Mein Blick schweifte über die Gesichter. »Aber Moment mal, da steht ja was ganz anderes. Komisch, nur ... was bedeutet das?«

Niemand sagte ein Wort. Ich hob das Mikrofon dicht vor den Mund.

»Es bedeutet, dass du ein Lügner bist, Jacob. Ein gottverdammter Lügner.«

47

»Deggah!«

Ich schritt weiter.

»Buddy!«

Wo auf diesem Parkplatz war das beschissene Auto? Ich hatte komplett die Orientierung verloren. Die Schwüle drückte mir auf die Nerven.

»Theo, bleib stehen!«

Das tat ich, aber nur, weil ich nicht wusste, wohin ich gehen sollte. Onkel Herbert war nirgends zu sehen.

»Theo.«

Ich drehte mich um. Jacob kam auf mich zu, wurde langsamer und hielt ein paar Meter vor mir inne. Weiter hinten sammelten sich die Gemeindemitglieder und schauten zu uns herüber.

»Was ist los?«

»Sechstes Gebot«, sagte ich und ließ meinen Blick weiter nach dem schmutzigen Gold des Wagens schweifen.

»Was?«

»Das sechste Gebot, Jacob.«

»Was ist damit?«

Ich hörte auf zu suchen und sah in sein Gesicht. Zwischen uns flimmerte die Hitze in der stickigen Luft. »Du sollst nicht lügen.«

»Achtes.«

»Was?«

»Achtes Gebot. Du sollst nicht falsch Zeugnis ablegen wider deinen Nächsten.«

Ich wollte etwas entgegnen, stutzte aber. Irgendetwas daran war falsch. Doch diesen Widerspruch überwand ich schnell. »Da scheiß ich doch drauf!«

»Theo. Was ist das Problem?«

Ich holte tief Luft. »Wann hattest du vor, mir zu sagen, dass du den Brief geschrieben hast, nicht Luis? Dass das alles deine Idee war? Dass es dir von Anfang an nur um dich und deine eigenen Ziele ging?«

Ich hatte erwartet, Jacob vor Schreck die Farbe aus dem Gesicht zu wischen. Vielleicht sogar einen Fall auf die Knie mit der Bitte um Vergebung. Doch zu meiner Verblüffung entspannten sich seine Züge, mehr noch sein ganzer Körper. Das brachte das Blut in meinen Adern vollständig zum Kochen.

»Eigentlich sofort. Aber nachdem du direkt so einen rausgehauen hast gegen mein Beten ... Ich wusste, wie schwierig es sein würde, dich weiter an Bord zu haben. Also habe ich gewartet.«

»Und wozu dieser ganze scheinheilige Mist?«

Jacob seufzte. »Um dir deinen Erbanteil abzukaufen.«

Ich hatte keine Ahnung, was er meinte. Doch ich wusste, dass ich es noch verstehen würde. Jetzt gab es nur ein Ziel für mich, und die Gemeinde, die schleichend näherrückte, war mir als Publikum gerade recht.

»Aber ich wollte auch für dich da sein.«

»Für mich da sein?«, schrie ich. »Was soll das heißen, für mich da sein? Wie von oben herab bist du eigentlich? Aber wen frage ich da, Mister Krone-der-Schöpfung höchstpersönlich!« Ich ging einen Schritt auf ihn zu. »Ich brauche niemanden, der sich um mich kümmert!«

Auch Jacob trat näher. »Du brauchst niemanden? Du weißt genau, dass das nicht stimmt.«

Entschlossen verkleinerte ich die Distanz erneut. »Du weißt alles besser, nicht wahr? Hast immer noch eine schön klingende Antwort parat, aber inhaltlich ist sie leer!«

Jacob ging vor. Wir standen jetzt keine Handbreit mehr auseinander. »Du hast deinen Bruder verloren, Theo. Und damit bist du nicht der Einzige.«

Plötzlich packten meine Hände seinen Kragen. Ein Raunen ging über den Parkplatz.

»Hör verdammt noch mal auf, Luis deinen Bruder zu nennen! Er ist meiner und deiner war er nie!«

Zitternd ließ ich von ihm ab. Da sah ich Onkel Herbert. Ich stieß Jacob weg und ging los.

»Was macht dich mehr zu seinem Bruder als mich?«

»Das ist nicht dein Ernst.« Ich blieb stehen. »Wir sind eine Familie, haben ein Leben geteilt. Uns zusammen durchgeschlagen. Damals, als Kinder. Wir waren ein Team. Was weißt du schon, Jacob.«

»Ja, ihr wart ein Team. Bis du dich von ihm abgewandt hast.«

»Das lag doch nur daran, weil er sich eurem bekloppten Verein angeschlossen hat!«, schrie ich und gestikulierte Richtung Gebäude. Einige Gemeindemitglieder riefen dazwischen, doch ich ignorierte es.

»Er ist freiwillig zu uns gekommen, ganz von sich aus. Und du warst auch vorher nicht mehr für ihn da. Vielleicht wäre er nie zu uns gestoßen, wärst du es gewesen.«

»Ja, laber mal. Du hast keine Ahnung, was ich durchgemacht habe. Du kennst mich nicht, du weißt gar nichts.«

»Was du durchgemacht hast? Was genau meinst du?« Jacob zählte an den Fingern ab. »Das Studium, das du in die Länge ziehst, um dich nicht der Realität stellen zu müssen? Marie, die du hinhältst, betrügen willst, und hoffst, eine Bessere zu finden? Deine Mum, von der du dich aushalten lässt, sie aber immer mehr aus deinem Leben ausschließt? Die Arroganz gegen alle, die nicht so sind wie du? Was hast du bitte durchgemacht, Theo?«

Ich öffnete den Mund, schloss ihn aber wieder. Er hatte »Probleme im Job«, »Barney« und »Mietschulden« vergessen.

»Es ist wegen eurem Vater, stimmt's? Weil er abgehauen ist. Aber Luis konnte nichts dafür. Und du auch nicht.«

Da fand ich meine Stimme wieder, nicht aber die Worte. »Ach! Du ... ich ... Ach!«

Ich marschierte auf Onkel Herbert zu, stieg ein und parkte so wild rückwärts aus, dass ich beinahe in die aufschreienden Gemeindemitglieder dahinter fuhr. Mein Puls ballerte durch meinen Körper. Über allem lag ein roter Filter.

Dann gab ich Gas. Ließ die Kupplung zu schnell kommen. Verlor die Kontrolle. Krachte mit dreißig Sachen gegen den Baum mit der eingeritzten Taube. Wie eine Kanonenkugel, direkt vor einer Wand abgefeuert. Ich knallte mit dem Kopf frontal auf das Lenkrad. Kein Airbag. Da war alles weit weg. Ich nahm die Welt um mich herum wahr, aber wie durch einen trägen Nebel.

Jemand riss die Tür auf und zerrte mich aus dem Wagen. Dann lag ich kurz auf dem Boden. Schnell rappelte ich mich auf.

Man musste kein Kfz-Mechatroniker wie mein Bruder sein, um die Diagnose stellen zu können: Onkel Herbert war völlig zertrümmert. Er qualmte. Ein Spielzeugauto, von einem Riesen zusammengequetscht wie eine leere Getränkedose. Mit einem Krachen fiel die hintere Stoßstange vom Wagen ab.

Stück für Stück rückte alles näher. Leute standen um mich herum. Ich torkelte umher und schlug ihre ausgestreckten Hände weg. Und als ich Jacob sah, der etwas abseits stand, starr wie ein Reh im Lichtkegel, schoss ich auf ihn zu. Er wusste nicht, wie ihm geschah, und ich wusste nicht, was ich tat. Doch da schlug ich ihn schon, direkt auf den Mund. Er wirkte überrascht, und erst mein zweiter Treffer streckte ihn nieder. Im nächsten Moment saß ich auf ihm drauf und bearbeitete jeden Zentimeter seines Gesichts mit den Fäusten.

»Onkel Herbert ist tot!«, schrie ich. »Das ist alles nur deine Schuld, deine Schuld, deine Schuld!«

Er wehrte sich nicht. Und niemand griff ein. Ich schlug und schlug, doch mir ging schnell die Puste aus. Alles tat mir weh und ich sackte von ihm weg. Keuchend lagen wir nebeneinander im Staub. Unter uns glühte der Asphalt. In meinem Kopf vibrierte es.

»Theo. Bitte.«

Irgendwie kam ich auf die Beine. Ängstliche Mienen machten mir Platz. Ich riss den Kofferraum auf und zog meine Tasche aus der pissgelben Autoleiche. Mit geschultertem Rucksack ging ich zu Jacob zurück, der gerade aufstehen wollte.

»Wir sind fertig, du und ich. Und glaub bloß nicht, was du dir zusammenspinnst. Du kennst weder mich noch meinen Bruder. MEINEN BRUDER!« Ich brüllte ihm jede Silbe der letzten beiden Worte einzeln entgegen. Aus meiner Nase schossen dicke Tropfen Blut auf die Erde.

»Buddy. So darf das nicht enden.«

»Ach nein? Ich erbe so oder so!«

»Darum geht es doch nicht.« Jacob kämpfte mit den Worten. Sein Gesicht war angeschwollen und voller Schrammen. Aber es sah nicht so schlimm aus, wie ich es mir wünschte. Meine Knöchel pochten von den Schlägen.

»Worum dann?«

»Ich habe ... es Luis versprochen.«

»Was hast du ihm versprochen?«

Er raffte sich hoch, wobei er die Hände auf die Knie stützte. »Bei unserem letzten Gespräch habe ich Luis versprochen, dass wir ... du und ich ... gemeinsam an seinem Grab stehen und für ihn beten werden. Er hatte solche Angst, dass du nicht zur Beerdigung ... Und deshalb hat er mich gebeten, dich zu ihm zu bringen.«

Der Aufprall mit Onkel Herbert war ein schlechter Witz gegen die Wucht, mit der mich diese Aussage traf. Ich spürte, dass Jacob dieses Mal nicht log. Er sagte die Wahrheit. Luis hatte gewusst, dass ich nicht kommen würde. Und ich hatte es auch gewusst. Kurz überlegte ich, Jacob um Verzeihung zu bitten. Doch ich entschied mich dagegen.

»Tja, dieses Versprechen wirst du brechen müssen.« Ich spuckte Blut aus. »Denn ganz egal, wie viele Gemeinden wir besuchen, und auch wenn du es bei Luis geschafft hast – mir verpasst du keine Gehirnwäsche. Niemals.«

Ich wandte mich ab und ging los, blieb aber noch einmal stehen. Jacob rührte sich nicht. »Wenn ich mich dafür entscheide, am Grab meines Bruders zu stehen, dann werde ich das alleine tun. Das wird nur mein und sein Moment sein. Da ist kein Platz für Gott, oder den Weihnachtsmann oder Osterhasen oder für wen auch immer! Und schon gar nicht für einen von euch und erst recht nicht für dich!«

»Theo –«

»Du willst wissen, warum ich nicht zur Beerdigung gekommen bin?« Jacob schaute auf. Über seine malträtierten Züge blitzte ein Hoffnungsschimmer. »Weil ich nicht mit euch Freaks da stehen wollte! Ihr seid doch alle krank.«

Auch ihm lief Blut aus der Nase. Die Kette hing schief über seinem Shirt, sodass das Kreuz ein ungleiches X bildete. Er senkte den Kopf.

»Und noch eine letzte Sache, Jacob. Das Folgende habe ich bisher nie ernst gemeint, aber hier kommt die Premiere.«

»Bitte, Theo. Bitte hör auf.« Mehr als ein Flehen war es nicht.

Doch ich kannte keine Gnade. Ich zog den Brief aus meiner Tasche, zerknüllte ihn und warf ihn Jacob vor die Füße. Dann zeigte ich auf Onkel Herbert: »Nimm diesen Schrotthaufen hier und fahr zur Hölle. Dann bleib da. Fahr zur Hölle, Jacob.«

Jacob warf mir einen letzten Blick zu. Dann nickte er, wandte sich ab und trottete zurück zur Gemeinde. Die anderen folgten ihm.

Schließlich stand ich ganz alleine auf dem Parkplatz. Für einen Moment sah ich ihnen nach. Dann ging ich davon, ohne ihn, in entgegengesetzter Richtung zur Straße. Und dann immer weiter.

48

Wie ein Netz aus schwarzen Fäden verwoben sich meine Gedanken über mir und trieben mich tief hinab in einen Tunnel der Dunkelheit. Dabei leuchtete ein Satz immer wieder vor meinem inneren Auge auf: Ich hätte es besser wissen müssen.

Und genau das war das Problem: Ich hatte es besser gewusst. Von Anfang an war mir klar gewesen, wohin das hatte führen müssen. Dass es eine dumme Idee war, mit einem Fundamentalisten durchs Land zu tuckern. Dass man versuchen würde, mich zu blenden. Dass etwas grundlegend falsch mit ihrer neuen Gemeinde war. Und dass das kein gutes Ende nehmen konnte.

Wieso hatte ich es überhaupt so weit kommen lassen? Ich hatte mich reinquatschen lassen. Von Marie, die immer wusste, was mir »guttun« würde. Von meiner Mutter, um den angeblich »letzten Willen« meines Bruders zu erfüllen. Und auch ich selbst hatte mich hineingezogen, in meiner sentimentalen und hoffnungslosen Schwäche.

Und hier war ich jetzt. Ausgebrannt, geschlagen und am Ende. Hereingefallen auf einen Christen, der nicht einmal einen miesen Witz nacherzählen konnte. Ein bitterer Geschmack legte sich auf meine Zunge.

Allein war ich wohl besser dran als mit einem Lügner. Wahrscheinlich, dachte ich und spuckte aus, sollte ich alleine sein und bleiben. Offenbar machte ich sowieso alles falsch. Traf die falschen Entscheidungen. Hörte auf die falschen Leute. Ging die falschen Wege. Geradewegs hinein in mein Unglück.

Meine Zähne knirschten übereinander. Jacob, dieser verdammte Judas! Wie konnte er es wagen, einen Brief im Namen meines Bruders zu verfassen, meines toten Bruders? Sogar Onkel Herbert und »Bällende Hunde« hatte er schamlos gegen mich verwendet. Faselte ununterbrochen über Gott und Jesus, aber mich haute er problemlos in die Pfanne. Die Schläge hatte er sich reichlich verdient. Eher würde ich meinen Anteil verprassen und dann für immer Schweine hüten, als ihm zu helfen. Onkel Herberts Tod ging ebenfalls auf sein Konto. Auch, wenn ich gefahren war.

Plötzlich war da dieses lang gezogene, metallische Stechen in meinem Schädel. Ich blieb stehen. Augenblicklich löste sich die Hülle der Finsternis auf. Der Schmerz war so stark, dass ich das Gesicht zusammenzog und stöhnte.

Ohne zu wissen, wie ich hierhin gekommen war, stand ich mitten auf einem kargen Feld. Die ausgedörrte, teils sandige Erde war von dicken Reifenspuren zerfurcht. Die Ernte musste erst vor Kurzem eingeholt worden sein. Falls es überhaupt etwas zu ernten gegeben hatte.

Dicke Wolken, die aussahen wie Grillkohlen, zogen den Himmel zu und setzten alles in ein mattes Dämmerlicht. Die Luft vibrierte. Wind zerrte an meinen Gliedern und ließ mich mit jeder Faser meines Körpers den Aufprall spüren, mit dem ich Onkel Herbert ins Jenseits befördert hatte. Ich war es gewesen, nicht Jacob.

Panisch blickte ich mich um. Sprödes Ödland weit und breit und sonst gar nichts. Meine Orientierung war komplett ausgefallen. Ich war nicht in der Lage zu sagen, aus welcher Richtung ich auf diesen Acker gekommen war. Mein Atem beschleunigte und ich rannte so gut es ging in die Richtung, in der mir der Horizont am nächsten schien. Mit jedem Schritt nahmen die Schmerzen zu, und als hätte man mich von innen ausgehöhlt, hallte er in mir wider.

Ein paar endlose Minuten später ging ich keuchend in die Hocke. Ich konnte spüren, wie mir die Knochen aneinander rieben. Jede Bewegung wurde zur Qual.

Es klarte ein wenig auf. Zwischen zwei Feldern entdeckte ich einen Weg und an dessen Rand stand ein Tisch mit angeschraubten Bänken. Mein Rettungsanker. Dort angekommen ließ ich mich ächzend nieder. Der Rucksack klatschte zu Boden. Ich hielt mir die Seiten, beugte mich vor und kauerte mich zusammen.

So verharrte ich in drückender Schwüle, bis das Brennen zurückwich. Das Stechen in meinem Kopf war so stark, dass es mir vor den Augen flackerte. Meine Kehle war trockengelegt. Ich durchwühlte meinen Rucksack und fluchte. Die Flasche musste noch in den Resten von Onkel Herbert liegen.

Wieder schaute ich mich um. Es war nirgends ein Hinweis darauf, wo zum Teufel ich mich hier befand. Wenn es doch nur eine Möglichkeit gäbe, um das herauszufinden. Erst nach Minuten fiel mir mein Handy ein. Als hätte mich der Aufprall aufs Lenkrad zurück in dessen Baujahr geworfen, war die offensichtlichste Lösung die letzte, die mir in den Sinn kam.

Fünf Prozent Akku. Kein Netz. Wie weit weg war diese gottverdammte Pampa von der Zivilisation? Was nun?

Luis. Luis hätte gewusst, was zu tun war. Während ich über Probleme sprach, suchte er nach Lösungen. Er fand sie auch, denn er glaubte daran, wie er auch das Gute in den Menschen sehen konnte, weil er davon überzeugt war. Ich hingegen schien nur Augen für ihre Fehler und Mängel zu haben. So war es schon in unserer Kindheit gewesen.

»Schau in den Himmel und sag mir, was du siehst.« Ich sah in den Himmel. Die Dunkelheit kam zurück, ab und zu von Blitzen zerschnitten.

Warum eigentlich saß ich hier im Dreck, und er, Everybody's Darling, lag darunter? Warum war es nicht andersherum? Wäre das nicht für alle einfacher gewesen? Er war der Bessere von uns beiden. Als er noch lebte, damals, bevor er tot war. Nun war er tot.

»Verdammt!«, schrie ich über das zerfaserte Land hinweg, doch meine Scham konnte das nicht übertönen. Die Nähe zu meinem Bruder war genauso zu Schrott gefahren wie Onkel Herbert. Und in beiden Fällen hatte ich am Steuer gesessen. »Verdammte Scheiße noch mal!«

Ich hätte es besser wissen müssen. Sollte ich diese Geschichte je aufschreiben, wäre das ihr Titel.

Da war Empfang, ganze zwei Balken! Bei drei Prozent entsperrte ich mein Handy, öffnete die Kontaktliste – und hielt inne. Wen sollte ich anrufen? Waren Vorwürfe von Marie das Richtige? Sollte ich Mutter eine weitere Enttäuschung bereiten? Mir einen dummen Spruch von Paul anhören?

Und Jacob? Ich wählte seinen Kontakt aus. Wenn ich mich aufrichtig entschuldigte, würde er mir sicher verzeihen. Er würde kommen und mich holen. Er war besser als das, was er mir mit dem Brief angetan hatte. Oder nicht?

Mein Daumen schwebte über seiner Nummer. Nur, war auch ich dazu bereit, ihm zu vergeben? Warum eigentlich hatte er nicht mich angerufen, wenigstens eine Nachricht geschrieben? War nicht er es, der auf Knien angekrochen kommen musste? Das hier war schließlich alles seine Schuld. Oder hatte ich auch etwas dazu beigetragen, abgeschlagen zu sein?

Da verabschiedete sich der Akku und der Bildschirm wurde schwarz. Und schwarz schienen auch die Tropfen zu sein, die endlich vom Himmel fielen, schwarz und schwer und traurig. Sie klatschten mir ins nach oben gerichtete Gesicht und zerbarsten wie auf Stein. Ich sah zwei riesige Kohlewolken direkt über mir kollidieren, und die Sintflut brach herein. Es donnerte und krachte. Der Wind wirbelte Staub auf, und das Wasser riss ihn direkt wieder zu Boden.

Mir blieb keine Wahl. Ich presste meine Tasche an mich und kletterte unter die Tischplatte der Sitzgruppe. Dort lag ich mit angezogenen Beinen zwischen Zigarettenstummeln, stinkenden Fast-Food-Verpackungen und leeren Energydrinks. Irgendwo musste es hier also doch Menschen geben. Aber das half mir in diesem Moment nicht. Durch den Spalt der Bretter tropfte Regen auf mich herab.

Ich dachte daran, von oben abzudichten und einen kleinen Schutzwall um mich herum zu schaufeln. Doch es war zwecklos. Der vermeintliche Anker wurde zum hilflos treibenden Rettungsboot. Ich ergab mich den Fluten des Himmels wehrlos. Mir war nach Heulen zumute. »Echte Männer weinen nicht!«, fuhr mir die Stimme meines Vaters durch den Kopf. Und so fiel nichts außer Regen.

Hätte ich auch das vorher wissen müssen? Mir fiel Oma Hildes Schild wieder ein: »Gottes Zorn sind Blitze, die die Sünder in die Knie zwingen!« Ich schloss die Augen und hoffte, dass irgendwo jemand für mich betete, der wirklich daran glauben konnte.

49

Ohne mich ans Einschlafen zu erinnern, erwachte ich. Das Shirt klebte an meiner Brust, und durch den Spalt fielen weiter Tropfen auf mich herab. Wie eingefroren lag ich da. Mein Schädel brannte von innen. Schwerfällig überwand ich die Starre und kletterte aus meinem gekenterten Rettungsboot hinaus.

Das Unwetter war weitergezogen. Hart und unnachgiebig griffen die Fronten des Nebels zu eisernen Wänden ineinander und ließen meine Augen keine drei Meter weit schweifen. Im schlammigen Boden sanken meine Füße ein. Der Regen hatte aus dem Feld einen Sumpf gemacht.

Mein angeblich wasserfester Rucksack war vollgelaufen. Als ich überlegte, wohin ich nun gehen sollte, wurde mir klar, dass es völlig egal war. Jede Richtung war genauso gut wie die anderen. Eine Einsicht, die mich seltsam leicht machte und den Kopfschmerz verpuffen ließ. Kurzentschlossen zog ich die Schuhe aus, streifte das Shirt ab, schulterte den Rucksack und ging los.

Es war Samstag, mehr wusste ich nicht. Allmählich wurde es heller, doch der Nebel blieb zähflüssig. Ich hatte keine Orientierung und lief immer weiter durch den Matsch, der sich an meine Füße klebte und nach Kindheit roch.

Obwohl ich noch überall nass war, tat die Bewegung mir gut. Ich beschloss, meinen gestern aufgekommenen Zweifel beiseitezuschieben und mit ihm die Schuld von mir zu Jacob. Er hatte den Brief verfasst. Er hatte gelogen. Er hatte Luis' Tod zu seinem Vorteil ausnutzen wollen.

Befreit von dieser Last schlenderte ich weiter. Es kam mir vor, als würde es, ganz langsam, bergauf gehen. Als würde ich der Krümmung der Erde selbst folgen. Der Tag war nun endgültig angebrochen. Die ersten Sonnenstrahlen schienen durch den Dunst, und der Nebel verschwand.

Später am Vormittag erreichte ich das Ende eines Weges. Er führte ins Feld und verlor sich dort. Ich beschloss, diese Stelle als den Anfang zu betrachten. Dicke Kiesel beschwerten das Barfußlaufen, also nahm ich die Schlappen aus dem Rucksack und zog sie über.

Je weiter ich kam, desto fester wurde der Weg. Irgendwann ging er in Asphalt über. In der Sonne dampfte der Beton, der mich zurück in die Zivilisation führen würde. Ich musste grinsen. Da sollte noch einer sagen, ohne Beistand von oben wären Wunder nicht möglich! Hunger und Durst beschleunigten meine Schritte.

Doch das Wunder blieb aus. Ein paar Kilometer später musste ich feststellen, dass die »Zivilisation« nur aus einer einzelnen Gaststätte und Pick-ups ohne Kennzeichen bestand. »Zum alten Schlachthof.« Das grüne Schild war abgeblättert und der Name kaum noch zu erkennen. Hinter dem dunklen Gebäude erstreckten sich Industriehallen, in denen wohl seit den Neunzigern kein Schwein mehr ums Leben gekommen war. Unter anderen Umständen hätte ich mich dagegen entschieden, doch mein Magen knurrte wie ein kampfbereiter Straßenhund.

Alle Baseballcaps drehten sich zu mir. Ich wollte »Hallo« sagen, spürte aber sofort, dass die lokale Währung das Schweigen der Männer war. Geduckt schlich ich durch den engen, düsteren Raum und auf die Theke zu.

Der Mann dahinter war so breit wie hoch, und er war sehr hoch. Ein rot-schwarzes Holzfällerhemd spannte sich über seinen massigen Oberkörper. Er sah mich so gnädig an, wie ein Wolf ein angeschossenes Reh gnädig ansieht.

»Ein Wasser, bitte.«

Unter seinen buschigen Augenbrauen musterte er mich. Dann stellte er ein Glas mit gelben Flecken vor mir ab. Das Wasser darin sah aus, als hätte er es aus der Toilette geschöpft. Es schmeckte auch so, wie ich mir Klowasser vorstellte.

»Habt ihr was zu essen?«

Er zuckte die Schultern. »Pommes.«

»Dann eine Pommes, bitte.«

»Da muss ich erst die Fritteuse einschalten«, sagte er in einem Tonfall, der mir nahelegte, nicht zu viel zu verlangen. »Und das dauert.«

»Macht nichts.« Ich nickte ihm zu.

Der Wirt schüttelte den Kopf. Dann setzte er sich lustlos in Bewegung.

Ich wandte mich um. Die Männer starrten mich an.

»Guten Tag. Weiß jemand von Ihnen, wo der nächste Ort ist?«

Wie auf Kommando drehten sich alle gleichzeitig wieder ihren Biergläsern zu.

Während ich auf mein Essen wartete, steckte ich das Ladekabel in die einzige Steckdose, die ich finden konnte. Kurz darauf schaltete sich mein Handy ein. Kein Empfang in diesem Bunker.

Ungeachtet des versalzenen Zustands schlang ich die riesige Portion Pommes in weniger als zwei Minuten runter. »Kann ich noch ein Wasser haben?«

Der Hüne baute sich vor mir auf. »Erst mal zahlst du das da.« Mit seinem riesigen Kopf nickte er auf meinen Teller. »Hast du überhaupt Kohle?«

Ich kramte mein Portemonnaie aus der Tasche. »Wie viel?«

»Wie viel hast du?«

Ich zählte auf den Cent genau nach. »Fünf Euro vierundzwanzig.«

»Das macht fünf zwanzig.«

»Kann ich mit Karte zahlen?« Auf meinem Konto waren zwar auch nur noch ein paar Cents, aber wenigstens hätte ich dann noch Bargeld.

Doch der Holzfäller spielte nicht mit. Seine Pranke fuhr in die Höhe und wies zu einem Schild, das ich im Dämmerlicht kaum sehen konnte: »Cash Only.«

»Okay, okay.« Ich gab ihm mein letztes Geld. Er schritt damit in eine düstere Ecke. Eine Weile war es still und ich sah meinem Telefon beim Laden zu.

»Könnt ihr mir sagen, wo wir sind? Wohin ich gehen kann? Habt ihr eine Karte oder so?« Niemand reagierte. Mit meinem Geld schien auch ich mich in Luft aufgelöst zu haben. »Hallo?«

Der Wirt kehrte aus dem Schatten zurück. Er beugte sich über die Theke zu mir herüber. Aus nächster Nähe betrachtet sah sein Gesicht aus wie Hack mit Zwiebeln. Es roch auch nicht viel besser. »Du machst dich jetzt auf den Weg. Bevor ich dir dafür«, er zeigte auf mein Handy, »auch noch was berechnen muss.«

Schnell kramte ich mein Zeug zusammen und eilte unter bösen Blicken hinaus. Draußen war es mittlerweile wieder schwül. Ich hielt mein Handy in die Höhe, doch es gab kein Netz. Wenigstens hatte es wieder Saft und ich etwas im Bauch.

Der Weg lag vor mir. Von rechts war ich gekommen, dort würde ich nur wieder im Feld landen. Also ging ich linksherum.

Doch nach einer zweistündigen Wanderung kam nichts. Kein Empfang. Als der Regen dann wieder einsetzte, wurde mir flau im Magen. Ich presste mir die Augen zu, zählte laut bis zehn und öffnete sie wieder. Ich stand immer noch an Ort und Stelle. Mit voller Wucht kamen die Kopfschmerzen zurück. Es war der reinste Albtraum. Doch aufwachen konnte ich nicht.

50

Der Schauer tat mir gut. Und auch der Natur. Bäume, Sträucher und Halme streckten sich empor, als würden sie versuchen, dem Wasser entgegenzukommen.

Meine Hoffnung verlief sich wie der Asphalt ins Leere. Zu beiden Seiten hin war da nichts. Nur ein Stück ramponierter Teer, das ich abgelaufen war. Ich überlegte, wo die Hinterwäldler mit ihren Pick-ups wohl langfuhren, doch fand darauf keine Antwort. Also schlug ich mich ins Unterholz.

Stundenlang stapfte ich durch den Wald. Fichten, Tannen und Kiefern, dann Fichten, Tannen und Kiefern. Die Sonne knallte wieder herab und sog unbarmherzig alle Flüssigkeit aus dem Boden. Ein einziger Funke, und ich wäre in einem Meer aus Flammen ertrunken. Die Schmerzen in meinem Kopf erreichten einen neuen Höhepunkt.

Bei jedem Schritt brachen Zweige unter meinen Füßen. Es waren die einzigen Geräusche weit und breit. Der Dschungel um mich herum war tot. Er loderte zwar nicht, doch die Verbrennungen waren unumkehrbar. Hier und da stiegen Rauchschwaden aus der Erde und verbreiteten den Gestank von Lagerfeuer.

In unregelmäßigen Abständen zückte ich mein Handy, doch der Empfang blieb aus. Ich drehte den Klingelton auf die höchste Stufe. Sobald ich wieder Netz empfing, musste eine ganze Flut von Nachrichten hereinbrechen. Das dachte ich zumindest.

Gegen Mittag hätte ich alles, was ich noch bei mir trug, für ein weiteres Glas Klowasser gegeben. Obwohl jede Pore meines Körpers zum Tag der offenen Tür einlud, schwitzte ich nicht mehr. Der Wald nahm kein Ende.

Ich hockte mich in den Schatten eines abgestorbenen Baumstamms und starrte ins Leere. Wo war Jacob? Suchte er nach mir, jetzt, in diesem Moment?

In der Ferne zog ein Rauschen vorbei. Ich sprang auf und rannte darauf zu. Egal, was es war, es musste etwas Gutes sein. Nach wenigen Hundert Metern stolperte ich durch ein Gebüsch und auf eine Landstraße. Doch Autos waren nicht zu sehen.

Dennoch setzte der Beton unter meinen Füßen neue Kräfte frei. Ich ging linksherum. Über der schmalen Straße gaben sich die Zweige die Hand. Ständig wandte ich den Kopf, doch weder hinter noch vor mir war Verkehr. Zwischenzeitlich fragte ich mich sogar, ob ich mich auf ein Motorrad setzen würde, sollte sich nur so eine Mitfahrgelegenheit ergeben. Nein, das würde ich nicht.

Gegen späten Nachmittag gestand ich mir ein, die falsche Richtung gewählt zu haben. Immer und immer wieder.

Ich war kurz vorm Ausrasten, da klingelte unter »Anonym« mein Handy. Ich nahm sofort ab.

»Hallo? Jacob?«

»THEODOR!«

Ich zuckte zusammen.

»Wo im Namen von Gaius Julius Caesar stecken Sie?«

»Fuck!«, flüsterte ich. Die Ereignisse der letzten Tage hatten sich so dermaßen überschlagen, dass mein Job dabei total untergegangen war. Doch bevor ich etwas gegen meine drohende Arbeitslosigkeit tun konnte, schrie Hugelmeyer-Stubenbrock weiter. »Antworten Sie endlich!«

»Es tut mir leid«, sagte ich, »ich habe es vergessen.«

»Vergessen?« Seine Stimme überschlug sich. »Ich vergesse mich auch gleich! Sie kommen hierher, und zwar sofort!«

Ich sah an mir herab. Dann zu den abgestorbenen Nadelbäumen. »Das könnte knapp werden.«

Hugelmeyer-Stubenbrock seufzte. »Wollen Sie mich eigentlich in den Selbstmord treiben, Theo? Meine Gäste können keinen Champagner trinken, weil Sie Neandertaler nicht da sind!«

»Sind Sie etwa zu blöd, eine Flasche zu öffnen?«

Ich war nicht weniger von meinen Worten überrascht als der Professor. »Was haben Sie da gerade von sich gegeben?«

»Ob Sie zu blöd sind, eine Flasche zu öffnen.« Ich fand großen Gefallen an diesem Alles-ist-verloren-Spiel. »Unter Ihren vielen akademischen Titeln findet sich bestimmt einer, der weiterhilft.«

»So, junger Mann. Der Rubikon ist endgültig überschritten. Alea iacta est!« Er machte eine Pause, vermutlich, um nicht zu ersticken. »Des ungeachtet Ihrer lächerlichen Arbeit in meinen Diensten scheinen Sie zu vergessen, welchen Einfluss ich nach wie vor an der Universität genieße. Es wird mir ein Leichtes sein, einem Langzeitstudenten wie Ihnen im warum auch immer so gefragten Fach Psychologie ein paar zusätzliche Steine in den Weg zu rollen. Auch wenn ich Ihnen dringend empfehlen würde, Ihren spärlichen Wissensschatz endlich dafür einzusetzen, um herauszufinden, was mit Ihnen verdammt noch mal falsch gelaufen ist!«

Schweigend betrachtete ich die Dreckschicht unter meinen Nägeln.

»THEODOR!«

»WAS?«

»SIE SIND GEFEUERT!«

Ich überlegte einen Moment. Dann sagte ich: »Wissen Sie was? Ficken Sie sich. Und Ihre peinliche Auszeichnung gleich mit.«

Sein Empören war feinstes Burgtheater, doch bevor Hugelmeyer-Stubenbrock wieder ansetzen konnte, fügte ich hinzu: »Und mein Name ist Theo. Nicht Theodor!« Dann legte ich auf.

Kurz genoss ich meinen unerwarteten Triumph. Bis mir Herr Vogt und die Mietschulden einfielen. Und meine Mutter, die mich nicht mehr unterstützen konnte. Ich war den Wichser zwar los, doch damit war nun wirklich alles im Arsch.

Es war Abend. Der Empfang wurde mit jedem Schritt besser und bald stieß ich auf eine Kreuzung, von der mehrere Straßen abgingen. Über Felder hinweg sah ich die Lichter einer Stadt, doch wie weit sie entfernt war, konnte ich nicht einschätzen. Ich ging einfach darauf zu.

Außer Hugelmeyer-Stubenbrock versuchte niemand, mich zu erreichen. Vorbeirasenden Autos streckte ich den Daumen entgegen. Sie hupten mich weg, manche beschleunigten sogar, andere zeigten mir den Mittelfinger. Jede davonbrausende Mitfahrgelegenheit steigerte mein Verlangen, es alleine zu packen. Scheiß auf euch, dachte ich und fluchte vor mich hin. Ich hatte es Jacob gesagt und es stimmte: Ich brauchte niemanden.

Das erste Schild lag im Dunkeln, sodass ich mich direkt davor stellen musste, um es lesen zu können. Fünfzehn Kilometer bis in die Stadt. Ich überschlug das im Kopf. Über dreihundert nach Hause. Das schaffe ich, dachte ich wie ein uneinsichtiges Kind.

Doch meine Trotzphase war nur von kurzer Dauer. Die Lichter wollten nicht näher kommen. Fünf weitere Autos sausten ohne zu halten vorüber. Und als aus dem sechsten Essensreste flogen, wusste ich, dass es vorbei war. Der Regen setzte wieder ein.

Ich hatte verloren. Es war aus. Ich wollte nach Hause.

Aus der Tasche zog ich mein Handy. Doch was würde zu Hause auf mich warten? Und da klatschte mir die Wahrheit eine Backpfeife ins Gesicht: Jacob hatte recht. Er war zwar der Grund, warum ich mich in dieser Situation befand. Aber die Verantwortung für meinen Zustand lag bei mir. Ich hatte mich von Marie distanziert. Meine Mutter verletzt. Bekam mein Studium nicht in den Griff und den Job nicht erledigt.

Doch das alles bildete nur die Spitze des Eisbergs. Denn mein Bruder, der immer zu mir gehalten hatte, war nicht mehr da. Seit Wochen spukte dieser Fakt durch mein Bewusstsein, doch erst jetzt wurde er zur Gewissheit: Luis war tot. Anstatt zu ihm zu halten, hatte ich ihn verstoßen und dazu gezwungen, sich einen neuen Bruder zu suchen. Noch immer wusste ich nicht, was es mit seinem Herzensprojekt, der »neuen Gemeinde«, auf sich hatte. Ich war es, der sich entfremdet hatte. Und somit gab es niemanden mehr, den ich guten Gewissens anrufen konnte. Jacob hatte recht.

Und mit ihm noch jemand anderes. Nun musste ich vor ihm zu Kreuze kriechen. Ich wählte seine Nummer, hielt mir das Telefon ans Ohr und versuchte zu ignorieren, wie schlecht ich mich dabei fühlte.

51

Erst beim dritten Versuch und nach langem Klingeln nahm er ab.

»Was ist denn?« Er klang außer Atem.

»Paul? Bist du das?«

»Wer soll es sonst sein?«, kam es zurück.

»Ja, klar. Hier ist Theo. Ich ruf nur an, weil es wichtig ist. Sorry, ich wollte dich und Alicia nicht stören.«

»Machst du Witze?« Seine Stimme wurde schrill. »Mann, ich hab grade ein Sinner-Date.«

»Oh! Ach so.«

Im Hintergrund hörte ich eine Frauenstimme, die lasziv gurrte. »Tim, Baby, komm wieder ins Bett!«

»Tim?«

»Junge, das ist Sinner! Glaubst du, da ist irgendwas echt?«

Ich war zu perplex für eine Antwort. Der Regen legte noch einmal zu.

»By the way, wenn das hier in Alicias Gegenwart zur Sprache kommt –«

»Tim!«

»Theo!«

»Paul?«

»Ja!« Paul spielte den Gestressten mit Freude. »Also, was ist jetzt?«

»Alles ist schiefgelaufen! Der Brief war gar nicht von Luis. Der Typ, mit dem ich unterwegs war, hat ihn geschrieben. Und jetzt bin ich irgendwo gestrandet.«

»Hm …«

»Es ging nur darum, ihm meinen Erbanteil zu verkaufen. Damit die ihre eigene Gemeinde aufbauen können. Und weil ich nicht zur Arbeit gekommen bin, hat Hugelmeyer-Stubenbrock mich gefeuert.«

»Versaut.«

»Was?«

»Sorry, ich war gerade –«

»Hörst du mir überhaupt zu?« Ich konnte es nicht fassen.

»Jaja, 'tschuldige.« Er räusperte sich. »Also, die Penner wollten die ganze Zeit nur dein Geld?«

»So ungefähr.«

»Kranker, unehrlicher Haufen! Alles Spinner, alles Idioten.«

»Na ja, so kann man das nicht –«

»Ich hab ja gleich gesagt, dass es gar keine gute Idee ist, da mitzufahren. Ich hab's noch gesagt! Was machst du auch immer für einen Scheiß?«

»Was? Aber du meintest doch –«

»Das sind alles miese, untreue Schweine. Auf die hättest du dich niemals einlassen dürfen, Theo. Meine Güte, was für eine dumme Idee!« Er lachte. »Und deinen Job hast du auch verloren? Na, herzlichen Glückwunsch! Dein Bruder war schon so zurückgeblieben, dass er sich diesem Pack angeschlossen hat, und du machst ernsthaft den gleichen Fehler? Liegt wohl bei euch in der Familie, diese Dummheit.«

Ich wusste nicht, was ich sagen sollte.

»Hallo?«

»Kannst du mich abholen?«

»Ich glaube, ich hab mich gerade verhört, denn es klang so, als hättest du gefragt, ob ich dich abholen kann.«

»Du hast es doch angeboten!« Durch meine Eingeweide kroch Panik.

»Theo, ich kann dir nicht immer den Arsch retten! Du musst endlich lernen, Verantwortung zu übernehmen, und – ja, ich komm ja gleich, Herrgott – wenn ich dich jetzt wieder raushaue, wirst du es nie kapieren. Deine Dummheit, dein Problem.«

Mein Kopf schwirrte und Regen klatschte herab. Mir war schwindelig und ich dachte, gleich zu stürzen und aufzuschlagen. Da bog ich um eine Kurve und vor mir lichtete sich die Böschung. Wie vom Blitz getroffen hielt ich inne. Mitten in der Pampa stand eine Werbetafel, die mit grellen Scheinwerfern ein Plakat erleuchtete.

»Theo? Bist du noch dran?«

»Paul«, sagte ich. In mir arbeitete es wie in einem Uhrwerk.

»Ja?« Es war ein unsicheres »Ja«.

»Ich werde Alicia nichts sagen. Aber wenn sie fragt, belüge ich sie nicht noch einmal.«

»Theo, was meinst du, was soll –«

»So hast du die Chance, es selbst zu tun.«

»Ich versteh nicht, was ist denn auf einmal los?« Nie zuvor hatte ich Paul in Angst erlebt.

»Ich sag's dir, Paul: Du bist hier das untreue Schwein. Und das weißt du auch.«

»Theo, Alter, komm schon, mach das nicht, ich fahr los und hol dich ab, wo genau bist –«

Ich drückte ihn weg. Starrte das Plakat an. Las es mir mindestens zehnmal durch. Unter zwei großen, in einem engen BH zusammengepressten Brüsten stand:

»6. Sinner-Gebot: Du sollst jetzt Ehe brechen :-O«

Sinner. Das sechste Gebot. Und das achte. Gemeinsame Gebete und nicht getragene Ketten. Sternzeichen! Eine Oma mit so einem Gefühl. Das alles ergab nun Sinn. Und ich konnte nicht glauben, es nicht früher bemerkt zu haben.

Als ich Maries Nummer wählte, erbarmte sich der Regen und hörte auf, vom Himmel zu fallen.

52

Mein Herz pochte wie vor einem Sprung aus großer Höhe. Kurz befürchtete ich, dass es bis auf einen Kilometer zu hören war. Doch viel Zeit zum Nachdenken blieb mir nicht, denn Marie nahm sofort ab.

»Theo?« Ihre Stimme war mir so vertraut wie nie. Warmes Glück durchströmte meinen Körper und löste die Angst auf. Ich wusste, ich konnte auf sie zählen. Genau jetzt, um kurz vor zwei in der Nacht.

»Marie!«

»Theo! Schön, dich zu hören.« Aus dem Handy drang Freude, aber auch Verwirrung. »Ist alles in Ordnung?«

»Ja. – Nein, das war gelogen. Aber das kann ich jetzt nur schwer erklären. Kannst du etwas für mich tun?«

»Natürlich!«

Ich kniff die Augen zusammen. »Kannst du bitte sofort ins Auto steigen, mich einsammeln und mit mir zu Jacobs Verlobung fahren?«

»Ich soll ... was machen?« Marie schien zwar die einzelnen Worte zu verstehen, nicht aber deren Zusammenhang.

»Ich weiß, das kommt überraschend und auch so spät. Aber für Erklärungen ist keine Zeit. Bitte, Marie, vertrau mir.«

Sie zögerte einen Moment. »Barney ist bei mir.«

»Jetzt? Wieso das denn?«

»Ich hab mich so einsam gefühlt.«

»Er darf doch nicht über Nacht bleiben.«

»Frau Bellingham hat eine Ausnahme gemacht. Weil er doch bald ...«

Mit der freien Hand knetete ich mir die Schläfen. Auch das hatte ich vergessen.

»Bist du noch da?«, flüsterte sie.

»Bring ihn mit.«

»Ich soll ... ihn mitbringen?«

»Ja!«

»Bist du sicher? Er muss morgen Nachmittag wieder ins Heim und am Montag wird er abgeholt.«

»Marie. Bring ihn mit. Ich kümmere mich darum, okay?«

»Okay. Okay!« Ihre Stimme überschlug sich. »Wo genau bist du?«

Ich beschrieb ihr meine Lage. Und den Hunger und den Durst und die Kopfschmerzen. Und dass ich praktisch pleite war.

»Am einfachsten ist es, wenn ich dir meinen Standort schicke. Aber ich laufe auch in deine Richtung.«

»Gut. Ich bring dir was mit. Aber du musst uns nicht entgegenkommen. Dadurch werden wir nicht schneller da sein.«

»Das stimmt«, sagte ich. »Aber ich werde schneller bei euch sein.«

»Oh!« Es war der Klang aus alten Zeiten. In denen sie sich in mich verliebt hatte. Und ich mich in sie. »Gut, wir machen uns gleich auf den Weg. Bis später!«

»Marie!«

»Ja?«

Ich holte tief Luft. »Ich liebe dich.«

Eine Pause entstand und mein Herz machte einen infarktähnlichen Aussetzer.

»Ich liebe dich auch. Du alter Blödmann!«

Sie legte auf. Ein letztes Mal las ich mir das Plakat durch. Dann drehte ich mich um und rannte in die dunkle Nacht auf Marie zu.

53

Um kurz vor sieben in der Früh kam sie mit quietschenden Reifen auf der Landstraße vor mir zum Stehen. Viel fehlte nicht und sie hätte mich umgefahren. Ich riss die Tür auf und starrte sie an. Und Marie starrte zurück.

»Wie siehst du denn aus?«, rief ich. Sie hatte sich aufgestylt wie selten: Make-up, Lidschatten, Wimperntusche. Dazu ihr blaues Kleid für besondere Anlässe, Ohrringe und eine Kette.

»Nein, wie siehst du denn aus?«

Ich sah an mir herab. In der Aufregung hatte ich vergessen, dass ich von oben bis unten voller Dreck war. Löcher in Shirt und Hose, die Schuhe kaputt.

»Du stinkst wie ein läufiges Otterweibchen!« Sie hielt sich die Nase zu und wedelte mit der Hand.

»Woher weißt du denn, wie läufige Otterweibchen stinken?«

»Das ist allgemein bekannt! Hätte ich das gewusst, hätte ich dir noch frische Klamotten und Deo mitgebracht.«

Bevor sie weiteren Protest einlegen konnte, stieg ich ein. »Im Ernst, Marie. Ich hab dir doch gesagt, wir haben kaum Zeit. Es hat bestimmt gedauert, dich so schick zu machen.«

Sie zuckte süffisant die Schultern. Das konnte sie gut. »Du hast aber auch gesagt, wir fahren zu einer Verlobung. Da will ich nicht im T-Shirt erscheinen!«

Ich schüttelte den Kopf.

»Tut mir leid«, flüsterte sie.

Ich legte meinen Arm um ihre Schulter. »Um ehrlich zu sein, siehst du ziemlich umwerfend aus.«

Marie schmunzelte und mir klatschte ein nasser Lappen ins Genick.

»Barney, stopp!«

Doch Barney, der etwas gebraucht hatte, um wach zu werden, dachte gar nicht daran, mit dem Ablecken aufzuhören. Erst nach einigen Minuten beruhigte er sich.

»Wohin soll es gehen?«

Ich tippte die Adresse in ihr Handy. Die Navi-App zoomte raus und tauchte den oberen Teil des Displays in Blau.

»Ans Meer!«, rief Marie.

»Planmäßige Ankunftszeit: elf Uhr«, kam es aus dem Handy.

»Verdammt!«

Marie sah mich von der Seite her an. »Müssen wir denn um zehn da sein?«

»Nein. Vorher.« Ich wischte über den Bildschirm. Der Brand, der auch Jacob und mich auf Umwege gezwungen hatte, musste einiges an Chaos angerichtet haben. Die schnellsten Routen waren gesperrt.

»Dann schnall dich lieber an. Fahren kann ich noch besser als mich schick machen!« Ihre Augen sprühten vor Entschlossenheit. »Wir schaffen das!« Und sie gab Gas.

In kürzester Zeit schlang ich drei Brötchen hinunter, trank einen Liter Wasser und schluckte zwei Kopfschmerztabletten, die schnell den Druck in meinem Schädel lösten. Marie bestand darauf, dass ich mir etwas Bargeld aus ihrem Portemonnaie nahm, um nicht wieder irgendwo völlig blank zu stranden.

Ich erklärte ihr, was geschehen war, und versuchte dann, Jacob anzurufen. Doch entweder war sein Handy ausgeschaltet oder er hatte mich blockiert. Auch meine Nachrichten wurden nicht zugestellt.

»Versuch's mal mit meinem«, sagte Marie, als wir einer Straße siebzehn Kilometer folgten.

»Auch nichts. Hat's wohl aus.« Ich öffnete wieder das Navi und steckte es zurück in die Halterung. Immer wieder fiel mein Blick auf die Uhr. Zwanzig Minuten hatte Marie schon aufgeholt.

Ohne abzubremsen legte sie uns in eine Kurve und wir wurden nach außen gedrückt. Von hinten kam ein Hundewürgen.

»Oh nein, bloß das nicht!«

Ich drehte mich zu Barney um. Er war ziemlich durchgeschüttelt und ließ die Ohren hängen.

»Das passt schon, es war ja nur eine Kurve und –« Wieder drückte es uns nach außen und wieder würgte der Hund, lauter und länger als beim ersten Mal. Ich vergrößerte den Ausschnitt auf dem Handy. Vor uns lag ein Abschnitt von Serpentinen, der sich durch eine Anhöhe schlängelte.

»Sieh mir zu, dass er nicht ins Auto kotzt!«

Ich schnallte mich ab und kletterte nach hinten. Barney stand geduckt auf der Rückbank. Er atmete schnell und fiepte dabei. Ich öffnete ein Fenster und hielt seinen Kopf raus. Gerade rechtzeitig, denn da kam ein gelber Schwall aus ihm geschossen.

»Alles gut bei euch?«, rief Marie gegen den Wind.

»Alles super!«, schrie ich zurück, während eine weitere Ladung auf die Straße klatschte.

Zehn Minuten und drei Brecher später hatten wir es geschafft. Marie musste einen Rekord gefahren sein. Ich schloss das Fenster und blieb hinten, um Barney zu streicheln. Unsere neue Ankunftszeit lag mittlerweile bei zehn Uhr dreißig.

»Theo?«

»Ja?«

Kurz fixierten mich ihre Augen im Rückspiegel.

»Du bist dir absolut sicher?«

Ich nickte.

»Weil, wenn nicht –« Marie zögerte.

»Ich bin mir sicher.«

»Gut.« Sie schüttelte den Kopf. »Das ist wirklich eine krasse Lüge. Hätte ich nie gedacht.«

»Ich auch nicht.«

»Dann war diese bescheuerte Fremdgeh-App doch endlich zu was gut!« Sie stöhnte. »Aber als ich gesagt habe, ich will mit euch ans Meer, meinte ich nicht, um eine Verlobung zu crashen!«

»Ich hab mir das auch anders vorgestellt.«

»Aber selbst wenn wir es schaffen – glaubst du, er wird dir zuhören?«

Ich schluckte. »Das weiß ich nicht.«

Marie ließ nicht locker. »Und du? Kannst du ihm ... verzeihen?«

»Ich versuche es.«

»Das ist ein Anfang!«, sagte sie und überholte zwei Sportwagen auf einmal. Orte, durch die ich mich mit Jacob und Onkel Herbert nur mühevoll hatte vorarbeiten können, rasten nun an uns vorbei.

Dann, mitten in einem Birkenwäldchen, trat Marie ohne Vorwarnung volle Pulle auf die Bremse. Barney und ich klatschten gegen den Beifahrersitz.

»Scheiße!«

Vor uns war die Straße gesperrt. Das Navi hatte nichts angesagt und zeigte weiterhin einen freien Weg.

»Was jetzt?«

Wir standen einfach nur da und nichts passierte. »Neue Ankunftszeit: zehn Uhr vierzig.«

»Wenn wir umdrehen, schaffen wir es nie«, sagte Marie.

Ich wusste nicht weiter. Ich hatte keine Ahnung. Es war schon lebensgefährlich, wie wir bisher gerast waren. Noch schneller wäre komplett wahnsinnig gewesen.

»Es tut mir leid.« Marie presste die Lippen zusammen.

»Gib mir mal bitte dein Handy.«

Sie reichte es mir. Ich schaltete auf Satellit, betrachtete die Karte und schaute dann aus dem Fenster. Eine Möglichkeit gab es noch.

Doch war es das wirklich wert? Nach dieser Woche? Ich sah ihn vor mir, wie er strahlte vor Freude darüber, bald verlobt zu sein. Wie er eine Kusshand zum Himmel warf und wie seine Kette dabei einen Sprung machte: WWJD. Was würde Jacob tun?

Ich atmete durch. »Lass mich fahren.«

»Aber du bist kein guter Fahrer!«

»Ich bin die letzten Tage über jede erdenkliche Art von Straße gefahren. Ich kann das.«

Wir tauschten die Plätze und ich setzte zurück. Im Vergleich zu Onkel Herberts wildem Temperament war Maries Auto handzahm.

»Halt Barney gut fest.«

»Theo, was hast du vor?« Ich konnte hören, wie sie es bereute, mich ans Steuer gelassen zu haben.

»Der ist nicht tiefergelegt, oder?«

»Nein, wieso fragst du?«

»Deswegen«, sagte ich und trat aufs Gas, riss den Wagen herum und schoss mitten durch den Wald.

»THEO!«, brüllte Marie von hinten und Barney heulte wie ein Wolf. Offenbar war er auch mit denen näher verwandt. »WAS TUST DU?«

»Wenn meine Berechnungen stimmen«, schrie ich und riss das Steuer hin und her, einer morschen Birke nach der anderen ausweichend, »müssten wir nach nur wenigen Hundert Metern –«

Und da flogen wir aus dem Wald mitten auf eine Landstraße. Das Navi berechnete die Route neu, und während ich hochschaltete und das rechte Pedal bis zum Anschlag durchdrückte, hörte ich »Neue Ankunftszeit: zehn Uhr fünfzehn«.

»Wir schaffen es, wir schaffen es!«, rief ich eine halbe Stunde später und wandte mich kurz zu Marie. Sie klammerte sich an den Hund. Erst als wir über eine Kuppe fuhren und einen Haufen Leute sahen, die sich vor dem Panorama der Ostsee versammelt hatten, rief sie »das Meer!«, und ich rief »Jacob!«.

Auf einer Anhöhe kamen wir zwischen ein paar Dutzend Autos zum Stehen. Den Hang hinab tummelte sich eine Gesellschaft unter weißen Pavillons. Ich riss die Tür auf und wollte sofort weiter.

»Marie!«

Sie zog sich im Spiegel der Frontkamera ihren Lippenstift nach.

»Marie! Was tust du denn da?«

»Ich habe es dir gesagt, das ist eine Verlobung und da will ich angemessen erscheinen!«

»Wir wissen nicht, ob es eine Verlobung geben wird!«

»Ja, aber wie du weißt, bin ich ein positiver Mensch. Ich will vorbereitet sein!«

Ich konnte mir ein Lächeln nicht verkneifen. »Du siehst toll aus, wirklich! Und jetzt komm!«

Ich ließ Barney aus dem Wagen und nahm Marie bei der Hand. »Danke«, sagte ich und küsste sie auf die Stirn.

»Na logo, du Blödmann.« Sie grinste.

Doch gerade als wir uns umdrehten und loslaufen wollten, applaudierte die Gemeinde. Wir sahen hinunter. Jacob kniete vor Julia und steckte ihr einen Ring an den Finger. Dann stand er auf und die beiden küssten sich.

Um neun Uhr fünfundfünfzig. Es war zu spät.

54

Marie strich mir über den Rücken. »Du hast alles gegeben. Es ist nicht deine Schuld.«

Ich nahm die Hände vom Gesicht. »Was machen wir denn jetzt?«

Sie überlegte einen Moment. »Auch wenn ich dir zustimme, wir haben nicht das Recht, uns noch einzumischen.«

Barney grummelte. Er tapste von einer Vorderpfote auf die andere. Dabei fielen ihm immer wieder die Augen zu.

»Es ist Julias Sache. Und wenn Jacob es nicht gemerkt hat ...« Sie zögerte. »Wollte er es vielleicht gar nicht.«

»Du weißt nicht, was das für ihn bedeutet! Er kann doch nicht mit einer solchen Lüge in die Zukunft starten.«

»Sag mal, Theo ...« Marie stellte sich dicht vor mich. »Nach allem, was zwischen euch war, warum ist es dir so wichtig, was mit Jacob ist?«

»So wichtig ist mir das nicht.« Ich verschränkte die Arme.

Da lachte Marie. »Mein Lieber, wir sind gerade durchs halbe Land gerast, nur um ihm zu helfen. Wenn dir das nicht wichtig ist, warum dann?«

»Na ja.« Ich rang mit mir. »Weil Jacob mein ... Er soll nicht ...«

Sie legte lächelnd ihre Hand auf meine Brust. Ich war ihr dankbar dafür, dass sie mich einfach verstand.

»Wie ich das sehe, haben wir zwei Möglichkeiten.« Wir schauten wieder runter auf die Gemeinde. »Entweder, wir behalten unser Wissen für uns und fahren nach Hause. Oder aber, du gehst hin und sprichst mit Julia. Es ist ihre Entscheidung. Das solltest du mit ihr allein bereden.«

Ich schluckte. »Aber was, wenn …« Mir fielen auf Anhieb tausend Szenarien ein, die alle in einem Desaster endeten. Doch nur eines wäre noch schlimmer gewesen, als es nicht zu versuchen.

»Okay.« Ich seufzte. »Ich mach's.«

Marie strich mir über die Wange. »Wir bleiben hier und drücken dir Daumen und Pfoten.«

Ich tätschelte Barney kurz den Kopf und ging los. Vorsichtig und im großen Bogen näherte ich mich der feiernden Gesellschaft. Sie waren verstreut, bildeten Grüppchen, die hier und da unter den Pavillons standen, Sekt trinkend, Häppchen essend und schwatzend. Ich entdeckte Jacob und Julia im Schatten eines Sonnensegels am äußersten Rand. Er flüsterte ihr etwas zu, woraufhin sie zu kichern begann.

Was tat ich hier überhaupt? Wie sollte ich sie allein sprechen und was sollte ich ihr sagen? Es war nur eine Frage von Minuten, bis ich – völlig fertig – auffallen würde. Das war alles Wahnsinn, und falls ich doch falschlag, wäre die Katastrophe komplett.

Da ging Jacob auf ein paar Männer zu, die ihn jubelnd begrüßten. Julia blieb allein unter dem Segel zurück. Jetzt oder nie, dachte ich.

»Julia!« Wie ein Ninja schlich ich vorwärts und zischte so leise wie möglich. »Hey! Ich bin's, Theo.«

Sie drehte sich mir zu. »Was machst du denn hier?« Selbst im misstrauischen Zustand lag ein Zauber auf ihrem Gesicht.

»Bitte hör mir kurz zu.«

»Ich glaube nicht, dass wir reden sollten. Nicht nachdem, was du mit Jacob gemacht hast.«

»Ich weiß, aber es ist wichtig. Sehr wichtig.«

Hinter ihr plauderte Jacob mit seinen Freunden.

»Julia, bitte. Ich habe es verstanden.«

»Was hast du verstanden? Wovon redest du?«

»Das sechste Gebot.« Ich wischte mir Schweiß von der Stirn. »Ich kenne dein Geheimnis.«

Sie wich zurück. »Was … was meinst du?«

»Das weißt du ganz genau.«

»Ich habe keine Ahnung, was du von mir willst!«

Mir wurde schlecht. Ich wollte nicht recht haben. Aber ihre Lüge war nicht mehr zu übersehen. »Du musst es ihm sagen. Er hat ein Recht darauf.«

»Theo, das ist ja lächerlich! Geh jetzt, du hast hier nichts verloren.«

»Nein!«, sagte ich, etwas zu laut. Einige Köpfe drehten sich zu uns. »Ich bleibe!«

»Theo, bitte hör auf!«

»Du darfst Jacob nicht so hintergehen!«

»Schluss jetzt, verschwinde!«, schrie sie. Und damit hatten wir endgültig die volle Aufmerksamkeit.

»Theo?« Jacob kam zu uns herüber. Erleichtert stellte ich fest, dass die Schwellungen in seinem Gesicht abgenommen hatten. Ich erinnerte mich, wie ich mich vor einigen Tagen gefragt hatte, wie er wohl in einem Anzug aussehen würde. Die Antwort war: gut. Doch sein Blick war eisig. »Was willst du? Was soll das?«

Ein Bellen ließ alle zusammenzucken. Barney und Marie rannten auf uns zu.

»Hey, Jacob, Julia!« Marie keuchte. »Schön, euch zu sehen.«

Barney watschelte zwischen den Leuten umher und wedelte mit dem Schwanz. Einige von ihnen wichen vor ihm zurück. Doch die ganzen Eindrücke waren zu viel für ihn. Ehe jemand etwas sagen konnte, klappte er zur Seite und schlief tief und fest. Für eine Sekunde starrten alle Barney an, dann wandten sie sich wieder Jacob, Julia und mir zu. Die Neugier auf einen möglichen Skandal war offenbar so groß, dass selbst ein narkoleptischer Hund daneben alt aussah.

Ich wandte mich wieder Jacob zu: »Ich muss dir etwas Wichtiges sagen.«

»Und das muss ausgerechnet jetzt sein, vor all den anderen?« Er wies in die Menge.

Erst jetzt, wo alle Blicke auf mich gerichtet waren, die meisten zornig oder vorwurfsvoll, wurde mir bewusst, wie viele Menschen sich hier versammelt hatten. Unter den Gesichtern, die ich vom Sehen her kannte, entdeckte ich Pastor Daniel, daneben die mit den Zöpfen. Auch Gerold war da und ganz am Rand stand, etwas für sich, Ulrike Müller, einen Spaten in den Händen. Sie alle waren festlich gekleidet, und hier und da ragte ein Hut hervor.

Ich ging auf Jacob zu und legte ihm die Hände auf die Schultern. »Bitte, vertrau mir.«

»Dir vertrauen?« Er machte sich los. »Julia, was passiert hier?«

»Ich weiß nicht, ich wollte nur –« Ihre Stimme brach ab.

»Aber was ist denn?« Jacob machte einen Schritt auf sie zu, doch sie rührte sich nicht. »Theo, was hast du gemacht? Jetzt sagt mir endlich, was hier vorgeht!«

»Also gut.« Julia nickte entschlossen, doch als sie in Jacobs Gesicht aufsah, schwankte ihre Meinung plötzlich wieder um. »Theo lügt, er weiß gar nichts!« Sie zeigte auf mich. Ihre Hand zitterte dabei.

»Wenn du es ihm nicht sagst, mach ich es!«

»Es steht dir überhaupt nicht zu, das ist meine Beziehung und meine Entscheidung und –«

»Julia!« Marie schaffte es, sanft und bestimmt zugleich zu sprechen. »Ich weiß, dass das schwer für dich ist. Und ich glaube, ich verstehe, warum du es gemacht hast. Aber das ist Jacob gegenüber nicht fair.«

Ich schluckte. Wäre ich es nicht schon gewesen, ich hätte mich spätestens jetzt in Marie verliebt.

»Himmel, was ist passiert!« Jacob schien kurz vorm Durchdrehen zu stehen.

»Es geht um das sechste Gebot«, sagte ich, da Julia weiterhin schwieg. Die Gemeinde rückte näher.

»Das sechste Gebot?« Jacob erblasste. »Hast du ... mich betrogen?«

»Nicht so, wie du denkst.«

»Was? Ich verstehe nicht.«

»Das sechste Gebot.« Julia richtete sich auf. Ihre Lippen bebten beim Sprechen. »Du sollst nicht lügen.«

»Aber das ... ist das achte.« Jacob blickte mich an. »Das hast du ... doch auch vertauscht.«

Ich nickte. »Ja. Aber es war falsch.«

»Das sechste Gebot lautet: Du sollst nicht ehebrechen.«

»Richtig.«

»Aber«, wiederholte Jacob, noch langsamer als sonst, wobei er von Julia zu mir und wieder zu ihr sah, »aber was heißt das denn jetzt?«

»Das heißt, dass ich nicht gläubig bin.« Julia hatte die Worte zwar geflüstert, doch die Menge schreckte zusammen, als sei eine Bombe explodiert.

Jacob starrte seine Verlobte an. Es war nicht seine typische, schleppende Art des Starrens. Es war pures Entsetzen. »Was?«

»Ich bin nicht gläubig, Jacob. Ich war es nie.«

»Nein, nein, das ist nicht wahr!« Er machte einen Schritt zurück. Dabei klammerte er sich mit einer Hand an sein Holzkreuz.

»Doch, das ist es.«

Marie und ich sahen uns an. Ihr Blick sagte genau das, was ich befürchtete.

»Ich ... ich verstehe nicht, ich weiß nicht, ich ...« Jacob drehte sich hilfesuchend umher. Doch niemand rettete ihn. »Ich brauch einen Moment. Entschuldigt mich!« Und er stürmte davon.

55

Ich wusste nicht, wohin Jacob gelaufen war. Die verstreut herumstehenden Leute tuschelten und zeigten dabei immer wieder auf Julia. Marie, die sich neben sie ins Gras gehockt und einen Arm um sie gelegt hatte, nickte mir energisch zu.

»Barney, wach auf.« Ich hielt ihm meine Hand vor die Nase. Er hob den Kopf. Seine Augen waren nur einen Spalt breit geöffnet. Doch ich wusste, dass sein Anfall vorbei war. »Na komm, Junge. Wir suchen ihn.«

Barney streckte sich ausgiebig, dann folgte er mir durch die Menschenmenge. Wir gingen den Hang ein Stück weiter rauf, um eine bessere Übersicht zu bekommen.

»Wo steckst du nur?«

Da entdeckte ich einen einsamen Apfelbaum. Darunter saß ein noch einsamerer Jacob. Wir liefen zu ihm hinüber.

»Hey, Alter. Alles okay?«

»Ich fasse es nicht.«

»Weiß ich.« Ich ließ den Blick schweifen. Erst jetzt wurde mir bewusst, an was für einem herrlichen Ort wir waren. Genau hier hatte Luis noch vor wenigen Monaten mit Jacob geplant, eine Gemeinde zu bauen. Direkt über der Küste.

Barney winselte. Er legte den Kopf auf Jacobs angezogene Knie und hob fordernd eine Pfote.

»Kann man irgendwas tun, damit der das abstellt?«

»Du musst ihn streicheln, sonst hört er nicht auf.«

Widerwillig nahm Jacob die Pfote, legte seine andere Hand auf Barneys Kopf und führte sie von dort aus den Rücken herunter. Sofort entspannte sich der Hund und hechelte gleichmäßig.

»Jacob?« Julia kam auf uns zu. Auch Marie war dabei. Ich stellte mich zu ihr, ein paar Meter entfernt.

»Können wir reden?«

»Du kannst.« Er zuckte mit den Schultern. »Ich weiß nicht, was ich sagen soll.«

Julia setzte sich neben ihn ins Gras. Gemeinsam kraulten sie Barney.

»Bitte, Jacob, sprich mit mir.«

»Du warst doch auf der App«, sagte Jacob und starrte dabei in den luftleeren Raum.

»Ja.«

»Aber ... warum überhaupt?«

Julia seufzte. »Mit allen anderen Apps habe ich nur schlechte Erfahrungen gemacht. Und im echten Leben sowieso. Ich hatte ein paar komische Erlebnisse mit Männern, das weißt du ja.«

Jacob nickte.

»Sie haben mich fallen gelassen, wenn ich mich vollständig geöffnet habe. Keiner von ihnen wollte mich wirklich. Ich war nur ihre Trophäe. So ging das über drei Jahre.«

Barney fiepte, als wüsste er, wovon sie sprach.

»Bei einem Mädelsabend haben meine Freundinnen mich nach ein paar Weißwein dazu überredet, Holy Matches runterzuladen. Es war ein Witz. Ich wollte nicht ernsthaft suchen. Aber dann habe ich dich kennengelernt.«

»Und dann hast du einfach weitergemacht?«

»Wir sind mit dieser Lüge gestartet. Ich wollte es dir sagen, schon bei unserem ersten Treffen.«

Jacob warf mir einen Blick zu.

»Ich hab mir nichts dabei gedacht. Erst durch dich ist mir klar geworden, wie wichtig Religion sein kann. Was sie dir gibt. Aber mir ... gibt sie nichts.«

»Du hättest es mir sagen müssen.«

»Ich weiß!« Julia kämpfte mit den Tränen. Ich bewunderte sie dafür, wie würdevoll sie ihren Stolz verteidigte. »Ich habe mich so schnell in dich verliebt. Aber ich hatte Angst! Angst, dass du mich nicht mehr kennenlernen willst. Und dann Angst, dich zu verlieren. Dass du gehst, wie sie alle gegangen sind.« Bei diesen Worten schien sie beinahe zu ersticken. Barney zog seine Pfote von Jacob weg und legte sie Julia in die Hand. »Es war falsch von mir, dich zu belügen und das so lange aufrechtzuerhalten. Das hätte ich nicht tun sollen.«

Mit der freien Hand griff sie nach Jacobs. »Ich war nie gläubig und bin es nicht durch dich geworden. Und ich werde es auch nie sein.«

Jacob senkte den Kopf. »Hättest du mir das alles noch erzählt?«

»Ja, aber ich wollte erst sicher sein. Ich wollte warten, bis wir verheiratet sind. Oder zumindest verlobt.«

Bei diesen Worten atmete Jacob schwer aus.

»Es tut mir leid, wirklich. Vor allem nach dem, was du schon durchgemacht hast. Jetzt kennst du die Wahrheit. Aber dazu gehört auch, dass ich dich unendlich liebe.«

Niemand sagte ein Wort. Ob es an der Stille lag oder der Wind sich gedreht hatte, doch zum ersten Mal seit einer Ewigkeit hörte ich wieder das Meer rauschen. Gleichmäßig und beruhigend. Mir fiel auf, wie sehr ich das vermisst hatte.

»Was tust du denn, wenn du mir sagst, du betest für dich?«

»Ich mach mir die Nägel, oder …« Julia flüsterte. »Oder lese mein Horoskop.«

»Jesus.«

»Möchtest du mich immer noch heiraten?«

Jacob sah zu Boden. »Weiß nicht. Kann das jetzt nicht entscheiden. Muss nachdenken.«

»Dann gebe ich dir den hier wohl besser zurück.« Julia zog sich den Ring vom Finger mit einem Blick, als würde sie sich das Herz aus dem Körper schneiden.

Ohne sie anzusehen nahm Jacob den Ring entgegen und steckte ihn in das schwarze Samtkästchen. Er stand auf und schlurfte Richtung Parkplatz. Weiter unten löste sich die Gemeinde auf.

»Theo?« Marie nahm meine Hand. »Was jetzt?«

»Darf ich mir dein Auto leihen?« Ohne zu zögern gab sie mir den Schlüssel. »Ihr bleibt hier, okay? Bleibt bei Julia, lasst sie nicht allein.«

»Ist gut.« Marie nickte.

»Warum hast du das gemacht?« Julia streichelte Barney und sah zum Meer.

»Weil ich will, dass eure Beziehung funktioniert. Und das geht nicht, wenn ihr nicht ihr selbst sein könnt.«

Unsere Blicke trafen sich. Julia konnte die Tränen nicht mehr zurückhalten. Dann wandte sie sich wieder von mir ab.

»Geh schon!«, flüsterte Marie.

Ich küsste sie und folgte Jacob, der wie ein verlorenes Kind auf dem Parkplatz stand. Auf halber Strecke schnitt mir jemand den Weg ab. Ich erkannte die winzige Gestalt erst, als sie nur noch ein paar Meter entfernt war.

»Es war gut von dir, einzuschreiten.« Oma Hilde schlurfte keuchend auf mich zu. Bei all der Aufregung hatte ich sie gar nicht gesehen. Die Krempe ihres weiten Huts wippte auf und ab. Sie hatte sichtliche Mühe, auf dem Rasen zu gehen, und blieb direkt vor mir stehen. »Aber jetzt sieh verdammt noch mal zu, dass du sie wieder zusammenbringst!«

Ich stutzte. Mein Auftritt schien ihr so viel Respekt eingeflößt zu haben, dass sie vom »Sie« zum »Du« gewechselt war. »Aber haben Sie nicht selbst gesagt, er soll eine christliche Frau heiraten?«

»Das habe ich.« Sie blickte zum Wasser. »Aber ich habe dir auch gesagt, dass die Dinge nicht immer so eindeutig sind, wie sie scheinen. Und dass ich nicht die Schlauste bin. Denn auch wenn sie gottlos ist ... eine Frau, die besser zu meinem Bengel passt, gibt es auf dieser Welt nicht.«

»Was macht Sie da so sicher?«, fragte ich, obwohl ich die Antwort kannte.

»Eine Oma weiß so etwas!« Ihre Finger umschlossen den Daumen zur Faust. »Na los. Schwing deinen Arsch zu Jacob! Manchmal kann er ein sturer Bock sein, also lass dich nicht unterkriegen.«

Ich eilte zum Parkplatz. Jacob kam auf mich zu und wir gingen zu Maries Auto. Ohne ein Wort zu sagen, stieg er auf den Beifahrersitz.

»Willst du noch beten, bevor es losgeht?«

Er schüttelte den Kopf.

»Okay, dann halt auf Risiko.«

Ich wartete, doch er ging nicht darauf ein. Also parkte ich rückwärts aus, legte den ersten Gang ein und drückte aufs Gas. Und so taten wir das, was ich nicht mehr für möglich gehalten hatte: Wir fuhren wieder los.

56

Wir glitten die leere Straße entlang. Leer wie Jacobs Augen, mit denen er müde durch das Fenster der Beifahrerseite starrte. Mehrmals spähte ich zu ihm hinüber, doch er regte sich nicht. Die Hände lagen ihm, einem Wachkomapatienten gleich, schlaff im Schoß. Und damit sagte er mir, ohne Worte in den Mund zu nehmen, dass ihm nicht nach Reden zumute war. Und ich sagte ihm, ohne es auszusprechen, dass ich das verstand.

Die Straße machte eine Kurve und nun rollten wir über eine Anhöhe, steil unter uns die Küste. Das Meer neben und vor uns und der Himmel darüber, unendlich weit und voller Wolken. Regen lag in der Luft, wollte aber nicht fallen.

Graublau war das Wasser. Ich musste daran denken, wie Luis mir als Kind erklärt hatte, das Meer sei der Spiegel des Himmels. Laut seiner Theorie könnte sich der Himmel im Meer betrachten und entscheiden, wie er sich kleidete: dunkel verhangen oder offen und hell. Dass es am Himmel selbst liege, wer er sein und wie er gesehen werden wollte.

Ich hatte diese Idee geliebt und sie bei jeder sich bietenden Gelegenheit erzählt. Ich war nicht nur ihr Anhänger, sondern auch ihr Verteidiger gegen Angriffe wie das Absorbieren und Reflektieren des Lichts. Nichts ließ ich gegen Luis zu. Doch dann redete ich seltener davon. Irgendwann ging sie mit den anderen Einfällen meines Bruders unter.

Das alles fiel mir jetzt wieder ein. Zum ersten Mal wurde mir bewusst, dass diese Idee aus zwei Komponenten bestand: der Farbe des Wassers und der Tatsache, dass der Himmel sie selbst in der Hand hatte. Und da begriff ich, dass ich mich mit der Farbe immer auf den Aspekt konzentriert hatte, der in der Metapher der unwichtigere war ...

Ich schüttelte den Kopf. Der Berg an Schutt, den ich auf die Erinnerungen an Luis gekippt hatte, war gewaltig. Jetzt bahnten sie sich ihren Weg zurück an die Oberfläche, was mir Freude, aber auch Angst machte. Doch im Augenblick musste ich mich um Jacob kümmern.

Nicht nur wegen des Schweigens war es ein ungewohnt ruhiges Fahren mit ihm. Gegen Onkel Herberts Rumpeln und Knacken war Maries Auto ein stilles, beinahe stilvolles Gefährt. Die Kupplung ließ sich sanft treten und die Gänge flossen ineinander über.

Schließlich steuerte ich auf eine Gaststätte zu und brachte den Wagen auf dem Parkplatz zum Stehen.

57

Wir stiegen aus. Aus dem Gasthaus drang Lärm über den Parkplatz, auf dem nur ein Dutzend Motorräder standen. Wir gingen an ihnen vorbei und einen Weg abwärts zum Strand. Der Sand glitzerte weiß. Böen trieben auf das Land zu und die Drachen der Kinder in die Höhe. Über der Ostsee kreischten Möwen.

Wir setzten uns ans Wasser und ich zog mir Schuhe und Socken aus.

»Willst du da etwa rein?«, fragte Jacob.

»Nur mit den Füßen.« Vorsichtig streckte ich sie aus und spürte die Kälte, doch ich überwand den Impuls des Zurückziehens. Einmal drin war es weniger schmerzhaft als gedacht. »Eigentlich müsste ich ganz rein, so wie ich stinke.«

Jacob nickte. »Du siehst echt fertig aus. Du siehst so aus, wie ich mich fühle.«

Ich überlegte, wie ich ihm helfen konnte. Er schien unter Schock zu stehen, in einem Zustand von Trauer. Doch obwohl ich aus der Uni Theorien und Phänomene zu diesen Themen kannte, lief alles auf die eine Frage hinaus: »Willst du darüber reden?«

Die Brandung kam und ging. Weit draußen ein Segelschiff, mit dem Pinsel auf die Leinwand gemalt.

Jacob nahm seine WWJD-Kette ab. Dann zog er das Kästchen aus der Tasche und öffnete es, sodass der Ring zu sehen war. Er betrachtete abwechselnd seine Hände. Es schien, als würde er sie gegeneinander abwiegen: Kette gegen Ring.

»Nein.«

»Okay.«

Ich legte mich auf den Rücken und starrte nach oben: Schau in den Himmel und sag mir, was du siehst. Unser Kinderspiel. Man schloss dabei ein Auge und zeichnete mit dem Finger die Formen der vorbeiziehenden Wolken nach. Öffnete man dann das geschlossene Auge und schloss das geöffnete, verschoben sich Finger und Wolken immer um ein Stück. »Die da, die sieht aus wie ein Hund!« »Stimmt, aber schau nur die an, Theo, die ist ein Auto!« So hatten wir dagelegen, Luis und ich, Kopf an Kopf in saftigem Gras. Wir träumten von unserem Flug zum Mond und den ganzen Monstern, die wir dort entdecken würden.

Ich lächelte. Wie leicht es gewesen war, glücklich zu sein. Wie selbstverständlich. Wir brauchten nicht viel, nur den Moment und einander. Und ein paar Wolken, die uns ganze Welten eröffneten. Schau in den Himmel und sag mir, was du siehst. Ich sah in den Himmel. Und irgendwie hatte ich das Gefühl, mein Bruder lächelte mir heute von dort aus zurück.

»Wie soll es denn weitergehen?«, fragte ich nach einer Weile.

»Ich konnte mir nie vorstellen, eine Atheistin zu heiraten.«

»Und, kannst du es jetzt?«

Jacob blickte auf. »Nicht wirklich.« Er nahm einen Stein und schmiss ihn ins Wasser. Es gab ein plumpsendes Geräusch.

Auch ich schnappte mir einen Stein und warf. »Aber was ist, wenn –«

»Theo.« Jacob sah mich an. »Ich schätze deinen psychologischen Rat. Aber nicht jetzt. Bitte.«

Abwechselnd warfen wir weiter.

»Kann ich dich wenigstens aufmuntern?«, fragte ich.

»Wie denn?«

»Erzähl mir doch mal einen Witz.«

»Also, Fahrräder in dieser katholischen Mädchenschule ... Nein, das ist doch Quatsch.« Jacob presste sich eine Hand vor die Augen.

»Ich weiß. Sorry.«

Er zuckte mit den Schultern. »Wir sollten zurück. Ich will sie da nicht ewig warten lassen.«

»Und was wirst du ihr sagen?«

Jacob hatte keine Eile mit der Antwort. Er betrachtete wieder sein kleines Holzkreuz und den Ring, immer im Wechsel. Dabei nickte er auf seine typische Art, vor und zurück.

Plötzlich verfinsterte sich sein Blick. Er stopfte die Kette achtlos in die Tasche und schloss das Kästchen mit einem lauten Klacken. »Ich werde ihr sagen, dass wir reden, wenn sie aus den USA wiederkommt. Aber dass ich da gerade keine Zukunft für uns sehe.«

»Sie wird für drei Monate weg sein.«

»Dann ist das halt so.« Er warf den letzten Stein und stand auf. »Komm.«

Zurück auf dem Parkplatz blieb Jacob vor den Motorrädern stehen.

»Jacob? Alles klar?«

»Sag mal ... kommen die dir nicht auch bekannt vor?«

»Ja, stimmt.«

Schon beim bloßen Anblick der Höllenräder schlotterten mir die Knie. Und als mein Blick auf die Rückseite des Gebäudes fiel, erkannte ich den Fehler.

Es war kein Gasthaus. Dort, auf der Wand Richtung Meer, prangte ein Hai auf einem Motorrad. Er trug ein rotes Bandana um den Kopf und grinste mit scharfen Zahnreihen. Darüber stand: Clubhaus.

»Theo?« Jacobs Stimme kämpfte mit der Erkenntnis um meine Aufmerksamkeit.

»Was?«

»Bällende Hunde?«

Ich drehte mich um. Vor uns standen zwei Männer.

Jacob bekam einen Schlag ins Gesicht und kippte nach hinten weg. Vor Überraschung entfuhr mir ein Lachen. Da sagte der eine: »Träum was Schönes.« Seine mächtige Faust kam auf mich zu, und dann wurde alles schwarz.

58

Etwas tickte. Das war das Erste, was mir auffiel, als ich die Augen aufschlug.

»Wo sind … wir?«

»Theo?«, kam ein Echo von irgendwo aus der Finsternis.

»Jacob?«

»Ein Glück, du bist wach!«

Ich fühlte mich verkatert. Hart verkatert. Konturen verschwammen, dunkel und unscharf. Alles floss ineinander über. Durch meine linke Gehirnhälfte pochte der Puls und dröhnte mir in den Ohren.

»Wo zum Teufel sind wir?«, rief ich.

»Sei doch leise!« Jacob zischte die Worte. »Vielleicht vergessen sie uns! Sie waren schon länger nicht mehr hier.«

»Sie?«

»Die Rocker.«

Ich verzog das Gesicht. Die Prellung auf meiner Nase brannte. Von weiter weg drang ein dumpf pochender Beat zu uns vor. Doch das Ticken überlagerte alles.

»Was ist das hier?«

Jacob flüsterte etwas, doch ich verstand ihn nicht. Ich spürte meine Hände hinter mir. Aber vor allem spürte ich das raue Seil, mit dem sie festgebunden waren.

»Theo?« Jacobs Stimme kam von hinten.

»Bist du auch gefesselt?«

»Ja«, sagte er.

Nach und nach klarte der Raum vor mir auf. Es musste ein Verschlag sein. Kaltes Licht fiel durch die Bretter. Ich saß auf einem

Stuhl, die Hände hinter den Rücken gebunden, die Füße an die Stuhlbeine. In meinem Mund lag ein metallischer Geschmack. Der Boden war blanker Beton.

»Wo sind wir denn jetzt?«

»Beim Clubhaus, am Meer.«

Ich versuchte, die Beine anzuziehen, doch weit kam ich nicht. Als ich spürte, dass der Druck an meinem Oberschenkel fehlte, wurde mir heiß. »Ich glaube, sie haben mein Handy, Portemonnaie, Autoschlüssel und alles.«

»Ja«, bestätigte Jacob, »ich hab hier auch nichts. Das Kästchen mit dem Ring ist auch weg.«

»Scheiße!« Das Ticken bohrte an meinen Nerven. »Verdammt, was ist denn das?«

»Was?«

»Dieses Ticktack!«

»Na was wohl. Guck doch, oben links.«

»Links? Da ist nichts.«

»Rechts natürlich. Links von mir, rechts von dir.«

An der Wand hing über der Tür eine Uhr mit giftgrün leuchtenden Zeigern. Sie zeigte: »Zehn?« Meine Stimme überschlug sich. »Was zur Hölle haben die mit uns gemacht?«

»Beruhige dich, Theo.«

»Beruhigen? Die haben uns unter Drogen gesetzt und du sagst mir, ich soll mich beruhigen?«

»Niemand hat uns unter Drogen gesetzt!«

»Woher willst du das wissen?«

Jacob seufzte. »Weil ich die ganze Zeit über wach war. Sie haben uns kurz k. o. geschlagen und dann hierher gebracht. Das war vor acht Stunden.«

»Und warum war ich dann bewusstlos?«

»Bewusstlos?« Jacob lachte. »Du hast gepennt. Und geschnarcht hast du auch.«

Mit Logik tat ich mich schwer. Meine Gedanken versuchten, im ersten Gang bei angezogener Handbremse zu rasen. Doch obwohl mein Körper brannte und die Kopfschmerzen wieder da waren, fühlte ich mich seltsam ausgeruht. Mir fiel auf, dass ich die letzten drei Tage praktisch durchgemacht hatte. Wahrscheinlich hatte mein Körper die Chance auf Schlaf erkannt und genutzt. Aber freuen konnte ich mich darüber nicht. »Wir müssen hier raus!«

»Wie denn?«

Ich wusste es nicht. Dafür drängte sich ein anderer Gedanke in mein Bewusstsein. »Julia! Wann geht ihr Flug?«

»Morgen früh um fünf.«

Ich sah zur Uhr. »Wenn wir sie noch erreichen wollen, müssen wir weg!«

»Wie denn?«, wiederholte Jacob. Es kam mir so vor, als wäre es ihm nur recht gewesen, ich würde immer noch schlafen.

»Keine Ahnung.«

»Eben.«

»Aber du musst doch mit ihr reden. Du darfst sie nicht so gehen lassen!«

»Es ist Gottes Wille«, sagte Jacob, als sei es ihm egal. »Manchmal gibt er uns Zeichen. Und manchmal lässt er uns im Stich.«

»Was redest du da?«, fragte ich über das Ticken hinweg und machte mich für eine weitere Diskussion bereit, doch in diesem Moment riss jemand die Tür auf.

59

Ein Rocker kam herein, deutlich schmächtiger als seine Kollegen. Ein fieses Frettchen ohne Kinn. Er schaltete eine Glühbirne ein, die direkt über uns hing. Im grellen Licht kniff ich die Augen zusammen.

»Wollt nur ma kurz gucken, ob's euch swei Hübschn auch gutgehen tut?« Sein Lallen war so stark, dass ich ihn kaum verstand. Er torkelte einen Schritt auf mich zu. »Ah, unsere Schlafmüze is auch ma wach!«

»Was soll das, Sie können uns nicht festhalten, das ist Entführung, das ist Freiheitsberaubung, das ist gegen das Gesetz!«, rief ich alle Verstöße aus, die mir einfielen.

»Gegen das Gesetz?« Er überlegte einen Moment. »Na, wenn das so is, will ich euch ma losmachen, wa!«

Er beugte sich vor, um die Fesseln zu lösen, doch dann brach er in ein Gegacker aus, das mir einen Schauer über den Rücken jagte.

»Gegen das Gesetz, der wa gut!« Sein Gesicht tauchte direkt vor meinem auf. »Jetzt hört mal gut zu, ihr kleinen Scheißa! Ihr habt uns voll verarscht und das Bike vom Leader geschrottet. Und wenn der Leader eins hasst, dann, wenn man sein Bike schrottet!« Ich sah gelbe Zähne und spürte Spucketröpfchen. Das Rocker-Frettchen hatte eine so abartige Fahne, dass ich würgen musste. »Wir feiern drüben noch'n bisschen. Und dann werden wir euch eine Lektion erteilen!«

Er schwankte zur Tür.

»Gibt es keine andere Möglichkeit, das zu klären?«, fragte ich. »Mit Geld oder so?«

»Wir regeln das auf unsere Weise.«

»Okay, ihr wollt uns wohl aufs Maul hauen. Aber warum später, warum nicht gleich? Wir haben einen wichtigen Termin und müssen los. Und ihr könnt dann auch weitermachen mit eurem … Rockerzeug.«

»Theo, lass gut sein!« Jacob wirkte mehr verärgert als alles andere. Ich fragte mich, ob hier überhaupt jemand auf meiner Seite war.

»Haltet die Klappe!«, schrie das Frettchen, schaltete das Licht aus und schlug die Tür hinter sich zu.

60

Ich ruckelte mit dem ganzen Körper, doch es half nichts. Angestrengt versuchte ich, mich an die Actionfilme zu erinnern, die ich immer allein gucken musste, da Marie sie »zu unrealistisch« fand. Doch nachdem ich ein paar Szenen im Kopf durchgespielt hatte, erkannte ich den Fehler in meiner Idee: Ich war kein Actionheld. Jacob hingegen schien nur Arthouse-Filme zu kennen, denn er rührte sich nicht. Er sagte auch nichts, und das trieb mich zur Weißglut.

»Warum versuchst du es nicht wenigstens?«

»Warum gibst du nicht einfach auf.«

Obwohl ich ihn dafür hasste, er hatte recht. Die Fesseln lagen unnachgiebig um meine Gelenke. Mittlerweile war es fast elf. Das Licht hatte sich verschoben. Durch die Bretter erspähte ich den Mond. Die Uhr tickte, das Meer rauschte, der Wind pfiff.

Ab und zu hörten wir Schreie und Gejohle. Ich wollte mir gar nicht ausmalen, was passierte, wenn dieser wildgewordene Haufen von Rockern hier reinkam, um an uns Rache für ein verunglücktes Motorrad zu nehmen. Und ich wollte auch nicht wissen, wie lange ich meine Blase noch zusammenkneifen musste.

»Theo?«

»Ja?«

»Es tut mir leid. Das mit dem Brief. Und dem Erbe.«

Ich horchte auf. Doch ich wollte nicht darüber reden, nicht hier und nicht jetzt. »Schon gut.«

»Nein, ist es nicht.«

»Stimmt«, sagte ich. Trotz Brennen und Stechen am ganzen Körper war es nach wie vor sein Betrug, der mich am meisten schmerzte. »Wie konntest du diese ganzen Lügen nur auf dich nehmen? Vor allem, wenn es doch eine Sünde ist?«

»Manchmal heiligt der Zweck die Mittel.«

»Wortwörtlich.«

Das alles war so absurd, dass wir lachen mussten.

»Außerdem habe ich geglaubt, es würde einen geben, der für meine Sünden gestorben ist«, sagte Jacob. »Der es schon verstehen würde, wenn man die Wahrheit mal ein bisschen zurechtbiegen muss.«

»Es war schon ein bisschen mehr als das. Ein bisschen zu viel, wenn du mich fragst.«

»Stimmt. Aber ich dachte, auch ein bisschen zu viel ist für ihn niemals zu viel.«

»Verstehe ich nicht. Klingt aber schön.«

»War es auch.«

Irgendetwas an seiner Formulierung irritierte mich. Doch als ich versuchte, genauer darüber nachzudenken, fing mein Schädel sofort an zu brummen. Also ließ ich es bleiben. Schweigend lauschten wir dem Ticken der Uhr.

»Aber was um alles in der Welt hat dich geritten, den Brief zu schreiben?«

»Luis hat mir erst kurz vor seinem Tod erzählt, dass er dir den Anteil an unserem Grundstück vermacht. Seine Idee war, dass du an mich verkaufst und ich es in Raten abbezahle. So solltest du das Geld bekommen, das du dringend brauchst, und ich könnte die Gemeinde trotzdem aufbauen. Aber als du nicht auf der Beerdigung warst ...« Er räusperte sich. »Und er hat die Rechnung ohne die Investoren gemacht.«

»Welche Investoren?«

Jacob seufzte. »Die Investoren, die seit Wochen versuchen, mich rauszukaufen. Aber ich habe mich geweigert. Luis und ich wollten genau dort unsere Gemeinde gründen. Deshalb habe ich jedes Angebot abgelehnt. Doch sie müssen von seinem Tod erfahren haben und auch, dass er nicht an mich vererbt.«

»Und dann?«

»Nachdem ich ihre letzte Offerte abgelehnt habe, sagte man mir, man würde sich direkt an dich wenden und dir ein Angebot machen, weit über Wert. Ich war in Panik.«

»Wie viel ist mein Anteil denn wert?«, fragte ich und trippelte mit den Zehen.

»Vierzigtausend Euro.«

»Wow!« Das hatte ich nicht erwartet. »Aber ist das nicht ganz schön wenig für so ein Grundstück?«

»Ist auch nur die Hälfte. Beziehungsweise ein Viertel. Es gehörte schon vorher zu einer anderen Gemeinde. Man hat es uns zum halben Preis überlassen, weil wir dort einen neuen Glaubensort gründen wollten. Und die Summe haben wir durch zwei geteilt.«

»Und woher hatte Luis so viel Geld?«

»Er hat ein paar Oldtimer restauriert. Im letzten Jahr ist dafür fast jedes Wochenende bei ihm draufgegangen. Aber davon hat er keinen Cent ausgegeben. Die neue Gemeinde war sein großes Ziel.«

»Verstehe.« Das passte zu meinem Bruder. Schon als Kind war er sparsamer gewesen als ich.

»Aber ich habe gerade einmal genug zusammenbekommen, um dir den Anteil für die Vierzig abzukaufen zu können.«

»Und was wollen diese Investoren mir bieten?«

Jacob antwortete nicht sofort. »Fünfzigtausend, haben sie mir gesagt. Oder etwas mehr, wenn nötig.«

Ich schluckte. Von dem Geld könnte ich endlich meine Mietschulden bei Herrn Vogt begleichen. Ich könnte mir in Ruhe einen neuen, besseren Job suchen. Mit Marie zusammenziehen. Barney adoptieren, seine Medikamente bezahlen ... selbst wenn ich Jacobs niedrigeres Angebot annehmen würde.

»Die letzten Jahre haben meine Ersparnisse aufgefressen. Und der Trip war auch kein großer finanzieller Erfolg.«

»Was hat der Trip denn damit zu tun?«

Jacob keuchte. »Verstehst du es denn nicht? Das alles war nur dazu da, um Leute zu gewinnen, sich uns anzuschließen und Geld zu spenden. Geld, um die Investoren zu überbieten und dich auszuzahlen.«

Ich nahm eine so aufrechte Haltung an, wie die Fesseln es mir erlaubten. »Dann hast du das alles spontan auf die Beine gestellt?«

»Ja. Deshalb sind wir ja auch so kreuz und quer umhergefahren. Aber ich habe nicht damit gerechnet, dass es so laufen würde, wie es gelaufen ist.«

»Tja«, sagte ich, ein Grinsen im Gesicht, »die Wege des Herrn sind unergründlich, nicht wahr?«

Jacob antwortete nicht.

»Und wenn ich einfach an die Investoren verkaufe und du deinen Anteil behältst?«

»Das reicht leider nicht«, sagte Jacob. »Damit hätten sie genug Fläche, um mit dem Bauen zu beginnen.«

»Was wollen die da überhaupt bauen?«

»Eine Mall. Shopping in Paradise heißt die Kette.«

»Ach du Scheiße!«

»Amen«, sagte Jacob.

In meinem Kopf ratterte es. Mein Hirn brauchte etwas, um die Tragweite von Jacobs Worten zu einer brauchbaren Erkenntnis zusammenzufügen. Doch plötzlich lag sie vor mir, die Gewissheit. »Aber dann ... ist es an mir zu entscheiden, was aus eurer Gemeinde wird.«

»So ist es. Es lag in Gottes Hand. Und er legte es in deine.«

Blut lief mir aus der Nase in den Mund. Ich zog sie hoch. Kurz nach Mitternacht.

»Warum wollt ihr überhaupt eine neue Gemeinde bauen? Wir waren doch in so vielen ...«

»Ursprünglich kam die Idee von Luis. Er sagte, wir müssten uns abgrenzen von dem, was teilweise noch Standard ist.«

»Abgrenzen? Wollt ihr noch radikaler sein?«

Da lachte Jacob. »Radikaler? Aus Sicht einiger Glaubensbrüder und Glaubensschwestern vielleicht. Radikal fortschrittlich.«

»Verstehe ich nicht.«

»Du hast wirklich nicht zugehört, was?« Jacob seufzte. »Luis hat angefangen, Dinge infrage zu stellen. Das stieß nicht immer auf Gegenliebe. Aber ich und noch ein paar andere haben erkannt, worum es ihm ging: ein moderner Glaube, der den Menschen von heute Antworten auf ihre Fragen von heute gibt.«

»Was bedeutet das?«, fragte ich, ehrlich verwirrt.

»Na, genau die Topics, die du kritisiert hast: freie Liebe, Selbstbestimmung. Offenheit für verschiedene Lebensentwürfe. Klare Standpunkte in gesellschaftlichen Kontroversen statt Anpassung, Gleichberechtigung aller Menschen und so weiter ... Damit wollten wir den Unterschied machen.«

»Auch bei Leuten, die nicht glauben?«

»Gerade bei denen. Es ging um das Miteinander verschiedener Menschen, nicht darum, irgendwen zu konvertieren. Weil wir uns immer mehr voneinander entfernen, leider.«

»Und das war alles Luis' Idee?«

»Richtig.«

Mir wurde flau im Magen. »Und ich dachte, ich hätte meinen Bruder nicht mehr gekannt. Dass ihr ihn in diesen drei Jahren völlig verändert habt. Dass er nicht mehr er selbst war.«

»Nein. Wir haben Luis nicht verändert. Aber er uns.«

Das Pochen in meinem Schädel wurde wieder stärker. »Und was sagt die Bibel zu euren Plänen?«

»Theo, die Heilige Schrift ist uralt. Ja, wir leben danach, aber wir stellen das Denken nicht ein. Wir sind nicht mehr im Mittelalter. Luis wollte den Menschen helfen, Nächstenliebe und so weiter. Und damit hat er mich voll abgeholt.«

»Aus diesem Grund studiere ich Psychologie.«

»Also doch wegen eurem Alten? Um für andere da zu sein?«

»Ja, wahrscheinlich. Das hat uns wohl beide beeinflusst.«

»Sieht so aus, als würde dich mehr mit deinem Bruder verbinden als trennen.«

Da er mich nicht sehen konnte, nickte ich. »Und wann habt ihr damit angefangen?«

»Er trug das schon länger in sich. Aber letzten Sommer kam er zu mir und meinte, wir müssten sofort loslegen.«

»Letzten Sommer«, sagte ich und rechnete zurück. »War das Anfang August?«

»Ja, das kann gut sein. Stimmt, es ist fast genau ein Jahr her, wenn ich darüber nachdenke.«

»Ziemlich genau ein Jahr ist es her … dass wir uns zuletzt gesehen haben. Es gab deswegen Streit. Ich habe ihm gesagt, dass ich von ihm enttäuscht bin, weil er das alles so hinnimmt, ohne es zu hinterfragen.«

»Hat er mir erzählt«, flüsterte Jacob. »Die neue Gemeinde, Theo, das war nicht nur Luis' Idee … sie kommt auch von dir. Über Umwege, möchte ich sagen.«

Ich bemühte mich, mir meine Traurigkeit nicht anmerken zu lassen. »Und warum hat er dann nichts gesagt?«

»Das wollte er. Bis Weihnachten haben wir in jeder freien Minute daran gearbeitet. Er wollte dich damit überraschen, aber …«

»Aber ich bin nicht gekommen.«

Jacob sagte nichts. Und ich auch nicht. Die Uhr trieb die grünen Zeiger unbarmherzig vorwärts. So verging eine halbe Stunde.

»Ich wollte dich mit der Grundsteinlegung nicht unter Druck setzen.« Jacob klang erschöpft. »Ich wusste nicht, was richtig ist. Ich hatte alles geplant und noch gehofft … aber du bist ja rechtzeitig gekommen. Und trotzdem warst du zu spät.«

»Was wirst du nun tun wegen Julia?«, fragte ich.

»Ich weiß es nicht. Ich denke nicht, dass ich damit leben kann. Wahrscheinlich gibt es irgendwo eine andere Frau, die besser zu mir passt.«

»Darf ich was dazu sagen?«

»Würde ein Nein dich davon abhalten?«

Ich legte mir den Satz genau zurecht. »Jemand hat mal zu mir gesagt, dass … es wichtiger ist, an Beziehungen zu arbeiten, als sich nach Alternativen umzusehen. Hard work, hard progress. Und dass es den perfekten Partner sowieso nicht gibt.«

»Ich weiß, was ich gesagt habe. Aber das ist krass, verstehst du? Ich habe es nicht nur nicht geschafft, sie zum Glauben zu bewegen, sondern sogar eine Lügnerin aus ihr gemacht. Kann ich das vor Gott verantworten?«

Wieder lief Blut aus meiner Nase. Ich versuchte, mich zu konzentrieren. Als ich mit Marie und Barney zur Verlobung gerast war, hatte ich darauf vertraut, dass es sich schon irgendwie von selbst klären würde. Erst jetzt wurde mir bewusst, wie sehr diese Erkenntnis Jacobs Welt erschüttert haben musste. Doch er fuhr fort, bevor ich auch nur einen halbwegs klaren Gedanken in Worte fassen konnte.

»Eigentlich ist es auch egal, was ich getan habe. Gott hat mich im Stich gelassen. Zum zweiten Mal.«

Ich zuckte. Plötzlich sah ich ihn wieder am Strand sitzen und abwiegen: Kette gegen Ring. »Und ... was soll das heißen?«

Jacob seufzte. Als er sprach, musste ich mich zurücklehnen, um ihn genau zu verstehen. »Ich glaube ... ich habe mein Vertrauen in den Herrn verloren.«

»Jacob, das ...«

»Ich wollte den Menschen helfen, mit Gottes Hilfe. Aber jetzt lässt er mich allein. Schon wieder. Du hast gewonnen, Theo.«

Ich schüttelte den Kopf. Wenn das ein Sieg sein sollte, wollte ich gar nicht wissen, wie sich Verlieren anfühlte.

Ich öffnete den Mund, um irgendetwas zu sagen, was mir hoffentlich noch einfallen würde. Doch dazu kam es nicht. Die Tür wurde aufgeschmissen und das Licht wieder eingeschaltet. Plötzlich waren wir von einem Dutzend grimmiger Rocker umzingelt. Ich hätte viel dafür gegeben, doch ein Actionheld zu sein.

61

Einer der Rocker zog ein Messer und schnitt etwas zwischen uns durch. Sie drehten die Stühle, sodass wir nebeneinandersaßen, und bauten sich vor uns auf. Ich sah zu Jacob. Sie hatten ihn mit gleich zwei blauen Augen und einer blutverschmierten Nase verziert. Sein Anzug war zerknittert und voller Staub. Und so entsetzt, wie er zurückblickte, ging ich davon aus, ähnlich umgestaltet worden zu sein.

»So«, sagte der mit Abstand Größte von ihnen. »Jetzt gibt's Kasalla.«

Er breitete die Arme aus und packte unsere Köpfe. Ich fürchtete, er würde uns mit seinen Pranken die Schädel zu Brei quetschen.

»Wiedersehn macht Freude.« Sein Atem stank nach Aschenbecher. »Ich bin der Leader. Der, der hier das Sagen hat.« Er drückte noch fester zu. »Wollen wir doch mal sehen, dass wir die Rechnung begleichen.«

»Bitte«, schrie ich, »ihr könnt unser Geld haben. Wir brauchen nur die Handys und das Auto zurück!«

»Und den Ring!«, rief Jacob. »Meine Oma bringt mich sonst um!«

Der Leader grinste. »Was habt ihr denn anzubieten?«

»Anzubieten?« Es war mir peinlich, wie schrill ich sprach.

»Glaubst du, wir sind hier bei der Wohlfahrt? Sag mir, was du geben kannst.«

»Ja klar, ich kann ...« Fieberhaft versuchte ich, mich an meinen Vortrag über Verhandlungstaktik zu erinnern. Eine soziale Interaktion mit nicht identischen Interessen. Menschen und Probleme getrennt voneinander betrachten. Entscheidungsoptionen zum beiderseitigen Vorteil finden. Das erste Angebot setzt den Anker und so weiter ... Endlich machte sich das Studium bezahlt! Doch nur in der Theorie. Denn ich hatte nichts, was ich ihm geben konnte. Gar nichts. Und das wussten wir beide.

Der Leader sah mich an. »Du scheinst nicht zu verstehen, was los ist. Ihr habt mein Bike zerstört. Geld interessiert mich nicht, und viel hattet ihr eh nicht dabei.«

»Worum geht es dann?«, fragte ich.

Endlich ließ er unsere Köpfe los und richtete sich auf. Es gab große Männer. Und riesige. Und es gab ihn, den Leader. »Es geht darum, wem die Straße gehört! Ihr habt uns bloßgestellt, und das tut niemand ungestraft.«

»Die Straße gehört uns!«, riefen seine Leute. »Ostsee-Rocker ein Leben lang!«

»Warum habt ihr uns überhaupt verarscht?«

Das war tatsächlich eine gute Frage. Ich spähte zu Jacob hinüber, der auch keine Antwort hatte. Also improvisierte ich.

»Wir wollten nur ... ein Rennen fahren.«

Der Leader grinste löchrig. »Ihr wolltet mit der Schrottkarre ein Rennen fahren? Gegen uns? Du musst Benzin tanken, nicht trinken.«

»Naja«, sagte ich, während die Rocker aufjohlten, »wenn es ein Rennen war, dann haben wir ... gewonnen.«

Urplötzlich kehrte Ruhe ein. Der Leader wandte sich ab, dann schlug er mir aus der Drehung und mit voller Wucht in den Bauch. Unter dem Triumphgeheul der Gang kotzte ich zur Seite.

»Du bist wohl ein ganz Lustiger, was?« Er holte erneut aus. »Hast du noch einen Witz auf Lager, du Komiker?«

»Einmal im Monat fahren die Nonnen im Hof des Klosters Fahrrad. Sie lachen und kichern dabei ganz aufgeregt. Aber irgendwann hat die Obernonne genug und sagt: Schluss jetzt! Sattel drauf.«

Der Leader hielt in seiner Bewegung inne. Wir starrten uns an. Gleichzeitig wandten wir die Köpfe. Jacob saß aufrecht da und hielt dem Blick des Rockers stand. Niemand regte sich.

Da brach der Leader in donnerndes Gelächter aus und mit ihm stimmten die anderen ein. Sie lachten so laut, dass die Bretterwände bebten. Einige hielten sich die Bäuche, andere stützten sich auf ihren Kollegen ab oder schlugen sich mit der flachen Hand auf die Oberschenkel. Sie lachten immer weiter. Und wenn sie sich beruhigten, brüllte einer von ihnen erneut los und riss die anderen mit.

Irgendwann gewann der Anführer die Fassung zurück. »Das«, sagte er mit hochrotem Gesicht, »war der beste Witz, den ich seit Jahren gehört habe!« Er wischte sich Tränen aus den Augen und tätschelte wuchtig Jacobs Schulter. »Der ist gut. Wirklich gut.« Nach und nach wurde er wieder er selbst. »Aber auch, wenn ich gerne mehr davon hören würde, wir haben einen anderen Plan für euch.«

In diesem Moment knatterte draußen ein Motor, Reifen knirschten über Kies und es wurde still. Die Rocker sahen hektisch zum Leader.

»Der Boss!«, flüsterte er.

Klackend kamen Schritte näher. Alle drehten sich zur Tür. Ein Schatten stolzierte auf uns zu.

»Habe ich euch nicht gesagt, ihr sollt auf den Straßen patrouillieren?« Ich kannte die Stimme, konnte sie aber nicht zuordnen. »Und jetzt hängt ihr wieder hier rum und seid nur am Saufen!«

Der Boss blieb als Silhouette in der Tür stehen. Eine umwerfend scharfe Silhouette war das.

»Oh, aber hallo. Wen haben wir denn da?«

Magda trat in den Schuppen. Sie trug einen schwarz glänzenden Catsuit und High Heels, so rot wie ihr Haar. Sie ging zu Jacob, beugte sich vor und streichelte ihm zärtlich durchs Gesicht.

»Was haben sie nur mit dir gemacht, mein Liebling?« Ohne eine Antwort abzuwarten, richtete sie sich auf und sagte in einem Tonfall, der einen Drillsergeant neidisch gemacht hätte: »Wer hat das angeordnet?«

Einer zeigte auf den Leader.

»Sven. Das war ja klar.«

Sie schritt auf ihn zu. Noch bevor der Leader irgendetwas tun oder sagen konnte, packte sie ihm zwischen die Beine. Er schrie auf.

»Halt still, oder ich reiße ihn dir ab.«

Der Leader verstummte, die Miene verzerrt. Magda hielt mit seinen Eiern auch die Schar Rocker in Schach.

»Was fällt dir ein, hier Leute einzusperren? Bist du völlig bescheuert?« Sie drehte sich zu Jacob. »Es tut mir unglaublich leid, mein Hübscher. – Schneidet sie los.«

»Aber das sind die Jungs, die mein Bike gefickt haben.«

Magda packte noch fester zu. Ihre langen Nägel gruben sich tief ein. Der Leader würgte. »Losschneiden, sofort!«

Sie entfernten uns die Fesseln.

»Danke«, sagte ich, doch niemand beachtete es.

»Jetzt alle raus hier!«, rief Magda und ließ den wimmernden Sven los. Wie Lemminge verließen die Rocker den Verschlag.

Ich sah zu Jacob. »Alter! Du hast es geschafft! Du hast den Witz erzählt!«

»Ja«, sagte er und rieb sich die Handgelenke. »Aber … kannst du ihn mir bitte endlich erklären?«

62

Die Rocker gaben uns die Handys, den Autoschlüssel und die Portemonnaies ohne Scheine zurück. Auch das Kästchen mit dem Ring händigten sie Jacob aus. Wir waren tatsächlich die ganze Zeit beim Clubhaus gewesen. Nachdem wir unter erleichternden Seufzern in ihre Stehklos gepisst und danach die halbe Leitung leer getrunken hatten, gingen wir raus. Mit jedem Schritt Richtung Ausgang rauschte das Meer lauter, bis es sich durch die Tür im Mondschein vor uns auftat. Doch so traumhaft das Panorama auch war, als wir auf den Parkplatz kamen, schrie ich auf.

»Das Auto! Was habt ihr mit dem Auto gemacht?«

Wir standen vor Maries Wagen. Oder besser gesagt vor dem, was noch davon übrig war. Er war völlig zertrümmert und voller Beulen, jede Scheibe eingeschlagen, die Scheinwerfer zerlegt, die Reifen platt. Die Motorhaube stand offen. Der Motor war weg.

»Oh nein, oh nein!« Ich wusste nicht, wohin mit mir und rannte auf den Leader zu. Alle Ängste waren nun weit entfernt. »Was habt ihr Arschlöcher gemacht, das ist doch komplett unnötig!«

»Haben unsere neuen Baseballschläger ausprobiert.« Einer seiner Männer gab Sven einen solchen Schläger. »Jetzt sind wir quitt.«

»Einen Scheiß sind wir! Wieso zerstört ihr das Auto? In ganzem Zustand ist es doch viel mehr wert!«

»Ist halt ne Weiberkarre«, sagte Sven und rieb sich den Schritt. »Wer von uns Männern soll damit fahren?«

»Weiberkarre? Ich fasse es nicht, dass ihr Idioten deshalb ein Auto auseinandernehmt!«

»Jetzt halt mal den Rand!« Magda kam hinzu. Obwohl sie kleiner war als ich, blickte sie auf mich herab. »Ihr habt sein Bike gefickt. Er euer Auto. Ihr seid quitt. So läuft das eben.«

»Ich fasse es nicht«, wiederholte ich, völlig überfordert. »Da kloppt ihr einfach das Auto meiner Freundin kaputt.«

»Weiberkarre, sag ich doch.« Der Leader schien zufrieden.

Ich sah auf mein Telefon. Der Akku war leer.

»Was machen wir denn jetzt?«, fragte ich Jacob, der abseits und etwas teilnahmslos herumstand. »Jacob? Hat dein Handy noch Saft?«

Er winkte ab.

Ich presste die Hände gegen die Stirn. Um mich herum standen etwa fünfzehn besoffene Rocker, dazu eine Stripperin, die ihre Anführerin war, und ein Christ, der seinen Glauben verloren hatte. Niemand schien zu wissen, wie es weitergehen sollte. Und obwohl, von Maries Auto abgesehen, das alles nicht mein Problem war, wollte ich nicht, dass es so endete. Nicht, solange ich nicht alles versucht hatte.

»Wir müssen zum Flughafen«, sagte ich und ging auf Magda zu. »Und das schnell. Jacobs Verlobte fliegt in wenigen Stunden ab.«

»Du bist verlobt?« Magdas Stimme klang für einen Augenblick brüchig.

Da Jacob kein Wort sagte, übernahm ich das Reden. »Wie kommen wir dahin?«

Magda kicherte. »Es ist fast zwei Uhr. Selbst wenn Tag wäre, hier fährt gar nichts. Kein Bus, kein Zug, nichts.«

»Habt ihr noch andere Autos da?«

»Nur die Bikes«, sagte Sven und rotzte auf den Boden.

»Könnt ihr uns hinbringen?«, fragte ich, nur um wirklich alle Möglichkeiten auszuloten. Allein der Gedanke ans Motorradfahren ließ meine Handflächen feucht werden.

»Könnten wir, aber dann seid ihr uns wieder was schuldig.«

»Geht es nicht anders, nur dieses eine Mal?«

Er schnaufte. »Das könnte dir so passen, was? Aber so einfach ist das nicht. Seh ich etwa aus wie ein verdammtes Taxi?«

In diesem Moment wusste ich, dass es vorbei war. Hier endete unser Abenteuer also.

»Du hast immer noch nichts, was du mir geben kannst.« Der Leader kam auf mich zu. Er genoss meine Niederlage sichtlich. »Ihr seid nur zwei Jungs, die davonlaufen, wenn es zum Kampf kommt. Könnt froh sein, dass wir euch überhaupt gehen lassen.«

Ich sah zu Magda, die nickte. »So ist es. Das sind die Regeln, nach denen wir spielen.«

»Er wird die Kleine wohl verpassen.« Sven schwang seinen Schläger in der Luft. Die Rocker lachten. »Außerdem kann keiner von uns fahren. Meine Jungs sind zu voll und mein neues Bike ist noch nicht bereit für die Straße.«

»Wieso das?« Ich stöhnte über meine eigene Frage. Nichts interessierte mich weniger als dieser bescheuerte Motorradkult.

»Ist doch klar«, antwortete der Leader und wandte sich zum Gehen ab. »Die Maschine ist noch nicht gesegnet.«

63

»Was?«

»Hörst du schlecht? Sie ist noch nicht gesegnet!« Sven bekreuzigte sich. »Was glaubst du denn, warum wir uns hier besaufen?«

Ich schaute zu Jacob, der meinen Blick stirnrunzelnd erwiderte.

»Seid ihr … etwa Christen?«

»Natürlich!« Der Leader deutete mit einem Daumen über die Schulter auf seinen Rücken. Ich sah mir das Logo genauer an. Ohne Motorrad, Kopftuch, Rückenflosse und Grinsen wurde aus dem Hai …

»Ein Ichthys-Fisch«, sagte Jacob.

»Verdammt richtig!« Der Leader nickte.

»Hast du gehört?« Ich ging zu Jacob. »Du musst einfach nur das Motorrad segnen, dann fahren sie uns zum Flughafen!«

»Der soll mein Bike segnen? Lächerlich.« Der Leader grunzte. »Nur ein Gemeindevorsteher kann das tun. Und du?« Er stampfte auf. Ich meinte, den Boden beben zu spüren. »Bist du überhaupt gläubig?«

Jacob zog seine Kette aus der Tasche und betrachtete das Kreuz. »Weiß nicht.«

Der Leader lachte. »Was ist bloß falsch mit euch?«

»Jacob«, flüsterte ich, »nun mach schon.«

Er schüttelte den Kopf, wobei er weiterhin seine Kette anstarrte.

»Warum denn nicht?«

»Ich bin mir nicht sicher.«

»Komm schon. Du kannst es dir immer noch auf der Fahrt überlegen. Aber wenn du jetzt nichts tust, ist es vorbei.«

Jacob sah auf. Das reichte mir.

»Er macht's. Er segnet dein neues Bike.«

»Ich habe dir gerade gesagt, dass nur –«

»Nur ein Gemeindevorsteher das kann, ich hab dich schon verstanden«, unterbrach ich den Leader. »Und zufällig ist er das auch. Er hat sogar eine eigene Gemeinde gegründet.«

»Ach ja?«, fragte Sven mit spöttischem Unterton. »Und wie soll die heißen?«

»Wenn ich dir den Namen nenne«, sagte Jacob, »schaust du im Internet nach. Dann segne ich dein Bike und ihr fahrt uns zum Flughafen.«

Der Leader legte den Kopf zur Seite. »Abgemacht.«

»Gut.« Jacob ballte eine Faust um das Holzkreuz.

»Also, wie ist der Name?«

»Gemeinde Sankt Luis«, sagte ich, bevor Jacob es konnte. Ich spürte seinen Blick im Nacken.

Einer der Rocker tippte etwas auf sein Handy und reichte es weiter. »Ich glaube, das ist es.«

Der Leader zog eine Brille aus der Innentasche seiner Kutte, setzte sie vorne auf die Nasenspitze und spähte auf den Bildschirm. Plötzlich sah er aus wie jeder Mann über fünfzig mit einem Smartphone in der Hand: skeptisch und leicht überfordert.

»Gemeinde Sankt Luis. Gemeinsamkeiten statt Unterschiede, ist es das?«

»Ja.«

Der Leader ließ sich Zeit, die Website zu studieren. Dann hielt er das Telefon hoch. »Und der Typ hier sieht dir wirklich ziemlich ähnlich.«

»Woran das wohl liegt.«

»Na gut.« Sven setzte die Brille wieder ab. »Du kannst mein Bike segnen. Aber ich sage dir, dein Amt allein reicht nicht. Ich muss den Glauben spüren, sonst ist es nichts wert.«

»Nichts leichter als das!«, rief ich und stieß Jacob vorwärts.

Wir stellten uns alle um das neue Bike herum auf. Es war eine noch monströsere Maschine als die, die vor ein paar Tagen zu Bruch gegangen war. Während die Rocker ihre Hände falteten, legte der Leader eine seiner Pranken auf den Lenker. Jacob machte es ihm nach. In der anderen hielt er weiterhin die Kette. Magda blieb auf Abstand und schaute aufmerksam zu.

»Und wehe, ich spüre es nicht!«

Jacob nickte müde. »Oh Herr, lieber Gott. Bitte segne dieses ... Motorrad. Lass es gut und sicher fahren und nicht zu Schaden kommen. Lass den, der es fährt, immer gesund dorthin gelangen, wohin er auch möchte. Amen.«

Der Leader bäumte sich vor uns auf. Ich schluckte. »Willst du mich verarschen? Was zur Hölle war das?«

Die Rocker traten näher. Dieses Mal würden sie uns nicht so leicht gehen lassen. Ich sah zu Magda, die vergnügt lächelte.

»Wartet!«, rief ich. »Wartet. Lasst mich mit ihm reden.«

Ich legte meine Hände auf Jacobs Schultern. »Jacob, Buddy. Sieh mich an.« Nur widerwillig gab er nach. »Was ist los?«

»Ich kann einfach nicht ... Julia hat mich ... Wie soll ich noch glauben, Theo?«

»Jacob, sie liebt dich doch!«

»Ich weiß, aber ich denke die ganze Zeit ... Ich werde niemals mit ihr beten können.«

Ich nickte. Das war ein ziemlich großes Opfer für einen Mann wie ihn. »Bitte, Jacob. Sprich diesen Segen.«

Er schüttelte den Kopf. Mein Blick fiel auf das Kreuz in seiner Hand. WWJD.

»Und was ist mit dem einen, der für deine Sünden gestorben ist? Ist er das nicht auch für ihre?«

Er schwieg, blinzelte aber kurz. Ich spürte, einen Nerv getroffen zu haben. Schnell sprach ich weiter. »Warum überlässt du nicht ihm das Urteil darüber? Trägst du die Kette nur, weil sie gut aussieht oder weil sie dir in Momenten wie diesen den Weg weist?«

Jacob kniff die Augen zusammen. »Ich weiß nicht, ob ...«

»Jacob!« Ich gab ihm eine sanfte Backpfeife. »Wenn ich eins nach dieser Woche weiß, dann, dass du wirklich glaubst.«

Sein Kopf ging vor und zurück. Dann atmete er tief aus. »Okay. Ich mach's. Aber du musst mir erst eine Frage beantworten.«

»Hau raus.«

»Warum willst du mir so unbedingt helfen?«

»Jacob ...« Ich sah peinlich berührt zu Boden. »Du und Julia ... ihr gehört zusammen.«

Auch Jacob legte seine Hände auf meine Schultern. Wir waren nun Stirn an Stirn. »Vielleicht. Aber das meine ich nicht.«

Ich seufzte. Natürlich wusste ich, was er wirklich meinte. »Weil du nicht aufhören darfst zu glauben. Vor allem dann nicht, wenn es schwer ist. Ich will dir helfen, wie du mir geholfen hast. Ich werde nie gläubig sein. Aber es ist dein Weg, nicht meiner. Und das ist alles, was zählt.«

Er grinste mir zu. »Dann hast du es also wirklich verstanden?«

»Vergebung und Liebe sind alles.«

Jacob prustete los. »Nie wieder lasse ich dich alleine mit meiner Oma reden, Buddy!«

Ich musste grinsen. »Eine tolle Frau ist das, die dich großgezogen hat.«

»Ja, das ist sie allerdings.«

»Seid ihr jetzt fertig mit Kuscheln?« Der Leader deutete mit seinem Baseballschläger auf uns.

»Ja.« Jacob hängte sich die Kette um den Hals. Das Kreuz ruhte wieder dort, wo es hingehörte. Auf seiner Brust. »Ich segne jetzt dein Bike.« Er legte eine Hand auf den Lenker. »Bist du bereit?«

Der Leader senkte den Schläger. Er griff nach dem Lenker und schloss die Augen. Für einen Moment war es still, nur das Rauschen der Ostsee war zu hören.

Dann begann Jacob zu sprechen. Seine Stimme schien sich von den Wellen tragen zu lassen. Trotz der Beulen lag ein Ausdruck tiefster Gelassenheit auf seinem Gesicht. Es war, als würde ein Strahlen von ihm ausgehen. Für einen Moment fühlte ich mich wieder wie in einer der Gemeinden, doch dort hatte er nur gepredigt. Jetzt sprach Jacob einen Segen:

»Oh Herr, lieber Gott. Segne dieses Motorrad, wohin auch immer es rasen wird. Jede Straße, die es nimmt, jeden Berg, den es erklimmt, und jedes Tal, durch das es sich kämpfen muss. Segne den Sound und die Kraft der Maschine, die Freiheit und den Wind im Gesicht. Und zu guter Letzt segne den Fahrer selbst. Vergib ihm seine Untaten und erinnere ihn stets daran, sich auf dem Pfad der Gerechtigkeit zu bewegen. Lasse ihn wissen, dass seine Stärke und Macht nicht seinem eigenen Vorteil, sondern dem Schutz anderer zu dienen haben. Mache ihn zu einem besseren Menschen, wie wir alle zu besseren Menschen werden sollten. Mache ihn gerecht und weise. Gesegnet sei dieses Gefährt, gesegnet seien wir alle. Amen.«

Der Leader öffnete die Augen und fixierte Jacob. Ihre Hände lagen noch immer auf dem Lenker.

»Und?« Jacob hob den Kopf.

Der Leader nickte nachdenklich. »Du hast es gesegnet. Scheiße noch mal, du hast es gesegnet.« Er bekreuzigte sich. »Amen.«

»Amen«, kam es von den Rockern zurück.

64

Mein Atem ging flach. Das Visier beschlug von innen und ich nahm mir selbst die Sicht. Ich klammerte mich an Svens fetten Bauch und presste die Beine zusammen. Mehrmals gab der Leader mir zu verstehen, locker zu lassen. Meine Backenzähne klapperten aufeinander und das Shirt klebte an meinem Rücken fest.

Worauf hatte ich mich da nur wieder eingelassen? Schon als Kind hatte ich mir geschworen, niemals auf ein Motorrad zu steigen. Und jetzt krallte ich mich an einen Rocker, der mir vor einer Stunde beinahe einen Milzriss verpasst hatte, und das alles, um die Verlobung eines Christen zu retten, den ich mehr oder weniger bekehrt hatte.

Eigentlich hatte ich bei Magda mitfahren wollen, doch die hatte darauf bestanden, dass Jacob hinter ihr saß. »So oder gar nicht«, das waren ihre Worte. Nun kauerte ich mich also hinter den Rocker. Meine anfänglichen Berührungsängste ihm gegenüber waren verschwunden, nachdem ich beim Anfahren fast vom Bike geflogen war. Hätte er es nicht vorher aus mir rausgeprügelt, wäre ich spätestens da am Kotzen gewesen. Jacob hatte noch ein Stoßgebet für eine sichere Fahrt gesprochen, und auch wenn ich nicht daran glaubte, hoffte ich zum ersten Mal, dass es erhört wurde.

Doch mit jedem Kilometer, den das Bike unter uns fraß, drängte sich ein Gedanke in mein Bewusstsein: Wir würden heile ankommen. Sven, betrunken und jenseits jeglicher Geschwindigkeitsbegrenzungen, beherrschte seine neue Maschine. Je weiter wir fuhren, desto tiefer drang der Atem in meine Lunge vor.

Nach einer Weile wagte ich es, das Visier zu öffnen. Sofort trieb mir der Fahrtwind Tränen in die Augen, doch das ging vorbei. Ich lehnte mich etwas zurück: Schau in den Himmel und sag mir, was du siehst.

Das Meer lag hinter uns mit dem Mond darüber. Über uns spickten Sterne das Bild, welches in waagerechter Ferne zu einem in Orange anbrechenden Tag verlief, die Glut des Horizonts, auf den wir zupreschten.

Wir rasten durch Wälder und Felder im Nebel, an Seen vorbei und Hügel hinauf und wieder hinab. In den Kurven bekam ich Magda und Jacob zu sehen, deren Rücklicht vor uns einen roten Punkt bildete, mal größer, mal kleiner.

Sven bremste ab, drehte eine halbe Schleife und schoss auf die Autobahn. Die wenigen Pkws schienen zu stehen. Wir überholten links wie rechts und wahlweise auf dem Seitenstreifen. Es bestand kein Zweifel daran, wem die Straße gehörte.

Plötzlich tauchte ein Lichtspiel aus Warnblinkern vor uns auf, doch wir waren zu schnell, um abzubremsen. Jetzt prallen wir auf und sterben, dachte ich, doch da schlängelten wir uns schon um die im Stau stehenden Fahrzeuge herum. Jacob tauchte neben mir auf, seine Kette flatterte im Wind. Er nickte mir zu, doch bevor ich reagieren konnte, ballerten wir an einer Reihe von Lkws vorbei.

Hinter dem Stau beschleunigten die Motorräder wieder. Das Dröhnen der Maschinen war so gewaltig, dass ich die Polizeisirene nicht hörte, sondern das Blaulicht erst sah, als es neben uns auftauchte. Der Beamte auf dem Beifahrersitz setzte mit einer Kelle an, uns rauszuwinken. Doch dann schien er Magda zu erkennen. Der Polizist hob entschuldigend die Hände und der Streifenwagen fiel ab.

Die Morgenröte drängte die Nacht zurück. Die Krümmung der Welt kam uns gleichermaßen entgegen wie wir ihr. Hinter einer Abfahrt nahmen wir das Tempo raus. Ein riesiger Schatten mit Blinklichtern zog tief über den Himmel, und ich wusste, dass es nicht mehr weit bis zum Flughafen sein konnte.

65

Als wir auf den Parkplatz des Flughafens rollten, zeigte die große Uhr über der Schiebetür halb fünf. Jacob und ich sprangen von den Motorrädern, zogen unsere Helme ab und gaben sie den beiden zurück.

»Danke euch!«, rief ich.

Wir wollten gerade lossprinten, da kam von hinten ein »Halt!«

Magda schritt auf uns zu. Dabei löste sie das Gummi aus ihren Haaren. Die rotgefärbte Mähne wallte auf und nieder. Einer Löwin gleich strahlte sie Ruhe und Überlegenheit aus.

»Ich kann dich nicht einfach so gehen lassen, mein Hübscher.« Sie strich Jacob über die Schulter. »Ich wünsche dir viel Glück. Und für den Fall, dass die Kleine nicht mehr will ...« Sie reichte ihm eine pinke Visitenkarte. »... meldest du dich bei mir. Klar?«

»Klar«, raunte Jacob.

»Dann werde ich Dinge mit dir machen, die so schmutzig sind, dass du sie vor keinem Gott der Welt beichten kannst.« Sie hauchte ihm einen Kuss auf die Wange und stolzierte zu ihrem Bike zurück.

»Ciao«, sagte ich, doch sie reagierte nicht darauf.

Einen Moment lang standen wir da und sahen ihr nach.

»Jetzt sag mir endlich, wie du das machst!«

»Theo, ich hab keine Ahnung.«

»Egal, wir müssen weiter!«

Wir rannten los. Trotz der frühen Stunde war der Flughafen voller Menschen. Jacob wusste das Gate nicht, und so standen wir einige Minuten vor der Anzeigetafel, die sich ständig aktualisierte.

»Dallas, fünf Uhr fünfzehn, Terminal zwölf!«

»Da lang!«

Im Zickzack bahnten wir uns den Weg durch die Reisenden und das Sicherheitspersonal, die uns alle neugierig beäugten. Es war wohl nicht üblich, dass zwei Typen, der eine in zerrissenen Klamotten, der andere im Anzug, aber beide verprügelt und ohne Gepäck, auf einen Montagmorgen durch den Flughafen rannten. Doch das lag bestimmt nicht am Wochentag, dachte ich.

»Theo!«

»Marie!«

Sie stand vor der Sicherheitsschleuse von Gate zwölf, Barney mit angezogener Leine bei sich.

»Wie seht ihr denn –«

»Das ist nicht wichtig.« Mühevoll wehrte ich den stürmischen Barney ab. »Wo ist Julia?«

»Sie hat sich gerade angestellt, dort drüben.«

»Julia!« Jacob lief auf sie zu und zog sie mit sich. Wir folgten ihnen und stellten uns zu fünft etwas abseits hinter eine Säule, um dem Trubel zu entgehen.

»Was ist denn mit euch passiert?« Julia sah uns an, als kenne sie uns nur entfernt.

»Das würde ich auch gerne wissen.« Marie verschränkte die Arme. »Wurdet ihr ausgeraubt, oder warum hat das so lange gedauert? Und wieso konnten wir euch nicht erreichen?«

»Das waren die Rocker.« Ich winkte ab.

»Welche Rocker?«, rief Marie.

»Na, die Ostsee-Rocker, die uns hergebracht haben. Schon gut, wir sind quitt. Magda hat das geregelt.«

»Wer ist Magda?«, fragten Marie und Julia im Chor.

»Die Stripperin. Die wir mitgenommen haben. Die hat uns hergefahren.«

»Ihr habt eine Stripperin mitgenommen?«

»Jacob hat ihre Nummer.«

Er winkte mit der Karte, sodass die geschwungene Goldschrift glänzte. Erst jetzt nahm ich den Geruch von Parfüm wahr, der von ihr ausging.

»Also eine Stripperin hat euch hergebracht? Oder ein Rocker?«

»Beide.«

Julia und Marie tauschten Blicke aus. »Aha.«

»Auf den Motorrädern.«

»Aber du hast doch solche Angst vorm Motorradfahren!« Maries Stimme überschlug sich. »Und warum überhaupt, was ist denn mit meinem Auto?«

»Leute, Schluss jetzt!«, rief Jacob und alle gehorchten.

Für ein paar Sekunden sagte niemand ein Wort. Wir freuten uns, zusammen zu sein. Aber wir wussten auch, was jetzt kommen musste. Oder besser gesagt, wir wussten es nicht.

»Julia.« Jacob ging auf sie zu und nahm ihre Hände. »Es tut mir leid.«

»Dir tut es leid? Ich bin doch diejenige, die dich belogen hat!«

Jacob nickte. »Das stimmt zwar, aber … mir tut es leid, dass ich dir nicht das Gefühl geben konnte, die Wahrheit zu sagen. Das sollte in einer guten Beziehung nicht so sein.«

Julia schnappte nach Luft.

»Du hast mich belogen, ich habe es nicht erkannt. Und deswegen habe ich in den letzten Stunden wirklich alles infrage gestellt, aber …« Jacob zeigte auf mich. »Aber Theo hat mir geholfen, in dieser Krise den Glauben nicht zu verlieren. Er hat mein Vertrauen in den Herrn wiederhergestellt.«

Marie und Julia sahen uns an, als hätten sie sich verhört. »Theo hat was gemacht?«

»Erkläre ich später«, sagte ich mit Blick auf die Uhr. »Jacob, sprich weiter!«

»Auf jeden Fall«, fuhr er fort, »hat sich an meinen Gefühlen für dich nichts verändert. Und deshalb habe ich im Gespräch mit dem Herrn und Theo entschieden, dir zu vergeben.«

Julia sah ihm in die Augen. Marie griff nach meiner Hand. Barney döste vor lauter Aufregung auf dem Boden.

»Julia, ich liebe dich. Aber ich liebe auch meinen Gott.«

Sie nickte.

»Ist das ein Problem für dich? Sei bitte ehrlich.«

»Nein, Jacob, das war es nie. Ich liebe dich, wie du bist.«

»Gut.«

»Und ist es ein Problem für dich, dass ich mit deinem Gott nichts anfangen kann?«

Jacob schloss die Augen. Er schmunzelte. »Überraschenderweise ist es das nicht.«

»Ich werde es auch nie! Das musst du akzeptieren. Bitte versuch nicht, mich zu bekehren. Dann wird es nicht funktionieren mit uns.«

»Das werde ich nicht. Solange du nicht versuchst, mich vom Gegenteil zu überzeugen.«

»Würde ich nie!«, rief Julia und sie fielen sich in die Arme. In meiner Hand spürte ich, wie Maries Puls in die Höhe schoss. Da wurde Julias Flug ein letztes Mal ausgerufen.

»Ich muss los!« Sie nahm ihren Koffer, doch Jacob hielt sie zurück.

»Eine Sache noch«, sagte er. »Gestern habe ich dir eine Frage gestellt.« Er zögerte. »Hat sich deine Antwort geändert?«

Julia strahlte vor Glück auf. »Ja. Also nein! Ich meine, ja! Ja, ich will!«

Und da zog Jacob den Ring aus der Tasche und steckte ihn erneut an ihren Finger.

»Dieses Mal aber für immer«, sagte er, und sie küssten sich, und plötzlich packte Marie mein Gesicht und küsste mich mit voller Energie.

»Ich muss jetzt aber wirklich!«, rief Julia eine gefühlte Ewigkeit später, und wir rannten zur Sicherheitsschleuse. Ohne Probleme wurde sie durchgecheckt und stand dann hinter der Absperrung bereit, um ihren Verlobten darüber hinweg ein letztes Mal zu umarmen.

Jacob grinste. »Schick mir eine Voice, wenn du bei deinem Großvater bist. Ich kann's kaum erwarten, dich wiederzusehen.«

»Das mache ich!« Julia wollte gerade loslaufen, da zückte sie ihr Handy. Wie darauf konditioniert legte Jacob, der zwischen uns stand, seine Arme um Marie und mich. Julia knipste ein Foto. Und ohne es zu sehen, wusste ich, dass es endlich eines war, auf dem ich wirklich lächelte.

Dann eilte sie davon. Bevor sie um die Ecke bog, hielt sie inne, winkte und zeigte auf ihren Ringfinger. Kurz darauf schauten wir durch die Glasfront des Terminals. Als der Flieger Richtung Westen abhob, hörte ich, wie Jacob, seine Kette umschlossen, im Flüsterton für einen sicheren Flug betete.

Spürbar fiel eine Last von uns ab. Barneys Gähnen steckte uns alle an.

»Lasst uns nach Hause fahren, ich kann nicht mehr«, quengelte Marie, als wir Richtung Ausgang gingen. »Was ist jetzt eigentlich mit meinem Auto?«

»Ach ja …« Ich spähte zu Jacob, der sich auf einmal sehr für das Muster an der Decke zu interessieren schien. »Also das mit dem Auto, das ist so, das ist nämlich … Schrott.«

»Schrott?« Ich hasste es, wenn Maries Stimme so hochschrillte, und war nie darauf vorbereitet. »Was soll das heißen?«

»Na ja, also … die Rocker haben es mit Baseballschlägern … jedenfalls ist es komplett hinüber.«

Marie musterte mich, als würde sie herausfinden wollen, ob ich es ernst meinte oder einen schlechten Scherz machte. Dann sagte sie: »Okay.«

»Okay?« Ich sah zu Jacob, doch er schien es auch gehört zu haben.

»Ja. Ich bin zu fertig, um das zu verstehen oder dich deshalb anzumachen. Wenn ich wieder wacher bin, erklärst du es mir. Und dann werde ich sehen, wie ich das finde.«

Ich nickte.

»Deiner Pilea geht's übrigens gut!«

»Danke«, sagte ich.

»Und das an unserem Jahrestag«, flüsterte Marie, wohl wissend, dass wir sie hören konnten. Erst jetzt fiel mir das Geschenk wieder ein, das sie mir bei der Abfahrt vor einer Woche gegeben hatte. Ich musste es verloren haben. Jacob warf mir einen besorgten Blick zu.

»Du setzt dich hin und ruhst dich aus. Wir überlegen, wie wir hier wegkommen.«

Das fand sie fair. Doch all unsere Handys waren ausgebrannt und Maries Ladekabel lag in ihrem zertrümmerten Wagen.

»Hat jemand Kleingeld? Ich muss zwei Anrufe machen.«

Jacob gab mir eine Handvoll Euros, die die Rocker ihm im Portemonnaie gelassen hatten.

»Zwei?«, fragte Marie.

»Ja. Bin gleich wieder da.«

Um Viertel vor sechs betrat ich die letzte Telefonzelle des Flughafens. Das Einwerfen der Münzen ließ den Apparat summen.

66

Um kurz vor halb acht fuhr sie vor. Ich weckte Marie, Barney und Jacob. Sie brauchten einen Augenblick, um sich zu orientieren. Die Fahrertür öffnete sich, und ich fiel ihr in die Arme.

»Theo!«

»Mama!«

Die Überraschung, die ich mit meiner Umarmung auslöste, überdeckte selbst die Spuren ihrer Nachtschicht.

»Mein Junge, wie siehst du denn aus? Was in Gottes Namen ist mit euch passiert?«

»Lange Geschichte«, sagte ich. »Lasst uns erst mal nach Hause fahren und eine Runde schlafen. Dann erzähle ich sie dir in Ruhe.«

Sie nickte. »Barney, ja, hallo, wie schön, dich zu sehen!« Es war schwer zu sagen, wer sich mehr freute.

»Ein letztes Mal«, flüsterte Marie und umarmte meine Mutter ebenfalls.

»Was soll das heißen?«

»Nichts, gar nichts!«, rief ich, bevor Marie antworten konnte. »Mama, das hier ist übrigens Jacob. Jacob, meine Mutter.«

»Aber den jungen Mann kenne ich doch von der Beerdigung!« Sie herzte ihn. »Deine Rede hat mich so berührt.«

»Vielen Dank, sehr nett von Ihnen.«

»Jacob, wie oft muss ich dir das Du noch anbieten?«

»Das hatte ich vergessen. Entschuldige.« Jacob lächelte, doch auch ihm war anzumerken, dass er am Ende seiner Kräfte war.

»Kinder, ihr macht mir Sachen! Zeit, dass wir hier wegkommen.«

Jacob und Marie kletterten auf die Rückbank. Barney, der sich weigerte, in den Kofferraum zu springen, quetschte sich zwischen sie.

Ich war müde und erschöpft. Die Woche mit Jacob und all die Strapazen waren merklich zu spüren. Ich nahm jeden einzelnen Muskel meines Körpers wahr. Mein Schädel dröhnte und das gestaute Blut unter den Prellungen pochte mit einer Wucht, als würde mein Körper versuchen, mir die Haut von den Knochen zu sprengen. Meine Augen sehnten sich nach Ruhe. Einfach die Lider schließen, loslassen, bloß einen kurzen Moment. Alles in mir schrie danach. Doch ich musste durchhalten, ein letztes Mal die Kräfte bündeln.

Bevor Mutter einsteigen konnte, hielt ich sie auf. »Lass mich das machen, Mama. Du bist doch auch müde.«

»Du willst fahren?« Ihre Augen weiteten sich. »Das hast du doch seit Jahren nicht mehr gemacht.«

»Doch, die letzten Tage schon. Sehr viel und sehr gut.«

»Sehr viel, ja, sehr gut, na ja.« Jacob grinste. »Der Verschleiß an fahrbaren Untersätzen war für sieben Tage schon recht ... hoch.«

»Aber jetzt ist eine neue Woche!« Meine schwache Argumentation wurde von meinem entschiedenen Ton übertrumpft. Mutter gab mir die Schlüssel und nahm auf dem Beifahrersitz Platz.

»Wohin geht es jetzt?«, fragte Marie.

»Zu mir, das ist am nächsten«, sagte Mutter. »Erst mal wird sich ausgeruht. Dann schmiere ich euch ein paar Brote. Und dann sehen wir weiter.«

Alle stimmten ihr zu.

Ich drehte mich um. »Jacob? Beten vorm Losfahren?«

»Herr, lass uns gut ankommen. Amen.« Und er schlief ein.

Marie schlummerte, noch bevor wir vom Parkplatz des Flughafens rollten. Ich unterhielt mich kurz mit Mutter, dann fielen auch ihr die Augen zu. Barney schnarchte rhythmisch.

Obwohl mir die Müdigkeit wie ein Gewicht im Nacken saß, fürchtete ich nicht, ihr nachzugeben. Ich stellte das Navi so leise, dass ich es gerade noch hören konnte. Sie sollten nicht aufwachen.

Während ich fuhr, dachte ich an das, was wir in den letzten Tagen erlebt hatten. An Kim mit ihren Twins, Cedrik mit k und den Riesen Maik Hofmann im pinken Slip. Das kalte Seewasser. An die Gemeinden und Gerold, Ulrike Müller, Pastor Daniel, Jens, Rebecca und Max. Jacobs Oma Hilde. Die Polizeikontrolle mit Sylvia und Klaus, an Onkel Herbert und sogar an Hugelmeyer-Stubenbrock. Ich dachte an die Nacht im Regen unter dem Tisch. An Julia, falsch zitierte Bibelverse, Holy Matches und Sinner. Nonnen auf Fahrrädern. An die Rocker, ihren Ichthy-Hai und an Magda, an Verlobungsringe und auch, ganz ohne das übliche Zittern, an Motorräder.

Ich dachte an all die Abenteuer, die hinter uns lagen. Das Auf und Ab und Hin und Her. Doch die ganze Geschichte wirkte auf einmal weit entfernt. Denn ich wusste, dass der wichtigste Teil der Reise mir noch bevorstand.

67

»Sie haben Ihr Ziel erreicht. Das Ziel liegt vor Ihnen.«

Sanft bremste ich den Wagen und schloss die Augen. Alle schliefen tief und fest.

Ich konnte mich nicht erinnern, jemals so gezittert zu haben. Mir war schlecht und plötzlich zweifelte ich an meiner Entscheidung. Nicht zu wissen, was mich erwartete, ließ mich Horrorbilder fantasieren, dunkel und ausgeschmückt bis in den letzten Winkel. Mein Atem beschleunigte, mein Herz raste schmerzhaft schnell und Schweiß trat mir auf die Stirn. Was tat ich nur, warum war ich hier?

»Denk den Gedanken zu Ende«, flüsterte ich. »Nase ein, Mund aus.«

Ich gewann die Kontrolle zurück. Nach und nach atmete ich die Angst aus meinem Körper. »Denk den Gedanken zu Ende.« Ich spürte, wie mein Geist aufklarte, Müdigkeit und Furcht zum Trotz. »Ich tue es!« Deswegen war ich hier.

Einen Moment überlegte ich, alleine zu gehen. Doch ich entschied mich dafür, sie mitzunehmen.

»Wir sind da«, sagte ich. Nach und nach wachten alle auf.

»Sie wohnen … du wohnst … aber sehr im Grünen.« Jacob gähnte.

Mutter fand sich nicht sofort zurecht. »Wie bitte? Nein … Wo sind wir?«

Im Rückspiegel sah ich zu Marie. Ihre Züge waren abgekämpft, doch ihre Augen hellwach. Sie hatte es begriffen. Ich stieg aus und die anderen folgten mir.

Der Parkplatz des Friedhofs war leer. Die Torflügel standen nach innen hin offen. Niemand sagte etwas. Alle sahen mich nur an.

»Kommt ihr ... kommt ihr mit?«

»Natürlich. Wenn du das möchtest.« Marie zögerte, dann sagte sie: »So toll ich es finde, dass du hierhergefahren bist, aber wir hätten vor einer Stunde im Tierheim sein müssen. Barneys neue Familie kommt heute, um ihn abzuholen.«

»Ich weiß. Deswegen habe ich auch zwei Anrufe gemacht. Es ist alles mit Frau Bellingham geklärt. Barney ist schon bei seiner neuen Familie.«

Marie brauchte einen Moment, um das zu verstehen. Dann sprang sie mir in die Arme und küsste mich so innig wie schon lange nicht mehr.

»Wirklich?«

»Ja.«

»Theo! Theo, das ist die beste Nachricht, die ich –«

»Alles Gute zum Jahrestag, Marie!«

»Alles Gute zum Jahrestag!«

»Es tut mir leid, aber dein Geschenk habe ich verloren.«

»Das brauchst du jetzt nicht mehr, du alter Blödmann!« Sie wischte sich Freudentränen aus dem Gesicht und streichelte den Hund, wobei sie meine Hand hielt. »Du bist jetzt zu Hause. Du bist jetzt endlich zu Hause!«

Barney quiekte ohne Ende. Dabei watschelte er hin und her, gefährlich nahe daran, wieder umzukippen. Seine letzte Tablettendosis musste schon fast zwei Tage zurückliegen. Doch er schien zu verstehen, dass etwas Großes in seinem Leben geschehen war. Zum ersten Mal überhaupt schaffte er es, den Kampf gegen einen aufkommenden Anfall zu gewinnen. Er hob die Pfote. Ich kniete mich neben ihn und nahm sie. Kurz darauf schlabberte seine Zunge durch mein Gesicht. »Barney, ist ja gut!« Der Hund bellte einmal, dann beruhigte er sich. Ich sah zu Mutter und Jacob, die am Auto standen. Beide lächelten mir zu.

Dann wurde es wieder still. Die Angst kam zu mir zurück.

»Also ... seid ihr dabei?«

Alle nickten. Der Schlaf schien ihnen gutgetan zu haben.

»Geh doch mit Jacob vor. Wir drei kommen langsam nach.« Es war dieser Tonfall, den nur eine Mutter hervorbrachte, wenn sie wusste, was zu tun ist.

»Ist das okay?«

»Deggah, natürlich!«, sagte Jacob.

Ich umarmte Mutter. Dann Marie, die mir über die Wange strich. Barney bekam einen Klaps.

Wir gingen los, Jacob und ich. Besonnen und ohne Eile. Zum ersten Mal, seit wir uns vor einer Woche begegnet waren, hatten wir keinen Zeitdruck. Keine Gemeinde, die auf uns wartete, keine Verlobung und kein Flugzeug, das wir erreichen mussten. Wir waren einfach nur da.

Nach ein paar Metern drehte ich mich um. Marie und Barney standen am Tor, Mutter daneben. Sie sahen zu uns herüber. Ihre Augen glänzten im Licht.

»Das mit Onkel Herbert tut mir leid«, sagte Jacob irgendwann.

»Danke. Und mir tut es leid, dich geschlagen zu haben.«

»Tat fast gar nicht weh.« Er zwinkerte mir zu.

Ich schmunzelte. »Was ist eigentlich mit ihm passiert?«

»Mit dem Auto? Wurde verschrottet, noch an Ort und Stelle.«

»Verstehe.«

»Ich weiß, was er dir bedeutet hat. Wegen der Verbindung zu Luis.«

»Ja. Aber wenn die einzige Verbindung zu meinem Bruder dieser rollende Schrotthaufen war ... dann wär's ziemlich wenig gewesen. Und das war's nicht.«

»Das stimmt.«

»Und außerdem war es meine Schuld. Nicht deine.«

»Das stimmt auch.« Jacob grinste. »Willst du den hier trotzdem wiederhaben?« Er streckte mir den Schlüssel samt Anhänger entgegen.

»Wo hast du den denn schon wieder her?«

»Bin noch mal zurück, um ihn zu holen. Dachte, du könntest ihn vielleicht noch brauchen.«

»Danke dir, Jacob! Danke.« Ich nahm den Autoschlüssel und befestigte ihn an meinem Bund. Erst wollte ich ihn in die Tasche stecken, ließ ihn aber in meiner Hand, den Anhänger umschlossen.

»Verdammt. Ich hätte die Kupplung nicht so schnell kommen lassen dürfen, was?«

»Nein, hättest du nicht.«

Wir lachten und ich fragte mich, ob das auf einem Friedhof wohl erlaubt war. Das sagte ja schon der Name: Fried-Hof. Ein ruhiger Ort der Andacht. Respektvoll. Friedlich. Doch ich spürte, dass ein solches Lachen nichts mit fehlendem Respekt zu tun hatte.

»Kannst du mir sagen, wie er war? Kurz bevor er ...«

Jacob hielt inne. »Er war sehr stark. Fast übermenschlich. Voller Zuversicht und Glaubenskraft. Nur eines hat ihn nicht losgelassen.«

Er ging weiter, doch ich blieb stehen.

»Willst du es wissen? Warum ich ihn nicht mehr besucht und seine Nachrichten ignoriert habe? Warum ich in Wahrheit nicht zur Beerdigung gekommen bin?«

Jacob drehte sich mir zu. »Ja.«

»Als die Diagnose kam ...« Für einen Moment schloss ich die Augen, dann öffnete ich sie wieder. »Ich hatte Angst, dass es wahr ist. Dass er sterben würde. Und dann, dass er tot ist.«

»Verstehe.«

»Wirklich?« Der Schmerz überwältigte mich fast.

»Ja. Wirklich.« Jacob machte einen Schritt auf mich zu und legte mir seine Hände auf die Schultern. »Theo, Buddy. Wir sind da.«

Ich schaute auf. Wir standen direkt vor Luis' Grab. Ich hatte es die ganze Zeit gesehen, aber nicht erkannt. Hatte mich immer darauf zubewegt, ohne es zu wissen. Den Schlüssel drückte ich fest. Jacob wandte sich zum Gehen ab.

»War das sein wahrer letzter Wille? Dass du mich zu ihm bringst?«

»Ja. Das war es.«

»Dann bleib bitte hier bei mir.«

Jacob sah mich ungläubig an. »Nein, du hast gesagt, du willst mit ihm alleine sein. Das möchte ich dir nicht nehmen.«

Ich blickte nach oben: Schau in den Himmel und sag mir, was du siehst. Die Sonne schien, aber es war nicht mehr heiß. Der Friedhof lag ruhig da. Vögel zwitscherten. Irgendwo weit entfernt plätscherte Wasser über Stein. Mir fiel die Lücke auf meinem Fotoregal ein. Ich würde nach Hause fahren und sie schließen.

»Du nimmst mir nichts, Jacob. Hast du nie. Es geht hier nicht um mich und meinen Moment. Es ist unser Moment: deiner«, ich zeigte auf ihn, »meiner«, auf mich, »und Luis'«, und ich zeigte auf das Grab.

Jacob lächelte.

»Wir haben alle einen weiten Weg zurückgelegt, um hier anzukommen. Bleib bei mir.«

Wir drehten uns der Grabstätte zu.

»Was ist denn das?« Ich kniete mich hin und schob ein paar Blumen beiseite. Unten links, unter dem mittig gravierten Namen, noch unter dem Geburtstag und dem Todesdatum, waren zwei weitere Worte in den Stein gemeißelt. Tränen stiegen mir in die Augen, doch noch konnte ich sie zurückhalten.

»Ich habe es nicht begriffen«, flüsterte Jacob. »Aber Luis sagte mir, du würdest es schon verstehen.«

Ich nickte, unfähig, etwas zu sagen.

»Sollen wir zu zweit beten oder nur ich allein?«, fragte Jacob nach einer Weile.

»Nein, ich werde nicht beten. Aber ich bitte dich darum.«

»Und damit bist du dir sicher?«

Ich sah ihn an. »Ja, denn erstens ... lasse ich es nicht zu, dass du dein Versprechen brichst. Und zweitens ... ist es unser Bruder, für den du da betest.«

Jacob wischte sich über die Augen. »Danke.«

Ich umklammerte mit einer Hand den Schlüssel, und während mein Freund die ersten Worte sprach, begann ich endlich zu weinen, wobei ich mit der anderen Hand fest auf den Grabstein meines Bruders drückte, und las dabei immer wieder die beiden Worte unten links, die so aussahen, als hätte ich sie selbst, das Kind von damals, vor einem flüchtig vorübergehenden Augenblick dort krakelig hingeschrieben:

Bällende Hunde.

Danksagung

Einen Roman zu schreiben hat einige Parallelen mit einem richtigen Roadtrip. Zum Glück gibt es viele Menschen, die sich auf die Rückbank gequetscht und mich auf dieser Reise angefeuert haben. Ihnen möchte ich hier danken.

Angefangen bei meinen wunderbaren Testleserinnen und Testlesern Antonia, Benno, Franzi (:F), Ira, Martin und Sebastian. Ihr wart der Sprit, der die Karre am Laufen hielt.

Ein besonderer Dank gilt meiner Lehrerin, Mentorin und Lektorin Julia Hoch, die mich, wann immer das Navi ausfiel, zielsicher über dunkle Straßen und steinige Wege leitete.

Ein fettes Danke an die Hammer-Prinzessinnen: Anne, Nina, Franka, Jacob und Maike – Home is, where this WG is!

Auch danke ich der nie entweichenden Luft in meinen Reifen, namentlich Ahmet, Angelika, Desiree, Detlef, Freddy, Giampiero, Jan, Laura, Leon, Martin M., Melle, Mila, Nr.1-Miri, Viktor, meinen Bochum-Schreibgruppen und meiner guten Freundin Hiltrud, mit der ich für immer verbunden bleiben werde.

Unendlicher Dank gilt meiner Mama für die nie endende Unterstützung – ich hab dich lieb! Und auch meinen Großeltern, die das hier leider nicht mehr miterleben. Ohne euch hätte ich die PS nicht auf die Straße bringen können.

Zu guter Letzt ein großes Dankeschön an meinen Verleger, Thomas Stolze. Dein Vertrauen in mein Debüt ist die Umdrehung des Zündschlüssels, mit dem Theo und Jacob nun in die Welt hinausfahren – und hoffentlich lange unterwegs sein werden.